나는 학원 강사가 되기 위해
삼성전자를 퇴사했다.

학원강사
억대연봉
성공수업

김홍석 지음

나는 학원 강사가 되기 위해
삼성전자를 퇴사했다.

학원강사
억대연봉
성공수업

김홍석 지음

도서
출판 더로드
The Road Books

"학원 강사는
최고의 직업이다"

그렇다. 나는 학원 강사가 되기 위해 삼성전자를 퇴사했다. 학원 강사는 2018년 한국에서 최고의 직업이다. 전국에 40만 명에 달하는 학원 강사가 있으며 해마다 수많은 강사들이 생겨나고 있다. 진입장벽이 낮고 별도의 자격증이 없다는 이유를 떠나서라도 많은 이들이 학원 강사가 되는 이유는 명확하다. 바로 성공이다.

학원 강사야 말로 최고의 성공을 가장 빠른 기간에 달성할 수 있다. 더불어 선생님이라는 위치를 통해 엄청난 가치를 사회에 안겨주는 직업이다. 공교육의 부족한 부분을 더욱 치열하게 학원 강사들이 보완하고 있으며 더욱 프로답게 학생들을 관리하고 동기부여해주고 있다. 단순히 사교육 시작의 열풍을 사회악으로만 치부하기에는 학원 강사가 사회에 끼치고 있는 긍정적인 효과가 너무나도 크다.

그러나 제대로 학원 강사를 시작할 수 있는 방법을 알려주는 곳이 거의 없다. 도대체 어떻게 시작을 해야 하고 무엇을 준비해야 하는지 현실적으로 배울 수 있는 루트가 신기할 정도로 없다. 인터넷이 널리 활용되고 학원 강사가 되고 싶은 사람들이 해마다 늘고 있음에도 적절한 교육기관이며 방법을 알려주는 책이 전무하다니.

나도 5년 동안 근무했던 삼성전자를 퇴사하고 학원 강사가 되기로 마음을 먹었지만 무엇을 어떻게 준비해야 할지 막막했다. 그냥저냥 수학 문제집을 사서 풀기도 하고 수학 역사책도 구입해서 읽었다. 하지만 정작 학원에 취업되고 나서는 그것이 얼마나 쓸데없는 것이었는지 알았다. 더군다나 어떻게 학원 강사 될 수 있는지, 어디에 이력서를 넣는지, 자기소개서에는 무슨 형식으로 어떤 내용을 적어야 하는지 몰랐다. 그나마 학원 강사 일을 하고 있는 친구가 여럿 있었기에 조언을 구할 수 있었으나 그 마저도 없는 사람들은 어떻게 할 것인가.

막상 학원 강사가 되고나서도 걱정은 산더미였다. 강사에게 가장 중요한 수업준비는 어떻게 해야 할지, 숙제는 얼마나 내주고 어떻게 검사해야 하는지, 상담을 하라는데 무슨 말을 어떻게 해야 하는지, 시험대비는? 방학기간 특강은? 이건 도무지 매일 풀리지 않는 문제와 답답함을 입안에 가득 문채 살아가는 기분이었다. 처음 3개월은 매일 밤을 샜다.

그래도 일단 학원 강사가 되었으니 살아야 하지 않겠는가! 모든 초보강사들이 그러하듯 맨 땅에 헤딩을 하며 몸과 마음으로 온갖 시련과 숙제를 견디며 스스로 깨달아야 했다. 누구나 이렇게 하루하루를 치열하게 버티면 언젠가는 일상이 수월해지고 성공의 길에 들어서게 된다. 나는 첫 학원에서 3개월 만에 학생이 70명이 넘고 6개월 만에 수학과 팀장이 된다. 3년 뒤에는 억대 연봉을 받는 수학 강사가 된다.

이 멋진 내용을 과정 없이 한 줄로 써버리니 소위 10대들의 언어 '될 놈 될('될 놈은 뭘 해도 될 것'의 줄임말)'처럼 여길 수도 있겠다. 하지만 그 과정이 얼마나 치열했고 험난했는지는 책을 통해서 알 수 있겠지만 너무나 힘들었기에 이 책을 집필하고 싶은 이유가 생겼다. 당신은 나처럼 힘든 여정을 생략하고 성공하도록 도와주기로 마음 먹는다.

나는 3년이라는 힘든 여정을 통해 달성한 억대 연봉 학원 강사 성공비법과 시스템을 알려주고자 한다. 학원 강사가 되고 싶은 예비 강사들, 이미 학원 강사임에도 그 쉬운 억대 연봉이 되지 못하고 힘들게 살아가는 강사들에게 큰 도움을 주고 싶었다. 학생들을 지도하며 학생의 삶에 긍정적인 효과를 줄 수 있고 그로인해 내가 받는 기쁨과 행복이 얼마나 큰지를 깨달았다. 그렇다면 이런 가치 넘치는 행복을 학생 뿐 아니라 다른 이들을 위해서도 얻을 수 있으리라 생각했다.

이런 판단은 정확했다. 2017년 《나는 삼성맨에서 억대 연봉 수학 강사가 되었다》를 출간한 이후 정말 많은 학원 강사들의 연락이 왔다. 수학강사는 물론 영어강사, 국어강사, 과학강사에 이르기까지 과목 상관없이 책을 읽고 도움을 받았다는 감사문자와 조언을 구하는 문자를 받았다.

문자에만 그치지 않았다. 직접 나를 만나 컨설팅을 받고 싶다는 강사와 학원 강사 성공을 위한 정규과정을 열어달라는 강사까지 있었다. 지난 1년 반 동안 100여 명이 넘는 전국의 학원 강사들에게 일대일컨설팅을 통해 나의 경험과 성공비법을 알려줬으며, 지금도 진행 중인 '학원 강사 성공 4주 과정', '학원 강사 시작 3주 과정' 등을 통해 많은 강사들이 현장에서 큰 성공을 이루는 것을 경험할 수 있었다.

많은 학원 강사들을 만나면서 느꼈던 부분과 현실적으로 더욱 필요한 부분에 대한 내용을 정리했다. 이렇게 정리된 내용과 나의 성공 시스템을 더욱 현실적이며 체계적으로 보완하여 이 책을 출간하게 되었다. 절대 형식적이고 뜬 구름 잡는 이야기는 없다. 모든 내용이 내가 직접 실행하고 시행착오를 통해 보완한 성공시스템이다. 학원 강사를 시작하고 준비하는 과정에서부터 학원을 구하고 면접과 시범강의를 하는 것, 강의 준비와 숙제검사, 학생관리와 상담방법 등 당신이 궁금해 하는 것 이상의 것을 모두 담았다.

그리고 100여 명의 학원 강사들과 컨설팅을 통해 하나하나 깨달음을 던져준 내용들을 부족함이 없이 모두 알려줄 수 있도록 했다. 학원 강사를 준비하던 대학생과 직장인, 학원 강사를 시작한지 3개월밖에 되지 않은 완전 초보강사, 경력이 15년이 넘는 강사까지. 학원 강사의 시작부터 완벽한 성공에 이르기까지의 모든 방법을 기록했다.

학원 강사로 성공을 꿈꾸고 있는가? 모든 성공에는 필요한 과정이 있다. 만약 그 과정을 당신이 시간과 경험을 통해서만 배우지 않고 빠르게 성공할 수 있는 방법이 있다면 어떻게 하겠는가? 당연히 어떤 비용을 들어서라도 그 방법을 배우고 싶지 않겠는가? 여기 이 책을 통해 학원 강사를 제대로 시작하고 가장 빠르게 성공할 수 있는 방법을 얻기를 바란다. 최고의 직업인 학원 강사를 통해 최고의 성공을 달성할 것을 확신하고 응원한다.

2018년 5월 7일

김홍석

CONTENTS

제1장

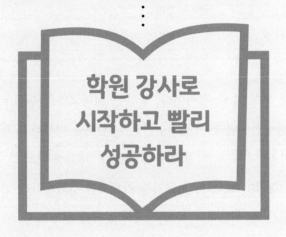

학원 강사로
시작하고 빨리
성공하라

01 삼성을 떠나 억대 연봉 수학 강사가 되다

나는 억대 연봉 수학 강사이다. 한때는 대학교의 학생회장이었고, 한때는 삼성전자의 연구 엔지니어였다. 삼성을 퇴사하고 강사가 된 그 때까지 단 '하루'도 학원 경력이 없었다. 대학생 때도 그 흔한 과외조차 한 경험이 없었다. 누군가를 가르쳐본 경력이라면 고등학교 시절 친구가 물어본 수학 문제나 과학 문제를 설명해준 것이 다였다.

그럼에도 불구하고 삼성을 퇴사하자마자 바로 천 명이 넘는 서울의 대형 학원에서 강의를 시작했다. 처음에는 학생 10여명을 가르쳤고 3개월 뒤에는 학생수가 70명이 넘었다. 그리고 6개월 뒤에는 30여명의 수학 강사를 대표하는 팀장이 되었고 그 해의 '최우수 강사' 상을 받는다. 2년 뒤에는 억대 연봉 수학강사가 되었다. 누군가는

'그럴만했으니 좋은 결과가 있었겠지'라고 생각하겠지만 나에게는 치열한 기적의 연속이었다.

왜 삼성을 떠나 학원 강사였는가라고 묻는다면 '나는 노력하고 열정 넘치게 노력하는 만큼 수입이 생기는 직업을 갖고 싶었다.' 라고 말하고 싶다. '학생을 잘 가르쳐 좋은 대학을 보내는 것에서 성취감을 느끼고 그것이 나의 소명이었다.'라는 것은 강사 생활을 하면서 생긴 이유였지 처음부터 그랬던 것은 아니었다.

나의 꿈을 찾아가는 선택의 길이 그리 만만하지는 않았다. 생각해보라. 한국에서 삼성전자를 잘 다니던 5년차 대리가 갑자기 퇴사를 해서 학원 강사가 되겠다고 말했을 때 그 누가 쉽게 이해할 수 있겠는가? 친구들은 물론 직장동료들은 물론이거니와 부모님들의 반응은 당신이 예상하는 그대로였다. 완전히 나를 '미친놈'이라고, '똘아이'라고, 농담하지 말라고 뜯어 말렸다.

3년을 고민했다. 삼성은 나에게 있어 열정을 쏟아낼 환경이 되지 못했다. 절대 업무가 많고 야근이 많아서가 아니었다. 오히려 삼성 근무 2년이 지났을 때는 하루 업무를 오전에 다 끝낼 정도로 익숙해졌고, 항상 5시 칼퇴근을 했다. 그러길 3년. 하루 일상이 너무 무료하고 20대 후반을 달리던 나는 뭔가 변화와 열정을 토해낼 것이 필요했다. 더더욱 그로인해 많은 돈을 벌고 싶었고 성공하고 싶었다.

퇴사를 결정할 때마다 주변 사람들이 불안을 야기하는 이야기를 해줬고, 타이밍 좋게 회사에서는 보너스가 나왔다. 그러나 도저히 '더 이상 안 된다'라는 결심을 하고 고민 끝에 퇴사를 결정한다. 사직서를 제출할 때의 심정이 정확히 기억나지는 않지만, 그 어느 때보다 불안했다. 그러나 한 편으로는 속이 후련함을 떠나 앞으로의 미래가 기대되고 흥분되었던 마음만큼은 분명히 기억난다.

삼성을 떠나 학원 강사로 그렇게나 빨리 성공할 수 있으리라고는 전혀 생각하지 못했다. 사직서를 제출하고 퇴사일 까지 3개월이 남아 있었는데 그 동안 나름 이직 준비를 했다. 새로운 직업을 선택하고 준비를 하는 기간은 누구에게나 불안과 기대가 함께한다. 과연 잘 해낼 수 있을까?의 문제가 아니었다. 이미 사직서는 제출이 되었고 무조건 달려가야 하는 상황이었다.

수학 관련 문제집과 수학의 역사에 관한 책들을 잔뜩 샀다. 결과부터 이야기하자면 이런 준비는 학원 강사로 출발하는데 있어 그리 도움이 되지는 않았다. 본인이 문제를 풀고 해결할 수 있는 것과 강의를 하는 것은 완전히 달랐다. 게다가 강사를 시작했을 때는 교육과정이 변경되어 준비한 내용이 쓸모가 없었다. 사실 제대로 준비가 되지도 않았다.

지금 생각하면 정말 아찔하다. 학원 강사라는 새로운 직업으로 이직을 하면서 어쩜 그렇게나 준비 사항이 전무했었는지 소름끼칠 정도이다. 사실 무엇을 어떻게 준비해야 하는지, 뭘 준비해야 하는

지에 대한 정보를 얻을 수 있는 곳이 없었다. 아니 몰랐다. 인터넷을 검색해 볼 생각도 안했으니 희한할 정도이다.

그런데 생각해보면 어떤 직장을 들어갈 때 생각처럼 많은 준비를 하지 않는다. 예를 들어 삼성이나 현대에 채용이 되었다고 하자. 실제 출근하는 날까지 기간이 많이 남아도 무언가를 준비할 내용은 없다. 무슨 일을 맡게 될지도 모르고 설사 안다하더라도 직접 출근해서 선임에게 배우지 않는 한 미리 준비하는 것은 불가능하다.

물론 기업에 입사를 하면 신입사원 연수라는 과정을 거치기는 한다. 나도 삼성전자에 입사하고 무려 3개월의 신입사원 교육을 받았다. 그러나 대부분의 내용은 삼성맨으로서의 갖춰야할 마인드와 애사심을 키우는 데 포인트가 되어 있는 것들이었다. 즉, 천안의 LCD 사업장으로 출근하기 이전까지는 전혀 업무내용에 대한 교육이 이뤄지지 않는다.

그렇다면 학원 강사는 어떠할까? 이력서를 구인구직 홈페이지에 올리면 학원에서 연락이 오고 면접을 보고 채용이 되었다 치자. 그런 다음 뭘 어떻게 준비해야 할까? 수업준비를 할 것인가? 물론이다. 맡게 될 학년과 레벨을 확인하고 교재는 무엇을 할 것인지 확정한 후 수업준비를 해야 한다. 그렇다면 그것을 교육받을 수 있는 곳이 있을까? 없다. 그렇다면 출근을 하면 기존의 강사들이 초보강사를 데리고 교육을 시켜줄 것인가? 그런 학원은 거의 없다. 결국 자신이 온전히 부딪혀야 하는 상황인 것이다.

대부분의 강사들이 내가 경험했던 초보강사 과정을 묵묵히 혼자서 거쳤을 것이다. 강의를 해 본적이 없기에 인터넷 강의를 참고한다. 개념설명을 어떻게 하는지 기록하고 수업시간에 풀어줄 문제를 미리 풀어본다. 수업을 어떻게 진행해야 하는지도 모르기에 일단 인강 강사를 따라한다. 학원에서 지시하는 내용이 있다면 감사할 뿐이다. 막막한 길에 작게나마 방향이 되어주기 때문이다.

나의 경우 첫 학원이 지구에서 가장 빡센 곳이었다. 오후 1시에 출근을 하면 회의를 2시간 이상씩 했다. 1시간 안에 끝나면 감사할 마음이 들 정도였다. 그리고 밤 10시에 수업이 끝나면 정해진 상담 일정과 일을 처리하고 결재를 받으면 밤 12시를 쉽게 넘겼다. 집에 오면 새벽 1시. 씻고 수업 준비를 하면 새벽 5시는 되어서야 잠에 들 수 있었다.

내신대비 기간에는 하루 쉬던 휴무마저 사라졌다. 그리고 매 월 강사평가를 진행했는데, 3일정도 아침 10시부터 오후 1시까지 진행했다. 100여명의 강사가 즉석에서 두 문제 정도의 문제를 받아 푼 후 강사들 앞에서 바로 칠판에 쓰며 설명하는 식이었다. 간단히 설명했는데 잠시 눈을 감고 상상해보기 바란다. 이 상황을 그려본다면 정말 얼마나 식은땀이 나는 평가인지 생각이 들 것이다.

하지만 이런 빡센 시스템은 초보강사였던 나에게 정말 다행이었다. 그 덕분에 많은 시스템을 몸으로 경험하고 체득할 수 있었다. 그런 부분에서 첫 학원의 경험은 지금의 나를 있도록 해 준 최고의 씨앗이 되었다. 그러나 그 씨앗이 그리 달콤하지만은 않았다. 나중에 안 사실이지만 학원 강사의 월급체계에 대해 너무 몰랐었다. 결과부터 이야기하자면 처음 10명을 가르칠 때와 나중에 70여명을 가르칠 때의 월급이 동일했다. 열정페이도 이 정도는 아니지 않을까?

수입에 대한 문제 뿐 아니라 여러 가지 이유로 첫 학원치고는 너무 많은 경험을 던져준 학원을 2년을 못 채우고 퇴사한다. 그리고 바로 다음에 이직한 학원에서부터 억대 연봉 강사가 된다. 재미있는 것은 이후 이직을 할 때마다 연봉이 올랐다. 나날이 나의 성공 시스템은 공고해졌고 더 이상 기존 학원의 시스템에 따를 필요가 없을 정도가 되었다.

어느 학원을 가더라도 내가 갖고 있는 강의 시스템, 관리 시스템, 소통 시스템, 성적향상 시스템을 능가하는 학원이 없었다. 그렇다고 이직해서 다시 시작하는 학원의 시스템을 무시하거나 따르지 않거나 하지 않았다. 오히려 새로운 학원의 시스템을 더욱 철저히 지키고자 하였고 그 속에서 나의 시스템을 진화시켜 나갔다. 그랬더니 어느 순간 학원이 오히려 나의 시스템을 채용하는 경우가 늘어났다. 즉 나는 모든 상황에 적응하고자 노력했고 더 좋은 방향으로 개선하고자 실천했다. 정말 치열하고 열정이 넘치게 임했다.

이렇게 억대 연봉 강사가 된 후 다시 삼성을 찾았다. 신형 벤츠를 타고 이전 동료를 찾았다. 잘 나간다고 자랑한다는 의미보다는 꿈을 이룬 나의 모습을 보여주고 싶었고 그들도 그들의 꿈을 찾기를 바라는 마음이었다. 그리고 나는 지금도 새로운 꿈을 꾸고 있다. 세상은 꿈을 꾸고 그것을 향해 달려가는 사람들로 인해 발전하고 빛나는 것이다.

02 왜 한 달에 1000만원을 못 버는가

지금 당신이 근무하는 직장에서 얼마의 월급을 받고 있는가? 학원 강사라면 한 달에 얼마의 수입을 올리고 있는가? 아니면 질문을 바꿔보자. 당신은 얼마의 월급을 받고 싶은가? '돈이 행복의 전부는 아니죠.'라는 이야기를 하려는 것이 아니다. 그냥 순수한 마음으로 얼마의 돈을 벌고 싶은가?

결론부터 이야기하자. 돈을 중요하다. 행복을 만들어 가는데 있어 그 무엇보다 돈은 중요하다. 돈을 많이 갖고 있는 것이 성공의 척도는 아닐지언정 당신이 원하는 성공을 이루려면 돈은 가장 중요한 역할을 할 것이다. 그러므로 성공하고 싶다면 돈을 사랑해야 한다. 돈을 사랑한다는 것이 없어 보이고 정의롭지 않아 보이는가? 안타깝게도 돈은 돈을 사랑하고 소중하게 생각하는 사람들에게 모이기 마련이다. 진심으로 성공하고 싶다면 솔직해 질 필요가 있다.

"저는 적당히 벌어도 좋아요. 한 달에 300만 원 정도면 충분할 것 같아요"

라고 말을 하지만, 속으로는 더 많은 돈을 원하지 않는가? 그런데 왜 300만 원을 이야기하느냐하면 자기 스스로 한계를 만들었기 때문이다. 그 이상의 돈을 본인은 벌지 못할 거라고 단정을 지어 버리는 것이다. 이 한계를 깨부수어야 한다. 더 큰 성공과 목표를 설정해야 한다.

자신이 갖고 있던 한계를 버리기 위해 제일 처음 해야 할 일은 직장인 마인드를 버리는 것이다. 직장인은 자신이 자신의 월급을 정하지 못한다. 그냥 회사에서 시킨 일을 하고, 정해진 시간 근무를 하면 딱 정해진 월급만 나온다. 초과 근무 수당이 있다하더라도 역시 한정적이다.

자신의 월급은 자신이 정하겠다고 결심해야 한다. 최저시급 기준으로 하는 것이 아니라 자신의 마음 기준으로 정해야 한다. 어렵겠지만 한계를 만들지 말고 지금 당신이 원하는 월급을 생각해보자. 그 동안 200만 원을 받았다면 500만 원을 생각해보자. 그 이상도 좋다.

학원 강사들이 모두 월 몇 천만 원의 월급을 받는 것은 아니다.

매 달 정해진 기본급으로 200만 원도 채 받지 못하는 강사도 있는 반면, 학생수에 따라 비율로 받는 경우 월 1000만 원 이상을 버는 강사도 있다. 재미있는 것은 같은 학원에서 근무하는 강사별로도 이런 상황이 동시에 발생한다는 것이다. 일반 직장에서는 상상하기 힘든 일일 것이다.

예를 들면 삼성에 같은 부서, 같은 사무실에서 근무하는 동일한 직급의 사원은 월급 차이가 많이 나지 않는다. 하지만 같은 학원, 같은 교무실에서 근무하는 강사들이라 할지라도 월급차이가 몇 배 이상 차이가 나는 경우가 발생한다. 직급의 차이도 아니고 경력의 차이도 아닌 순수한 실력의 차이로 월급이 결정되기 때문이다.

그러므로 본인이 마음만 먹는다면, 실력만 충분히 기른다면 강사로서 누구나 월 1000만 원을 쉽게 받을 수 있다. 그런데, 그 시작을 두려워하는 강사도 많다. 처음부터 강사 월급을 잘 챙겨주지 않는 학원에서 시작한다거나, 말도 안 되는 월급으로 시작하게 하는 학원을 만나면 그것이 현실인줄 알고 살아가는 경우가 있다. 주변에서 무엇이 옳은지를 알려주는 사람도 드물다.

내 경우를 보더라도 첫 학원에서 기본급 280만 원을 받았다. 그런데 학생수가 처음 20명에서 50명이 되고, 70명이 되어도 월급은 그대로였다. 나는 원래 학원가가 그런 것인 줄 알았다. 직장을 다녔기 때문에 쉽게 넘어간 셈이었다. 삼성전자가 수익이 몇 조원이 되었다고 해서 나에게 몇 억의 상여를 주는 것은 아니지 않은가? 그래서 학생수가 늘어도 업무가 힘들어져도 그런가보다 하고 넘어갔다.

하지만 처음 이직을 하면서부터 첫 학원의 월급제가 얼마나 비효율적이고 강사의 노동력을 착취했던 것인지를 알았다. 이를 깨닫고 나서부터 월급이 바로 500만 원 이상이 되었다. 이 후 이직을 할 때마다 월급이 올랐다. 연봉협상을 잘 해서 이뤄지는 결과가 아니었다. 학원을 옮길 때마다 나의 시스템을 강화하여 더더욱 학생수를 늘려갈 수 있었기 때문이다. 나는 항상 학생수에 따라 월급을 받았다.

그리고 최근까지 근무했던 학원에서는 한 달에 못해도 1000만 원씩의 월급을 받았다. 재미있는 것은 같은 교무실에 30여명의 강사들이 있었는데 그 중 10여명은 월급이 200만 원 내외였다. 그 강사들을 욕할 마음은 없다. 아마 그 정도의 월급에 만족하는 삶을 선택한 것 뿐이고, 그 속에서 행복을 찾는다면 끝이니까.

한편으로는 200만 원 내외의 월급을 받는 강사들은 자신이 상상을 초월하는 월급을 받을 수 있음을 깨닫지 못하는 경우도 있다. 같이 근무하던 A강사는 처음 입사할 때부터 기본급으로 수업을 하겠다고 계약을 했다. 대부분의 강사들이 학생수대로 월급을 받는 비율제로 계약을 했는데 A강사는 본인이 월 고정급으로 요청을 했다고 했다. 이유인즉, 두려움이었다.

비율제 월급으로 하면 100% 학생 인원에 따라 수입이 결정된다. 학생이 10명이면 약 100만 원, 20명이면 약 200만 원 정도라고 이해하면 된다. 그런데 A강사는 이것이 두려운 것이었다. 전에 5년간 근무했던 학원에서 단 한 번도 학생수를 20명을 넘긴 적이 없었다. 그곳에서는 비율제 월급을 받아보니 월급을 250만 원 이상을 받아 본 경험이 없었다.

이런 경험으로 새로운 학원으로 오면서 학생수에 상관없이 월급을 250만 원만 받는 것에 계약서를 작성했다는 것이었다. 그런데 재미있는 사실은 A강사는 여기서 근무하고 늘 30명 이상의 학생을 지도했다. 학원 입장에서는 강의 실력도 괜찮은 A강사처럼, 적은 월급으로 근무하는 강사에게 신입생을 넣어주는 것이 이득이기에 신입생이 오면 우선적으로 A강사 반으로 입학을 시켰다. 이미 A강사는 기본급 이상의 일을 하고 있던 셈이었다. 하지만 계약서를 다시 쓸 마음은 없다고 했다. 월급이 줄어들 것이라는 두려움이 더 컸기 때문이다.

나는 초보 강사나, 학원 강사를 준비하고 있는 사람들과 컨설팅을 하면 무조건 비율제로 받는 월급으로 계약을 하도록 한다. 학원 월급제에 대한 상세한 이야기는 뒤에서 하겠지만, 기본급만 받는 학원보다 조금이라도 성과급이 나오는 학원에서 시작할 것을 강조한다. 첫 학원부터 치열하게 일을 하려면 자신을 벼랑 끝에 세워놓는 것이 큰 역할을 하기 때문이다.

학생수에 따라 정해지는 월급을 생각하면 두려울 수 있다. 원하는 만큼의 학생이 들어오지 않으면 월급이 비참할 정도로 적을 것이기 때문이다. 하지만 이런 두려움으로 학생수에 상관없이 정해진 기본급만 받게 되면 오히려 자신의 발전과 성공의 길을 틀어막는 셈이 된다. 본인의 시스템이 강화될수록 학생수가 늘어난다. 그에 따라 월급도 늘어나야 성취감도 따르고 더 치열하게 달려갈 동기부여가 되기 때문이다.

자신이 지금까지 살아오면서 가장 많이 받은 월급을 머리에서 지우자. 오히려 그것이 자신의 능력에 한계를 던진다. 나도 첫 학원에서 280만 원의 월급을 받았던 것이 삼성을 퇴사하면서 마지막 받은 월급이 그 정도였기 때문이었다. 만약 삼성에서 500만 원의 월급을 받았었다면. 그러나 이는 중요하지 않다.

앞에서 말한 것처럼 이직을 할 때마다 월급이 늘었다. 처음 이직을 하면 학생수가 말도 못하게 적다. 하지만 한두 달을 버티면 금세 월 1000만 원을 받을 수 있게 되었다. 즉, 한계는 누가 만들어 놓은 것이 아니다. 자신만 그런 한계를 벗어날 수 있다면 누구나 월 1000만 원을 벌 수 있다. 그리고 지금의 월급에 안심해서도 안 된다. 솔직히 더 많이 벌고 싶고 그로인해 더 가치 있는 일을 하고 싶지 않은가!

지금 당장 당신의 목표를 설정해보라. 한계를 정하지 말자. 그냥 본인이 원하는 수입을 생각해보자. 처음에는 그 가치가 너무 크다고 느껴질 것이지만, 자주 생각하고 그려보면 반드시 이뤄진다. 당신은 시간 당 7000원 정도의 시급으로 일하고 있지 않은가? 학원 강사의 시급은 정해진 기준이 없다. 당신의 마음에 들어있는 백지수표에 원하는 시급을 기록하기 바란다. 당신이 성공이라 여길 만큼의 월급을 기록하기 바란다. 정 힘들다면 최소한 월 1000만 원이라고 적어보자. 스스로 믿고 나아간다면 당신이 적은 모든 꿈과 목표는 예상하는 시간보다 빨리 현실이 될 것이다.

03 학원 강사는 최고의 직업이다

　그렇다면 왜 삼성을 떠나 학원 강사였는가? 세상에 많고 많은 직업 중 왜 학원 강사인가? 처음 결정할 당시에는 잘 몰랐지만 10년을 이어온 강사생활 결과 학원 강사는 최고의 직업이다. 각 개인별로 능력에 따라 수입을 끝없이 끌어올릴 수 있고 학생과 학부모로터 선생님이라는 존경의 대상이 되기도 한다. 명예와 부를 한꺼번에 이룰 수 있는 직업이 세상에는 생각처럼 많지 않다.

　생각해보자. 대학교에 들어서면서부터 취업걱정을 할 건 아니겠지만, 3학년만 되어도 서서히 취업에 대한 고민과 준비를 하게 된다. 어딘가 쓰일지 모른다는 심정으로 쓸데없는 자격증을 따고, 어학연수의 이름으로 합법적으로 부모님 돈으로 6개월 동안 해외여행을 떠난다. 그리고 4학년이 되면 본격적으로 취업준비를 시작한다.

이미 700점이 넘는 토익점수를 800으로 끌어올리고 900점대로 완성하기 위해 도서관에서 산다. 이력서에 한 줄이라도 더 적어야 한다는 아집으로 지속적으로 쓸데없는 자격증을 계속 딴다.

그럼에도 불구하고 결과는 만만치 않다. 도대체 얼마의 스펙이 있어야 서류라도 통과해서 면접을 볼 수 있는 것인가! 사실 이 부분도 정말 하고 싶은 말이 많지만 길게 하지 않겠다. 그래도 한 가지만 이야기한다면 삼성전자에 취업할 때, 나는 토익점수는 250점대였고 단 한 개의 자격증도 없었다. 운전 면허증조차 없었다. 어학연수를 떠난답시고 비행기를 타 본적도 없었다.

그러나 결과는? 삼성전자에 한 방에 붙었다. 상세한 이야기가 궁금하다면 나의 첫 책을 읽어보거나 직접 나에게 이메일로 물어본다면 친절히 알려주도록 하겠다. 이 책은 학원 강사를 준비하고 학원 강사로 성공하는 비법을 알려주는 책이지 삼성에 어떻게 하면 채용될 수 있는지를 알려주는 책은 아니지 않은가? 하지만 방법은 있으므로 개인적으로 연락을 주면 알려주겠다.

반면 학원 강사가 되기 위해 준비해야 할 것은 너무나도 간단하다. 중요한 것은 학원 강사가 되는 스펙은 복잡하지 않다. 단순히 대학과정 4학기 이상만 이수를 했다면 누구나 강사로서 지원할 자격이 된다. 즉 2년제 전문대를 졸업했거나, 4년제 대학에서 2학년까지만 다녔어도 학원 강사가 될 수 있다. 학원 강사가 되기 위한 자격증이 있다거나 필요한 스펙은 전혀 없다.

또 수학과를 나와야 하는 것도 아니고 영어교육학과를 전공할 필요도 없다. 국문학과를 나와 수학 강사를 되는 경우도 많이 봤고, 물리학과를 나와 국어 강사가 된 사람도 봤다. 나도 수학 강사이지만 전자공학을 전공했다. 물론 전자공학을 전공한 것은 삼성전자에 입사했을 때도 전혀 쓸모가 없었다.

이처럼 학원 강사가 되는 조건의 문턱이 워낙 낮다보니 많은 사람들이 학원 강사를 꿈꾸고 지원을 하고 있다. 전국 사회인구 중 학원 업종에 종사하는 인구가 50만 명이 넘는다고 한다. 이를 총 합친다면 대한민국에서 기업 순위 4위에 이르는 정도라고 하니 정말 엄청난 규모다.

자 일단 시작은 좋다. 학원 강사로 살아갈 충분한 인프라가 한국에 구축이 되어 있고 취업 조건도 단순하며 자신을 뽑아줄 학원은 넘치고 넘친다. 너무 많을 지경이다. 이런 이유만으로 학원 강사라는 직업이 최고라는 것이 아니다. 이제부터 최고인 이유가 펼쳐진다. 즉, 누구나 시작이 쉽다면 성공도 쉬울 수 있다!

학원 강사는 개별적으로 수입이 천차만별이다. 일반적인 기본급 체계로 돌아가는 학원도 많지만 대부분 학생수와 성과에 따라 비율로 결정되는 학원이 더욱 많다. 그리고 현재는 여러 가지 사유로 기본급과 비율제를 섞어서 월급을 책정하는 학원도 늘고 있다.

우선 초등부와 중등부는 기본 월급제를 채용하는 학원이 많다. 그 만큼 학원 입장에서 손쉽게 강사를 뽑을 수 있기 때문이다. 실제로 초중등을 맡고자 하는 강사가 제일 많다. 나름 수업준비에 대한 부담이 적고 만만하다고 생각하기 때문이다. 일반 회사보다는 월급이 많기에 선호하는 편이다. 그러나 그래봤자 일반적인 기본급을 보면 150만원에서 250만원 내외일 뿐이다. 설마 이게 안정적이고 많다고 생각하는가?

반면 고등학생을 주로 지도하는 학원의 경우 비율제로 월급을 책정하는 편이다. 고등과정은 강사의 실력도 학생 성적에 큰 영향을 주기 때문이다. 물론 초중등 강사들의 실력을 낮게 보는 것이 아니다. 보편적인 월급체계가 그렇다는 것이지 오해하지는 말자.

강사가 데리고 있는 학생의 인원수에 따라 월급이 정해지는 비율제는 그야말로 능력제의 최고봉이다. 물론 학원에서 학생인원을 데리고 장난을 안 친다면 말이다. 강사가 강의력이 뛰어나고 학생과의 소통이 원만하다면 금새 소문이 나고 신입생이 몰린다. 시험 기간이 끝나면 성적이 향상된 학생들을 보고 친구들도 몰려온다. 점점 데리고 있는 학생들이 늘어나고 월급은 급격하게 상승한다. 그 상한선 또한 학원별로 강사별로 다르다. 그래서 멋진 것이다.

물론 비율제를 싫어하는 강사가 있고 학원이 있다. 강사 입장에서는 처음에는 월급이 적을 것이다. 학원이 처음 채용한 초보강사에게 50명의 학생을 넣어줄리 없다. 대개는 10명 내외에서 20명 내외 정도를 준다. 그럼 월급이 200만원이 채 되지 않거나 100만원 안 될 수도 있다. 그리고 이후에도 학생들이 늘지 않을 것을 걱정하며 그나마 안정적이라고 생각하는 고정 월급제로 계약하는 강사도 있다. 또 1년 이상 근무했을 시 퇴직금이라도 받고자 월급제로 하기도 한다. 이 부분은 뒤에서 이야기하도록 하자.

학원 입장에서는 장단점이 있다. 초보강사의 경우 비율제로 월급을 주는 것이 덜 부담스럽다. 하지만 상도가 있고, 자신이 채용은 했으므로 처음 몇 달은 기본급을 챙겨주는 경우도 있긴 한데 드물다. 그렇다고 월급제로만 하려고 하면 진짜 능력 있는 강사를 구할 수가 없다. 어느 정도 실력이 있다하는 강사는 모두 비율제로만 월급을 가져간다.

그래서 학원에서 생각한 것이 기본급과 비율제를 합친 것이다. 예를 들어 학생의 수에 상관없이 기본급 200만원을 설정하고 학생이 30명을 넘어가면 그 이후부터 수강료의 50%를 강사에게 주는 경우이다. 그리고 퇴직금을 교묘한 방법으로 설정해서 가능한 최소한의 퇴직금만을 주기위해 계약서를 작성한다.

기본적인 월급체계에 대해 이야기했다. 자, 어떤 월급을 선택할 것인가? 학생의 수가 적든 많든 항상 일정한 월급을 받는 고정급을 할 것인가? 처음 인원의 리스크를 안고라도 미래를 위해 비율제 월급을 할 것인가?

지금 설마 고민을 하고 있는가! 당신이 강사로서 성공하고 싶다고 이 책을 읽고 있다면 무조건 비율제로 계약을 해야 한다. 그래서 가능한 초중등보다는 고등부 전문인 학원을 가는 것이 좋다. 국어, 수학, 영어, 과학, 사회 모두 마찬가지이다.

자신의 능력을 확장시켜 그로인해 점차 학생수가 늘어간다. 더불어 수입도 늘어난다. 당연한 계산이고 논리이고 일할 맛이 나는 것 아닌가? 나는 이러한 성취를 안타깝게도 회사생활에서는 느낄 수 없었다. 남들보다 더 열심히 일해도 월급은 정해진 기본급만 나온다. 야근수당, 주말수당, 휴일수당이라고 해봐야 월 60만 원 정도가 최고였다. 그러나 돈을 떠나서라도 나는 내가 하는 만큼의 성취를 느끼고 싶었고 그 만큼의 성과를 보상받고 싶었다. 학원 강사는 이것을 느끼고 누리기에 완벽했다.

서울에서만 강사생활을 하던 내가 분당으로 처음 왔을 때 학생수가 11명이었다. 첫 달 월급이 100만원이 조금 넘었다. 그리고 그 다음 12월에도 인원이나 월급은 크게 늘지는 않았다. 완벽한 비율제 체계였기 때문이다. 하지만 나의 시스템을 믿었다. 매일같이 치열하게 수업준비를 하고 미친 열정으로 수업을 했다. 숙제검사에 목숨을 걸었고 학생, 학부모와의 소통에 몰두했다. 나의 시스템을 한꺼번에 쏟아 부었다.

그리고 세 번째 되는 달! 시스템은 제대로 성공을 불러왔다. 학생 수가 80명을 돌파했고 그 달에 1500만원을 찍었다. 바로 이것이다. 최선을 다하는 만큼 성과와 결과가 그대로 나타난다. 학생들은 순수하고 정직하다. 학원 시스템도 인정할 수밖에 없는 결과였다. 모든 것이 완벽했다.

이 완벽함은 돈이라는 성과에서 멈추지 않았다. 치열하게 공부한 학생들도 좋은 시험 결과가 나왔고 학생과 학부모로부터 감사의 인사와 문지가 넘쳤다. 스승의 날에 선물이 교무실책상을 덮었다. 최선을 다 한 만큼 멋진 감사와 명예를 얻게 된 것이다. 학원 강사는 단순한 직업이 아니다. 그야말로 진정한 선생님이라는 직업이다.

선생님이라는 직업은 누군가에게 가치를 주는 것을 의미한다. 학생들이 그냥 성적이 올랐다고 해서 선생님 덕분이라는 이야기를 하지 않는다. 결과만큼 과정도 중요하다. 학생의 꿈을 찾아주고 진실되게 소통하며 지속적으로 자극과 동기부여를 줘야한다. 비율제 강사로서 학생을 돈으로 봐서는 절대 성공할 수 없다. 그들의 가치를 찾아줘야 한다. 그리고 그 진정성은 학생들과 학부모, 학원 관계자들이 쉽게 눈치를 채고 인정하다. 인정을 받는 순간 당신은 최고의 강사의 반열에 오르는 것이다.

아직도 학원 강사를 단순한 돈벌이를 위한 직업으로만 보이는가?

아직도 사회에서 천대받고 사교육을 키우는 악의 축으로 보이는가? 이런 쓸데없는 사회의 시선에 단 한 순간도 관심가질 필요 없다. 자신의 열정을 제대로 표출할 수 있는 칠판이라는 무대가 있고, 그로 인해 꿈과 가치를 찾아가는 학생들이 앞에 앉아 있다. 그리고 당신은 최고의 강사로 빛이 나고 있다. 부와 성공이 저절로 끌어당겨지고 있다. 이 모든 것이 당신이 노력하는 여하에 따라 가장 자연스럽게 이뤄지는 것이 바로 학원 강사이다.

04 초보도 알아야 할
학원시스템

아는 만큼 보인다고 했다. 병아리에게는 작은 상자가 온 세상의 전부이고, 작은 섬에 사는 사람은 섬만이 세상의 전부로 생각을 한다. 큰 꿈을 꾸고 제대로 시작하기 위해서는 기본적인 시스템에 대해 알아둘 필요가 있다. 아는 만큼 제대로 시작할 수 있다는 말이다.

나도 처음 학원을 시작할 당시 전반적인 학원 시스템에 대해 알려고 하지 않았다. 내가 생각하고 판단하는 것이 전부라고 생각했다. 출퇴근 시간은 어떻게 되는지, 월급은 어느 정도인지 나름의 기준에서만 생각을 하고 다가갔다. 그로인해 이 후 닥쳐온 부당한 상황에 대해 그것이 부당한지도 판단하지 못했다.

예를 들어 지도하는 학생수가 30명일 때와 70명일 때의 월급이 동일함에도 그것이 부당하다는 생각을 못했다. 그냥 일이 힘들어졌다고만 생각했다. 원장은 그것이 부당하지 않은 상황이라고 지속적으로 세뇌교육을 했다. 학생수에 따라 월급이 달라지는 비율제라는 월급체계가 있다는 것도 몰랐다. 출근시간이 1시였음에도 그것이 얼마나 빠른 출근인지, 새벽 1시 퇴근이 얼마나 말이 안 되는지 판단을 하지 못했다.

학원 강사가 되기로 했다면 모든 상황에 대해 알 필도도 없고 알수도 없지만 기본적인 학원 시스템에 대해 어느 정도는 알 필요가 있다. 자신의 능력과 열정의 가치만큼 보수를 받으며 얼마든지 일할 수 있는 학원이 있음에도 모른다면 얼마든지 부당한 상황에 처할 수 있기 때문이다.

얼마 전 대학교를 2년 전에 졸업하고 학원 강사를 시작한 26살 수학강사와 컨설팅을 진행했다. 그는 주 4일 출근에 월급이 70만원 정도였다. 뭐! 70만원? 주 4일 출근이라고는 하지만 월급이 너무 적었다. 확인해보니 시급 만 이천 원으로 월급을 받는다는 것이었다. 그는 그것이 당연한 월급이라고 생각하고 있었다. 그곳이 첫 학원이었고 첫 사회생활이었다. 아무도 그에게 초보 강사로서 월급을 어느 정도를 받아야 하는지 알려주지 않았고, 물어보려고도 하지 않았다. 단지 원장과의 면접을 통해 그렇게 하기로 했다는 것이었다.

해당 학원의 원장을 욕하고 싶지는 않다. 왜 적정 수준의 초보강 사로서의 대우를 하지 않느냐고 따지고 싶지도 않다. 일단은 시급이라는 월급에 만족하고 1년을 넘게 근무하고 있는 26살 강사에게 문제가 있다. 조금만 알려고 하면 얼마든지 알 수 있는 사항임에도 그러지 않았다는 것! 그리고 기본적인 경제적 감각이 있다면 월급이 70만원이라는 것이 얼마나 적은건지 알 수 있지 않은가!

학원 월급체계는 이미 앞에서도 이야기했고, 뒤에도 다양한 스토리로 정리를 해 놓았다. 다시 정리하면 학원의 일반적인 월급체계는 기본급만 주는 것, 비율제로 주는 것, 기본급에 비율제를 혼합한 방식으로 나눌 수 있다. 시급으로 주는 시스템은 들어가지 말자. 스스로의 열의도 떨어지고 성과에 대한 큰 보상을 바랄 수 없기 때문이다. 사실 시급제로 주는 학원도 거의 없다.

출근 시간의 경우 대상 학년이 어떠냐에 따라 달라진다. 초등학생 중심의 경우 1시에서 2시에는 출근을 한다. 강의 시작시간이 3시 정도로 빠르기 때문이다. 대신 퇴근시간이 저녁 9시 정도로 중고등부에 비해 한두 시간 빠르다. 중학생, 고등학생 중심 학원의 경우 출근시간이 오후 3시에서 4시 정도로 정해진다. 그리고 대부분의 수업이 밤 10시 정도에 종료가 된다. 주요 도시의 경우 밤 10시로 교습시간이 제한되어 있기 때문인데 아직 제한되지 않은 지역은 밤 11시까지는 수업을 한다.

중요한 것은 출퇴근 시간은 학원 선택 시 크게 고려하지 않았으면 한다. 빠르면 빠른 대로 일찍 출근해서 시간을 활용하면 되기 때문이다. 학원이 마음에 든다면 이 정도쯤은 고려대상에서 제외하자.

학원은 대개 주말에도 수업을 한다. 중고등부 학원은 거의 100% 주말에 수업이 있다고 보면 된다. 그래서 대부분의 학원 강사들이 주말보다는 평일에 휴무인 경우가 많다. 내 경우 평일휴무가 강사로서 큰 장점이라고 생각이 된다. 평일에 쉬면 여행을 가도 차가 안 밀리고 여유 있게 놀이동산을 이용할 수 있기 때문이다.

물론 주말에 결혼식이라든지 모임이 많이 있어 참석이 힘든 경우가 많다. 그런데 오히려 성공하기로 마음먹은 초보강사라면 어느 정도 성공의 길에 들어설 때까지 그런 모임에 안 가도 되지 않을까싶다. 1년 정도면 충분히 성공할 수 있으니 1년 정도만 참는 것이 불가능하지는 않다. 해당 학원에서 일타 강사가 되고 성공의 길에 들어서면 본인이 원하는 날에 휴강할 수도 있고 얼마든지 강의 날짜 조정이 가능해지기 때문이다. 사실 그 전에라도 특별한 경조사에 참석을 위해 휴강하는 것을 못하게 하는 원장은 없다.

내신대비 기간의 경우 시험기간 전 한 달 정도부터 진행이 된다. 이 때는 정말 목숨을 걸고 준비해야 한다. 학생의 성적을 만드는 것이 제일 큰 강사의 책임이기 때문이다. 그리고 시험기간이 되면 거의 2주에서 3주간은 휴무도 없이 출근해야 하는 상황도 벌어진다. 각종 보충에 시험대비 특강이 진행되고, 휴무 다음날 시험이 있는 학생을 위해 휴무인 날에도 출근을 해서 시험 직전 보충을 해야 한다.

방학기간은 강사에게도 학생에게도 최고의 기간이다. 특히 강사 입장에서 보면 두 배 이상의 수입을 올릴 수 있는 기간이기 때문이다. 학생들이 방학을 맞이하여 한 두 과목을 추가해서 수업을 듣는다. 방학특강을 통해 강사의 월급도 증가하는 셈이다.

방학 특강의 경우 기본급을 받는 강사의 경우 특강 수입의 얼마를 주는 식으로 사전에 결정이 된다. 안타깝게도 생각하는 만큼 받지는 못할 것이다. 그래서 비율제 월급제를 해야 하는 것이다. 비율제의 경우 특강도 동일한 비율로 받기나 혹은 더 많이 강시에게 돌아오기 때문이다.

이렇게 말하니깐 마치 방학을 수입을 크게 올리는 절호의 찬스처럼 생각할 수 있겠다. 그보다 중요한 것은 학생의 학습습관과 성적이다. 학생에게 필요하기 때문에 특강을 하는 것이지 강사의 수입을 올리겠다는 마음으로 다가가서는 안 된다. 그래서 학생을 정확히 파악하고 방학 전에 상담을 제대로 진행해야 한다. 그로 인해 추가 특강이 필요한 학생, 선행학습이 필요한 학습에게 특강을 권해야 하는 것이다.

여러 가지 성공 시스템을 통해 이야기하겠지만 이제는 강의만 잘하는 학원 강사가 아니라 여러 가지 방면에서 다양한 특성을 지녀야 한다. 학원에서 지시하는 업무에 대해 불평 없이 진행해야 하고, 학생과 학부모와의 정기적인 상담과 소통, 철저한 테스트와 관리력 등이 필요하다.

학원에서 지시하는 기본 업무는 복잡하지 않다. 학습계획표를 작성하고, 일일 업무일지 정도만 기록하면 된다. 업무일지에는 반별 학생 출결관리에 대한 내용, 상담한 이력 등이 기록된다. 기본적으로 당연히 강사로서 해야 하는 업무이다. 그 밖에도 시험기간이면 기출문제를 수거하는 등 시기별로 업무가 추가되는데 사실 불필요한 것은 없다. 원래는 학원이 지시하지 않아도 당연히 해야 하는 일이 많은데 워낙 강사들이 '알아서!' 하지 않기 때문에 학원이 관리하는 셈이다.

학생을 파악하고 분석하기 위해 주기적은 테스트를 해야 하고 숙제검사를 철저히 진행해야 한다. 시험은 일일, 주간, 월간, 실전 테스트 등을 들 수 있다. 다는 아니더라도 일일 테스트만큼은 꼭 진행해야 함에도 하지 않는 강사들이 너무 많다.

또 숙제를 내줘도 검사를 하지 않는 강사들도 많다. 숙제는 학생에게도 중요하지만 강사에게도 중요하다. 학생의 성적을 절대적으로 향상시킬 수 있고 스스로 공부할 수 있는 능력을 키워주는 가장 효과가 큰 것이기 때문이다. 그렇기 때문에 철저히 검사를 해야 하고 숙제를 통해 학생의 현 수준과 학습습관 등을 파악해야 한다.

마지막으로 학생과 학부모와의 상담도 해야 한다. 학원이 시켜서 하는 것이 아니라 강사로서 당연히 해야 하는 일이다. 하지만 역시 알아서 하는 강사가 많이 없다. 그래서 학원에서 업무로 지시하는 경우가 많다. '하루에 몇 명 상담할 것'이라는 업무가 내려온다. 하지만 시켜서 한다고 생각 말고 필요성을 깨닫기 바란다.

상담을 통해 학생과 학부모가 생각하는 것을 들을 수 있고 그것을 통해 자신의 시스템을 개선하고 수정할 수 있다. 고객의 니즈를 정확히 파악해야 제대로 된 서비스를 제공할 수 있지 않은가? 학년별로 상담 주기가 다르고 어떻게 진행해야 하는지에 대해서는 뒤에서 성공 시스템에서 설명해 놓았다.

지금까지 학원 전반적인 시스템에 대해 설명을 했다. 강사를 시작함에 있어 이 정도는 알아두고 들어가야 제대로 자신의 실력발휘를 할 수 있다고 믿는다. 물론 위에서 설명한 내용 말고도 강사로서 알아두면 좋을 것들의 항목은 넘치고 넘친다. 이 책에서 최대한 많은 것들을 상세히 알려줄 것이다.

다시 강조하지만 아는 만큼 보이고 그 만큼 성장할 수 있다. 나는 첫 학원에서 70명 이상을 가르침에도 월급이 300만 원 밖에 되지 않았다. 그 학원의 수학 일타 강사 월급이 450만 원밖에 되지 않는다는 것에 충격을 받았다. 그러나 다음 학원에서부터 강사들의 월급이 500만 원부터 천 만 원이 넘는 것을 보고 긍정적인 충격을 받았다. 얼마든지 세상은 넓다는 것이고, 수많은 학원 중에서 자신의 실력을 제대로 발휘하고 월 천 만 원 이상의 월급을 받을 수 있음을 깨달았다. 내가 했기에 누구나 가능하다고 확신한다. 당신 스스로도 할 수 있다고 생각할 수 있기를 바란다.

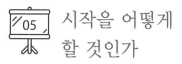

05 시작을 어떻게 할 것인가

　생각해보면 어떤 직업을 정하고 시작할 때, 시작하는 위치가 정해져있다. 자신이 무언가를 선택하고 결정하는 상황은 거의 없다. 나도 삼성에서 신입사원 연수가 끝나고 나서 부서 배치를 받을 때 나의 선택권한은 없었다. 알 수 없는 연수 점수로 배정을 받는다고 하는데 점수조차 알려주지 않는다. 회사뿐 아니라 식당 아르바이트를 하더라도 선택의 여지가 크지는 않다. 주인이 서빙을 지시하면 서빙을 해야 하고, 주방보조를 하라고 하면 해야 하지 않는가.

　하지만 학원 강사만큼은 시작하는 위치를 자신이 정하는 폭이 매우 크다. 과목을 선정하는 것도 자신의 몫이고, 어떤 학년을 대상으로 강의할지도 정할 수 있다. 학원의 위치와 규모도 자신이 원한다면 원하는 곳을 선택할 수 있다. 이렇게 선택의 폭이 큰 만큼 함정이 많이 도사리고 있고 보물과 같은 성공의 기회도 널려 있다. 즉, 제대로 알고 시작하는 것이 중요하다.

우선 과목에 대한 이야기를 해보자. 한 번은 28살의 H강사와 일대일컨설팅을 진행하는데 그는 화학강사를 하고 싶다고 이야기했다. 물론 컨설팅 이전에 미리 받은 자기소개서를 통해 H강사가 화학과를 졸업했고 화학을 좋아해서 화학강사를 하고 싶다는 것은 이미 알고 있었다. 내가 갖고 있던 생각이 있었지만 확실히 해두고 싶어 메가스터디 지구과학 인강 강사로 유명세를 날리고 있는 고등학교 친구에게 물어봤다.

친구의 의견도 나와 크게 다르지 않았다. 시작을 과학과목의 강사로 하기에는 너무 힘들다는 것이었다. 초반의 월급도 높지 않고, 실제 강사를 뽑는 학원도 많지 않다. 이미 경력이 많은 강사들이 독점하듯이 하고 있어 초보강사에게는 힘이 들 것이라는 것이었다. 물론 너무 화학이 좋고 화학강사로만 꿈이 있다면 모든 것을 뒤로 하더라도 시작하면 된다. 하지만 나는 초보강사가 가장 단 기간에 억대 연봉 강사로 되는 조언을 해야 한다. 그런 의미에서 과학 강사로 시작하는 것을 만류하고 수학강사로 시작하도록 이야기했다.

H강사는 본인도 짐작하고 있었다는 듯이 그러지 않아도 확인하고 싶어서 물어봤던 것이고 자신도 수학강사로 시작할 마음을 갖고 있었다고 했다.

잠시 집고 넘어갈 것이 있다. 모든 학원 강사의 시작을 국어, 수학, 영어라는 소위 주요과목으로 시작할 필요는 없다. 과학과 사회 강사를 통해서도 얼마든지 억대 연봉의 반열의 올라있는 강사들도 많고 본인의 능력과 열정이 출중하다면 성공이 있을 수 있기 때문이다. 그러나 평균적인 강사의 능력과 학원가의 시장성을 볼 때 이왕이면 주요과목으로 시작하는 것이 덜 부담스러울 수 있다는 것이다. 절대 과학과 사회과목을 등한시한다거나 강사를 낮게 본다는 의미는 절대 아니다. 실례로 내 주변의 과학과 사회강사들 중에는 월 수천을 벌어들이는 강사들이 너무도 많다.

당신도 학원을 다녀봤겠지만 주요과목에 대해 중점적으로 배우지 않았던가? 지금도 크게 환경이 달라지지는 않았다. 여전히 학부모님들은 수학, 국어, 영어 중심으로 학원을 보내고 있다. 이 세 과목이 갖춰지지 않는 이상 과학과 사회학원을 보내는 것은 뒤로 미루는 경향이 있다. 어떤 경우는 주요과목은 학원을 다니고 다른 과목을 인강을 통해서만 진행하는 상황도 많다.

과목에 있어서 당신이 생각하는 지금의 그 느낌이 맞다. 굳이 과학과 사회강사를 꼭 해야 하는 상황이 아니라면 주요과목으로 시작하기를 권한다. 정 하고 싶다면 주요과목을 통해 성공의 길을 만들어놓고 여유를 갖고 자신이 진짜 하고 싶은 과목을 해도 되지 않을까?

또 과목을 정하는데 있어 절대 2개의 과목을 동시에 하면 안 된다. 나도 처음 학원을 시작할 때 하마터면 수학과 과학을 같이 시작할 뻔 했다. 친구가 근무하던 학원이었는데 이미 친구가 그렇게 수업을 하고 있었다. 그런데 친구가 퇴사를 하게 되면서 그곳에서 일하는 것을 나한테 부탁을 했는데 고민 끝에 하지 않기로 결심했다.

두 가지의 과목을 하게 되면 이도저도 아닌 강사가 된다. 학생들은 1등 강사를 원한다. 제대로 실력을 갖추고 있는 강사에게 제대로 배우고 싶어 한다. 물론 강사의 능력이 매우 뛰어나다면 무엇이든 해내겠지만 실전은 다르다. 과목별로 강의 준비 방법, 자료 확보 과정, 내신대비 등 많은 부분이 다르다. 실제 10년을 넘게 강사생활을 했지만 두 과목 이상을 하면서 제대로 성과를 내는 강사를 본 적이 없고 실제 두 과목 이상을 강의하는 강사도 드물다.

자 그럼 과목을 결정하자. 두 개 이상을 함께할 수 없다면 딱 한 과목을 정해야 한다. 그렇기에 주요과목 국어, 수학, 영어 중에서 결정하길 권한다. 전체 학원 시장의 상황과 입시체제를 보더라도 그것이 옳다.

자신이 문과를 나왔다하더라도 수학을 하는데 부담스러워할 필요 없다. 국문학과를 졸업했다하더라도 이과수학까지 거뜬히 강의하는 강사들이 많다. 또한 공대를 나왔다고 해서 국어, 영어강사로 꾸준히 잘 나가는 강사들도 많으니 대학교 과에 연연하지 말고 오로지 자신이 하고 싶은 과목을 결정해도 좋다.

자 과목을 결정했으면 이제 강의 대상을 결정해보자. 초등학생, 중학생, 고등학생 중 누구를 선택할 것인가? 아주 특별한 이유가 없다면 시작을 중학생과 고등학생으로 결정하기 바란다. 그리고 점차 무게중심을 고등학생 쪽으로 확장을 해야 한다. 그럼 당연히 학원도 중고등부 중심으로 선택해야 한다.

다시 강조하지만 초등학생을 지도해야할 강사도 필요하다. 모두 중고등학생을 가르치는 강사가 될 필요는 없다. 그러나 이 책을 읽는 당신에게 최대한 빨리 학원 강사로 성공할 수 있는 방법을 알려줘야 한다. 물론 초등학생을 지도하는 강사 중에도 억대 연봉을 달리는 강사도 있을 수 있다. 하지만 나의 성공 노트에 초등학생을 지도하는 억대 연봉 강사는 안타깝게도 아직 없다. 반면 중고등학생을 가르치는 강사들은 성공한 강사들이 많다. 특히 고등학생 중심으로 지도하는 강사가 중학생을 지도하는 강사보다 수입이 많은 경우가 많기에 이렇게 권하는 것이다.

그럼 왜 고등학생을 가르칠 경우 수입이 큰 이유를 알려주겠다. 첫 번째는 학원 수강료의 차이가 있다. 각 시도 교육청에서 정해져 있는 교습비가 분단위로 책정되어 있는데 초중고 순으로 금액이 상승한다. 비록 몇 십 원 차이지만, 실제 학원비로 계산이 되면 적게는 몇 만원에서 크게는 몇 십만 원까지 차이를 보인다.

두 번째는 강의 수용인원의 차이다. 초등부의 경우 소수정예로 수업을 하는 경우가 많다. 한 반에 5명 이상만 되어도 학부모의 불만이 들어온다. 첨삭식 수업이든 강의식 수업이든 인원이 어느 정도를 넘으면 초등부는 관리도 힘들고 불만이 넘친다. 반면 중고등부는 수용인원의 부담이 적다. 강사 실력만 좋다면 수십 명을 데리고 수업을 해도 좋다. 단과의 경우 몇 백 명을 데리고 수업하는 경우도 있을 정도다.

마지막 세 번째로 고등학생을 지도하는 것이 좋은 이유는 당신의 실력을 제대로 인정받을 수 있다는 것이다. 초등학생은 아무리잘 지도해도 성과로 증명하기 힘들다. 학교에서 시험을 치르지도 않고 강사의 실력에 크게 좌우될 만한 학생의 실력 향상이 눈에 보이지 않는다. 중학교도 거의 1년 반은 학교에서 시험을 치르지 않기에 성적으로 증명하기가 힘들다. 또 중등부의 경우 강사의 실력에 크게영향을 받지 않는다. 어느 정도 정해진 수업만 진행해도 얼마든지학생들을 지도할 수 있기 때문이다. 그래서 초등, 중등만 하려는 강사가 많은 것이고 해당 강사를 쉽게 구할 수 있기에 학원 입장에서는 적당한 기본급만 주려고 한다.

하지만 고등부는 다르다. 고등학생의 경우 대학교 입시와 직결되는 시험이 매 년 4번이 치러진다. 그리고 수능시험까지 기다리고 있다. 모든 결과와 성과가 바로 증명이 된다. 더불어 고등학생이 되면 학생들도 강사의 실력을 판단하는 기준이 생긴다. 즉 제대로 강사의 팬이 생길 수 있다는 것이고 알아서 강사를 홍보해 줄 공간이 열리는 것이다.

그래서 고등부에서 제대로 시작한다면 가장 빠른 기간에 성과를 만들고 입소문을 만들어 성공의 길에 들어설 수 있게 된다. 학원입장에서는 초보강사라는 부담이 있기에 모든 수업을 고등학생으로 주지 않겠지만 중학생을 주로 하더라도 반드시 고등학교 1학년이라도 맡아서 진행해야 한다. 그것도 힘들다면 중학교 3학년을 대상으로 고등학교 신행과징이라도 진행해야 한다.

이렇게 과목을 정했고 학년도 정했다면 마지막 남은 것은 월급체계이다. 월급 때문에라도 고등학생을 메인으로 하는 것이 좋다. 초등부, 중등부 강사는 쉽게 구할 수 있는 상황이다 보니 기본 월급만 주려는 학원이 많다. 중등부 중심의 경우 월급이 200만원에서 250만원 내외로 결정되는데 초등부는 이보다 낮아지고 고등부는 조금 높게 책정이 된다.

고등부를 맡게 되면 기본 월급체계 이외 비율제라는 성과급제로 월급이 책정되는 경우가 많다. 학원 강사의 빠른 성공을 가져올 수 있는 포인트가 바로 이 '비율제 월급'시스템이다. 간단히 말하면 자신이 가르치는 학생수에 따라 월급을 받는 것이다. 학생별로 수강료를 지불하면 일반적으로 그 중 40%에서 60% 정도를 강사에게 준다. 비율제일 때의 수입과 기본급만 받을 때의 수입은 비교할 수도 없을 정도이다. 학원 강사 월급 체계와 상세한 이야기는 2장에서 다루도록 하겠다.

시작은 어디에서나 중요하다. 학원 강사는 시작의 선택을 자유롭게 결정할 수 있다는 장점이 있다. 이 장점을 제대로 활용한다면 성공의 길에 유리한 위치를 선점할 수 있다. 즉, 빨리 성공하고 싶다면 주요과목으로 선택을 하고 가능하면 고등학생을 지도하는 방향으로 결정해야 한다. 그리고 두려움을 버리고 기본급이 아닌 100% 자신의 성과로 수입이 들어오는 비율제로 월급을 정해야 한다.

06 강사도 선생님임을 의식하라

아직 사회적 위치로 볼 때 학원 강사를 좋게 보지 않는 경우가 많다. 마치 사교육을 조장하는 암흑의 집단으로 치부해버리는 생각이나 언론의 기사들이 아직도 등장을 하고 있다. 그러나 스승의 날이면 학생들은 학교 선생님보다 학원 강사에게 선물을 주고 감사의 마음을 전한다. '김영란법'이 시작되기 이전에도 그러했다. 리서치기관의 여론조사에서도 학원 강사가 학교 선생님보다 수업 준비를 철저히 하고 더욱 학생들과 소통하려고 노력한다는 결과도 나왔다.

내가 말하고 싶은 것은 그래서 학원 강사가 학교 선생님보다 더 낫다는 것이 아니다. 학원 강사로서 학생의 미래와 성적을 위해 학교 선생님 못지않은 책임을 느끼고 노력하고 있음을 밝히고 싶다. 정말 많은 강사들이 치열하게 살아가고 있다.

그래서 일단 학원 강사가 되기로 마음을 먹었다면 본인 스스로 '선생님'이라는 직책에 맞는 마인드를 갖고 행동하기를 바란다. 학생은 물론 충분히 사회에 선한 영향력을 미치는 존재이며, 학생의 꿈을 밝혀주고 인도해줄 수 있는 가치 있는 일을 한다는 것에 자부심을 가졌으면 한다. 더불어 그 만큼 생각과 행동함에 있어 주의해야 할 것도 있음을 명심해야 한다.

학원을 퇴사하고 내가 운영하는 학원을 설립한지 한 달 쯤 지났을 때 고등학교 3학년 K여학생이 새로 입학했다. 함께 수업을 하던 중 K학생은 내가 이전에 근무했던 학원이 S학원임을 알았고, K학생도 나에게 오기 직전에 S학원에 다녔다고 말했다. 그리고 왜 S학원을 그만두게 되었는지를 말해주었는데 실로 충격적이었다.

S학원을 다니던 K학생은 30대 초반의 P강사에게 배우고 있었다. 어느 날 K학생이 결석을 했다. P강사는 자신의 강의를 녹화해 둔 자료를 보고 오게끔 자신의 테블릿PC를 K학생에게 빌려주었다. K학생은 집에 돌아와 공부방에서 테블릿PC를 켜고 녹화된 강의를 보고 있는데 테블릿 화면에 카카오톡 문자로 온 내용이 창으로 떴다. 그 내용이 K학생에게는 너무나도 충격적이었다.

K학생은 너무 놀라 그것을 어머니에게 보여드렸고 바로 다음날 학원을 그만둔다. P강사의 테블릿PC로 보인 문자에는 '조건만남' 여성과 P강사의 대화 내용이 담겨있었다. 더 이상은 글로 남기는 것도

민망할 정도이다. K학생의 학부모가 퇴원 사유를 말하지 않아 다행히도 P강사는 아무일도 없었다. 하지만 K학생 학부모의 주변의 모든 사람들에게는 이미 소문이 남으로 인해 S학원에게도 큰 타격이 가지 않았을까 싶다.

P강사의 행동이 잘못되었음은 물론이거니와 이렇게 부주의하게 K학생에게까지 마음의 상처를 줬다는 것은 범죄행위와 마찬가지이다. 학원 강사는 학생을 대상으로 강의를 하는 위치에 있다. 그러므로 더욱 말의 내용과 행동함에 있어 조심을 해야 할 부분이 있다. 말과 행동을 컨트롤하려면 생각도 다잡아야 한다.

이보다 더욱 충격적인 사건도 있었다. 도저히 강사로서도, 사회적으로도 절대로 있어서는 안 될 사건이었다. 같이 근무하던 여자 수학강사였던 H강사는 학원을 퇴사하고 조그만 공간에 공부방을 오픈한다. 실력도 좋고 학생들과 친화력도 좋아 금세 학생들이 늘어 공부방 운영에 어려움은 없었다. 그리고 학원에서 H강사를 도와주던 L강사는 자신의 학생 중 밀착관리가 필요한 학생 몇 명을 H강사의 공부방으로 보내줬다. 그렇게 학생을 보내줌으로서 H강사의 공부방은 나날이 학생수가 늘었다.

그러던 어느 날 H강사는 수업이 없는 날이었지만 강의 자료를 만들기 위해 자신의 공부방으로 가게 된다. 그런데 불이 켜져 있었고 문을 열고 들어가자 인기척이 들렸다. 자세히 보니 학생을 소개시켜

줬던 L강사였다. 친분이 두터웠기에 가끔씩 공부방에 와서 차도 한 잔하고 이야기도 하는 사이였다. 그렇다고 둘이 연인사이였거나 그렇지는 않았다 왜냐하면 서로 각각의 가정이 있었기 때문이다.

그러나 중요한 것은 그곳에 L강사만 있던 것이 아니었다. 처음 보는 여학생이 놀란 얼굴로 있었던 것이다. L강사가 강사라는 직책임을 모르는 사람이 보면, 40대 중반의 결혼한 유부남이 고등학교 여학생과 단 둘이 있는 것처럼 보였을 것이다. 둘이 무슨 일이 있었는지는 정확히 알 수 없지만 여학생은 황급히 그 자리를 떠났고, L강사도 당황하는 기색이 역력했다 한다. 이 후 H강사는 L강사와의 인연을 끊는다.

L강사가 H강사의 공부방에서 그 여학생의 학습을 도와주는 일을 해 주었다하더라도 그런 공간에 단 둘이 있는 모습은 오해의 여지가 너무 크다. 게다가 그랬다면 왜 둘이 당황하며 여학생은 도망가듯 떠났겠는가. 물론 구체적인 이야기는 여기까지이고 그 이상이 이야기는 나름의 판단에 맡기겠다.

만약 정말 여학생과 보충을 진행한다면 학원에서 해도 되고, 오픈 된 공간인 카페 등에서 하는 것이 맞다. 학생을 지도하는 데 있어 단 한 치의 오해할 만한 행동을 하면 안 된다. 설사 그런 마음이 없었다 하더라도 제 3자의 눈에 조금이라도 그렇게 보인다면 그것은 잘못된 행동이다.

첫 학원에서는 이런 일도 있었다. 교실에서 한 남자 강사가 여학생 한 명을 데리고 보충을 진행하고 있었다. 학생의 아버지가 공부가 끝나면 데려가기 위해 학원에 왔고 학생이 공부하는 모습을 보기 위해 교실로 갔다. 당시 여학생 바로 옆에 남자 강사가 앉아서 연습장에 문제를 풀어주며 질문을 받아주는 보충을 하고 있었는데 아버지 눈에는 그것이 단지 공부하는 모습만으로는 보이지 않았다.

건장한 남자 강사의 어깨와 팔이 여학생과 살짝살짝 닿는 모습이 아버지 눈에 들어왔고 바로 원장실로 찾아가 퇴원을 이야기한다. 이후 학원에는 강사의 학생 지도 규칙이 새로 신설된다.

"학생을 지도할 때 절대 학생 옆에 앉지 말고 서서 지도할 것!"

수업 중이건 보충을 진행하건 학생을 지도할 때면 절대 학생 옆에 앉으면 안 되는 규정이었다. 문제를 풀어주기 위해 학생 옆에 서서 연습장에 풀어줘야 했고, 허리 숙이기가 힘들면 무릎을 구부린 채로 풀어줬다.

이런 규정을 만들게 한 여학생의 아버지를 탓하지 않는다. 오히려 감사의 말씀을 드리고 싶다. 단 한 치의 의심의 여지가 생길일이 없기 때문이다. 그것이 남자 강사에게만 해당하는 것이 아니다. 여자 강사와 남학생 사이에서도 얼마든지 오해가 생길 수 있다. 얼마 전 초등학교에서 남학생과 여선생님의 성관계로 인해 여선생이 징계 및 구속처리가 된 뉴스도 있지 않은가?

특히 고등학생을 지도하는 강사의 경우 더욱 조심을 해야 한다. 여학생이던 남학생이던 한 창 민감한 시기이기 때문이다. 사소한 말 한 마디와 행동이 학생들에게 상처가 될 수 있고 오해할 수 있는 일이 생길 수 있기에 매사 조심하고 또 주의해야 한다.

의식적으로 조심해야 함을 각인시키지 않으면 안 된다. 평소에 하던 생각이 자기도 모르게 말과 행동으로 나올 수 있기 때문이다. 그렇기 때문에 자신이 강사임을 선생님임을 의식적으로 계속 생각해야 한다. 선생님이 가져야할 마음자세와 마인드를 가질 수 있도록 마음을 다져야 한다.

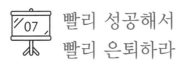

07 빨리 성공해서 빨리 은퇴하라

"강사의 최종 목표는 자신의 학원을 차리는 건가요? 김홍석 강사님의 최종 목표는 무엇이죠?"

한 강사와의 일대일컨설팅이 마무리 되어가던 중 마지막 질문을 받았다. 나름 가장 의미가 있는 질문이라고 생각이 들었다. 무슨 일이든 목표가 있어야 제대로 나아갈 수 있다. 1년 안에 억대 연봉을 받고 몇 년 뒤 더 많은 연봉을 받는 강사가 되는 것도 좋은 목표이지만, 가장 큰 목표를 설정하는 것은 중요하다. 그렇다면 강사의 최종 목표는 무엇일까?

강사의 최종 목표는 단순히 학원의 원장이 되는 것에서 멈추면 안 된다. 사실 자신의 학원을 차리고 원장이 되는 순간 새로운 과정과 목표가 설정되어지기 때문이다. 그래서 나는 이렇게 답했다.

"학원 강사의 최종 목표는 학원 강사를 더 이상 하지 않는 것입니다. 그래서 저의 최종 목표도 학원 강사를 그만하는 것입니다. 학원을 더 이상 운영하지 않는 것입니다. 저는 더 큰 삶의 가치를 찾아 세상에 선한 영향력을 주는 일을 할 것입니다."

누가 보면 이상한 목표일 수 있다. 학원 강사로 성공을 했고 탄탄대로를 가고 있으면서 최종 목표가 강사를 하지 않는 것이라니! 게다가 학원을 운영하고 있으면서도 학원을 운영하지 않는 것이 최종 목표라니! 하지만 사실이 그렇다.

여기서 솔직히 말할 것이 있다. 학원 강사 생활이 많이 힘들지는 않다. 1년 안에 제대로 시스템을 구축하고 실력을 쌓는다면 얼마든지 편하게 강사 생활을 하며 충분한 수입을 올릴 수 있다. 게다가 제자들과 학부모로부터 존경도 얻을 수 있다. 그것만으로도 충분히 가치 있는 직업이다. 그러나 두 가지 분명하게 하고 넘어가야 한다.

첫 번째로 생각해야 할 사항은 학원 강사 직업도 결국 자신이 직접 몸으로 움직여야 수입이 들어온다. 직접 강의를 해야 하고 강의를 하는 시간과 근무 요일 횟수에 따라 수입이 조정된다. 물론 시스템을 어떻게 활용하느냐에 따라 차이는 있겠지만, 어찌되었든 하루를 쉰다면 그 만큼 수입이 줄어들게 된다. 그렇다면 당신은 일주일에 며칠을 근무하면서 월 몇 천 만원을 받고 싶은지를 선택해야 한다.

두 번째는 몇 살까지 학원 강사 생활을 할 수 있을 것이냐는 것이다. 우선 학원을 차리고 원장이 되는 사항을 뒤로 넘기고 강사라는 직업으로만 생각해보자. 물론 이것도 개인적인 능력과 건강에 따라 차이가 있을 수 있다. 대게 40대 중후반이 되면 이전처럼 학원 강의를 힘들어하는 경우가 많다. 비록 억지로 한다고 해도 이전과 같은 열정이 넘치는 강의와 스킬을 넘나들기 힘들다. 그로인해 학원을 떠나 학원을 차리든가 교습소를 운영하게 되는데 이것도 자신이 수업을 해야만 하는 상황이라면 그리 녹록치가 않을 것이다.

즉, 내기 히고 싶은 말은 하나다. 일단 최우선 목표로 삼아야 할 것은 하나다. 학원 강사를 통해 한 살이라도 젊을 때 성공해서 부의 시스템을 갖춰야 한다는 것이다. 그런 의미에서 최단기간에 부와 성공 시스템을 갖추고 학원 강사를 수입을 위한 직업으로 삼지 않을 정도까지 만들어야 한다는 말이다.

학원 강사라는 직업만큼 시간대비 고효율 직업도 없다. 물론 의사나 변호사 등 엄청난 고효율 직업이 있지만 지금 그 직업을 하기란 쉽지 않지 않은가? 반면 학원 강사는 직업을 선택함에 있어 벽이 낮다. 따로 자격증이 있는 것도 아니고 대학교 4학기 이상만 이수하면 되니 이 얼마나 진입 장벽이 낮은가!

학원 강사가 얼마나 고효율 직업인지 직접 계산을 해봐도 좋다. 나는 강사생활을 시작하고 첫 월급이 280만원이었다. 그나마 삼성전자를 다녔던 터라 최대한 학원에서 맞춰주기 위해 배려해준 부분이 있다. 그렇다고 엄청 높은 것은 아니다. 요즘은 대부분 학원에서 250만원 내외로 첫 월급이 책정된다. 어쨌든 나는 이후 1년 뒤 월급이 500만 원 이상 상승하고 3년 뒤부터는 월 1000만 원 이상을 받는다. 사실 이 정도는 학원가에서 엄청난 월급도 아니다.

나와 컨설팅을 진행한 한 영어강사는 일주일에 3일만 근무하는데도 월수입이 1400만 원 이상이었다. 분당, 강남, 목동에 위치한 단과학원에서 소위 일타강사들은 월수입이 2000만 원 이상은 기본이다. 그렇다고 그들이 일주일에 하루도 쉬지 않고 아침부터 달리면서 벌어들이는 수입도 아니다. 알겠지만 학원 수업은 평일의 경우 저녁에만 진행이 된다. 왜냐하면 학생들이 학교를 마치고 와야 하기 때문이다.

계산기로 대충 계산을 해봐도 일반 직장인들이 받는 월급에 비할 수가 없다. 근무 시간도 직장인들보다 짧을 수밖에 없는 구조이다. 자신이 노력을 하면 할수록, 시스템만 제대로 갖추고 멋진 강의와 관리를 한다면 수입은 기하급수적으로 늘릴 수 있다.

즉 최단기간에 성공하고 빠르게 돈을 모을 수 있는 직업이라는 것이다. 그원한다면 신속히 종자돈을 만들어 다양한 곳에 투자할 수 있다는 것이고, 빠르게 부의 시스템을 만들 수 있다는 것이고, 최종적으로 자신의 몸으로 벌어들이는 수입보다 가만히 있어도 돈이 들어오는 시스템을 갖출 수 있다는 것이다. 그렇다. 학원 강사의 최종 목표는 한 살이라도 젊을 때 은퇴를 하는 것이다.

빌 게이츠나 워렌 버핏 같은 억만 장자들이 일주일에 며칠을 자신의 회사에 출근할 것 같은가? 단 하루도 출근하지 않는다. 그렇다고 노는 것은 아니다. 모든 업무는 집에서 정해진 시간에, 예를 들어 하루에 오전 30분 정도만 일을 한다. 이것조차 하지 않는 날도 많다. 그럼에도 하루에 몇 억씩의 수입을 올리고 있다.

이것이야말로 인생에서 돈으로부터 해방하는 것이고 돈을 위한 직업으로부터 해방이다. 학원 강사의 꿈도 이래야 한다. 위에서 말한 억만 장자들처럼은 아니더라도 몸으로 직접 뛰어야만 수입이 생기는 직업에서 벗어나야 한다. 단순히 돈을 많이 벌어 학원 강사를 하지 말라는 것이 아니다. 학원 강사라는 직업을 돈을 위한 수단에서 벗어나 진정한 가치와 배움을 학생들에게 주는 강사가 될 수 있다는 것이다.

안타깝게도 학원 강사나 학원의 원장들 대부분이 학생을 돈으로만 치부하는 경우가 많다. 그것이 일방적으로 잘 못된 것은 아니다. 학원이라는 것도 기업이고 이윤이 생겨야 하는 곳이다. 하지만 학생을 가르치는 강사로서 학생을 단순히 지갑을 여는 소비자로 보는 것이 아니라 꿈을 찾아가는 가치로서 대상을 인식하도록 노력해야 하지 않을까! 그러기위해 강사는 무조건 성공해야 한다. 충분한 수입을 올려야 한다.

학생 한 명이 퇴원함으로 인해 월급에서 10만원이 줄 것을 먼저 생각하는 강사가 학생에게 얼마나 대단한 가치와 꿈과 실력을 전달할 수 있을까? 왜 퇴원했는지를 분석하기보다 월급이 줄어드는 것에 대해 걱정부터 하는 강사만큼 부족해 보이는 사람이 있을까? 이런 강사들은 항상 그 굴레를 벗어나지 못한다.

일단 돈을 떠나 목숨을 걸고 최선을 다해야 한다. 어느 정도 괘도에 오를 때까지는 숨도 쉬지 말고 달려야 한다. 스스로 정한 기준에 달성을 하고 원하는 시스템이 활성화되어 돌아간다면 이제부터 본격적으로 시작이다.

안정에 멈추지 말고 더욱 변화를 가하고 수입을 크게 늘려라. 늘어나는 수입을 허투루 소비하지 말고 종자돈으로 모아라. 어느 정도의 목돈이 생겼다면 적금과 예금에 묶이지 말고 투자해야 한다. 부동산이든 주식이든 채권이든 투자해야 한다. 투자를 위해 공부도 해야 한다. 공부함에 있어 아끼지 말고 투자하라. 제대로 배워야 제대로 투자할 수 있다. 그래야 제대도 된 부의 시스템을 갖출 수 있다.

명심하자. 학원 강사로 성공하는 것이 최종 목표여서는 안 된다. 결국 사람은 나이가 들고 몸은 쇠약해지고, 어느 곳에서도 치고 올라오는 승부사들이 널렸다. 최대한 빨리 학원 강사라는 직업의 특징을 살려 소득을 기하급수적으로 올려야 한다. 그리고 자신이 더 이상 몸으로 뛰지 않더라도 수입이 들어오는 구조를 만들어야 한다. 이것이 안정적으로 구축이 되면 진짜 최고의 강사가 될 수 있다. 학생을 돈으로 보지 않는 강사. 진짜 학생의 꿈과 미래를 열어가기 위해 노력하는 강사가 될 수 있다.

은퇴란 가난과 돈에 끌려 다니는 직업에서 벗어나 진짜 직업을 갖게 되는 것이다. 자신의 가치를 찾고 더욱 큰 가치를 세상에 주는 일을 할 수 있게 되는 것이다. 어서 학원 강사로 성공하고 학원 강사를 은퇴하라!

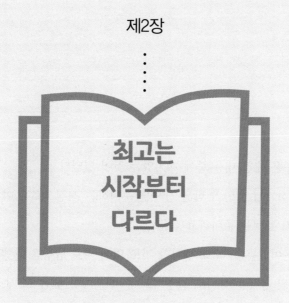

제2장

최고는
시작부터
다르다

hagwon instructor
salary of 100 million won
success class

01 최고가 되려면
최고에게 배워라

독자에게 온 메일 내용 중에 재미있는 것이 있었다.

"김홍석 작가님은 만약 학원 강사를 준비하는 시점으로 돌아간다면 제일 먼저 무엇을 준비하고 싶은가요?"

라는 질문이었는데, 오래 생각할 것도 없이 바로 답장을 보냈다.

"저는 학원 강사를 하기로 결정하고 준비를 해야 했던 그 때로 돌아간다면 학원 강사로 성공한 강사를 찾아가 어떻게 준비했고 어떻게 시작을 했는지를 물어볼 겁니다. 더 나아가 어떤 시스템을 구축해나갔기에 성공한 강사가 되었는지도 물어볼 겁니다. 그 비용이 얼마가 되었든 비용을 지불하고라도 그들에게서 조언을 들을 겁니다."

그렇다. 제대로 알고 제대로 시작할 수 있다면 가장 소중한 시간을 단축시킬 수 있다. 그리고 보다 빨리 자신만의 시스템을 구축하고 최고의 학원 강사로 나아갈 수 있다.

그러나 내가 학원 강사를 준비하던 그 시기에는 이런 생각을 전혀 하지 못했다. 당시 누군가에게 이러한 노하우와 정보를 돈을 지불하고 얻을 수 있다는 생각을 하지 못했다. 단순히 인터넷 검색을 통해 수박 겉핥기식의 정보만을 얻으려고만 했었다.

연극을 한 번도 본 적이 없는 사람은 연극을 보려면 어떻게 해야 하는지, 어디를 가야 볼 수 있는지조차 모르는 경우가 있다. 그러나 한 번이라도 대학로 마로니에 공원에 가봤던 사람이라면 연극을 고르고 티켓을 구입하는 것이 그리 어렵지 않다는 것을 경험으로 배우게 된다. 그렇다고 모든 경험을 다 해보고 배우라는 것이 아니다. 그 방법을 아는 사람에게 물어보면 간단하다.

다행히 학원 강사 생활을 하고 있는 친구가 몇 명이 있었다. A라는 친구에게 전화를 걸어 학원 강사의 현황에 대해 물어봤다. 쉽게 말하면 먹고 살만하냐는 내용과 미래 전망이 좋으냐는 질문이었다. 친구는 당시 월 600만 원 정도의 수입을 올리고 있었다.

"물론 학원 강사하면 수입은 많지. 너 삼성 다녀봤자 월급 300만 원 정도 아냐? 그런데 학원 강사는 자신의 능력만큼 수입이 천차만별이지. 홍석이 너라면 쇼맨십도 있고 재미있어서 학원 강사하면 너무 잘 할 것 같은데!"

간단한 질문에 친구에게서 칭찬까지 들어서 기분은 매우 좋았다.

그리고 그 밖에도 어디에 이력서를 넣어야 하는지, 면접은 어떻게 진행되는지, 나는 무엇을 준비하면 되는지 등에 대해 물어봤다. 친구는 자신이 아는 선에서 친절하게 답해주었다. 그 한 번의 통화가 얼마나 큰 힘이 되었는지는 말도 못할 정도이다. 어디서부터 시작해야 할지 막막했던 어두운 상황에 첫 빛이 들어온 셈이었다.

B라는 친구는 더욱 적극적이었다. 내가 학원 강사를 준비한다는 이야기를 꺼내고 2주일 뒤에 뜻밖의 연락이 왔다.

"홍석아. 내가 근무하는 학원을 그만둘 예정인데 이 자리에 네가 와서 하면 좋을 것 같아. 근무환경도 좋고 원장님도 마인드가 좋아. 월급도 삼성월급만큼은 챙겨줄 거야."

단 한 번도 학원 강사 경험이 없었던 나에게 있어 이런 상황은 마치 보물 같은 기회로 생각이 되었다. 그래서 일단 오케이를 하고 상세한 내용을 듣기 위해 친구가 근무하는 학원으로 갔다. 친구와 밥을 먹으면서 이런저런 이야기를 나눴다.

결과적으로는 그 학원에서 근무하는 것을 받아들이지 않았다. 지금 생각하면 거기서 근무했다면 학원 강사로의 성공의 길이 더욱 오래 걸렸을 것이다. 물론 B친구가 나쁜 의도는 아니었다. 친구입장에서 좋은 자리라고 생각했고 그 자리를 가능하면 친구였던 나에게 권했던 것뿐이다.

제안을 거절했던 이유 중 하나는 학원의 위치가 지방이었고, 수학과 과학을 병행해서 강의해야 하는 내용 때문이었다. 친구도 학원 강사를 오래하지 않아 정확한 상황파악이 잘 안되었던 것일 수도 있다. 10년의 강사생활을 한 지금의 나였다면 수학이든 과학이든 한 과목만 하라고 했을 것이다. 또 지방이더라도 학원가가 번영하고 있는 지역의 학원으로 들어가라고 했을 것이다.

그래도 두 명의 친구 덕분에 여러 가지 정보를 쉽게 얻을 수 있었고, 이야기 속에서 내가 조심해야 할 상황도 파악할 수 있었다. 더불어 같은 학원 강사라고 해서 모두 같은 정보와 노하우를 갖고 있지 않다는 것을 알았다. 그도 그럴 것이 학원 강사만큼 다양한 업무환경과 다양한 지역, 다양한 월급체계를 지니고 있는 직군은 없다. 월급을 받는 근로자이면서도 개인사업자이고 과목과 대상까지 분류한다면 그 종류도 너무 다양하다.

즉, 최고에게 배워야 한다. 최고에게 최고의 정보와 노하우를 배워야 제대로 나아갈 수 있다. 괜히 어설픈 정보로 오히려 손해를 본다면 서로에게 피해를 초래하게 된다. 최고는 최고의 조언과 노하우를 알려줌으로서 선한 영향력을 주게 된다. 컨설팅을 통해 얻은 정보를 활용해 자신의 시스템과 성공을 구축하는데 도움이 되었다면 그 역시 최고가 될 수 있다. 그러므로 제대로 배울 수 있는 최고를 찾는 것도 중요하다.

학원 강사 교육관련 정보를 판매하는 홈페이지가 다양하게 있다.

나도 그 내용이 궁금해서 온라인교육, 오프라인교육을 신청해서 수 강해본 적이 있다. 내가 경험해봐야 누군가에게 어떠하다는 것을 더욱 상세히 설명해줄 수 있기 때문이다. 또한 배울 수 있는 부분이 있다면 더욱 좋은 것이고.

많은 교육을 들어보지는 않았지만 모두 다 도움이 되지 않았다. 어떤 온라인 교육은 화가 날 정도였다. 초보강사로서 준비해야 되는 내용과 갖춰야할 마인드에 대한 강의였는데 정말 이건 아니었다. 물론 그 강사입장에서는 자신이 생각하는 바대로 강의했겠지만 너무 현실성노 널어시고 강사로 싱공하는 방법과는 기리기 너무 멀었다.

예를 들어 학원의 동료들과 자료공유를 아까워하지 말라는 내용이 있었다. 차후 다시 이야기하겠지만 강사의 자료는 정말 중요하다. 자신만의 무기이고 구하는 과정도 힘들고 자신이 힘들게 만든 자료를 왜 동료라는 이유로 공유해야 한다는 말인가? 이를 악용해서 자신은 전혀 자료를 만들지 않으면서 자료를 요구하는 강사가 많다.

오프라인 교육의 경우 교육의 내용과 질보다는 상품을 팔기 위해 진행되는 강좌도 많으니 주의하길 바란다. 물론 자신에게 맞는 교육이 있다면 그것을 듣고 배움을 얻을 수 있다면 다행이다. 그러나 중요한 것은 그가 반드시 최고인지 아닌지 정도는 확인할 필요가 있다. 이왕 학원 강사로 성공하기로 마음을 먹었다면 최고에게 배워야 믿음도 커질 것이고 그 믿음에 부흥하는 조언과 배움을 얻을 수 있음이 당연하지 않겠는가.

내가 다시 학원 강사를 준비하던 그 때로 돌아간다면 무조건 최고를 찾고자 노력했을 것이다. 당시 도움을 준 두 명의 친구에게도 좋은 정보와 배움을 얻을 수 있었지만, 안타깝게도 두 친구는 당시 학원 강사로서 최고는 아니었다.

그렇다면 얼마나 성공한 학원 강사가 최고일까? 딱 잘라 말하자면 일단 나는 최고이다. 학원 강사 경력 없이 강사를 시작하고 3개월 만에 학생수 70명을 돌파했고, 2년 만에 억대 연봉 강사가 되었다. 이 후 나의 경험을 토대로 학원 강사 성공에 대한 책을 집필하여 베스트셀러는 물론 많은 학원 강사들에게 도움을 주고 있다.

매 주 일대일컨설팅 신청이 들어와 직접 강사를 만나 조언과 노하우를 전하고 있다. '학원강사 성공 4주 프로그램'강좌를 통해 보다 집중해서 학원 강사로 억대 연봉이 되는 비법을 알려주고 있다. 그 밖에도 〈한국학원강사코칭협회〉라는 이름의 네이버 카페를 운영하며 다양한 정보와 방법을 전파하고 있다. 그것도 부족해 이렇게 학원 강사들을 위한 책을 연속에서 집필하고 있지 않은가!

물론 세상에는 성공한 학원 강사들이 많다. 그러나 당신이 연락을 주면 친절히 받아 당신이 필요로 하는 조언과 깨달음을 주고자는 강사가 누가 있을까? 최고의 강사이면서 최고의 조언을 주고자 하는 강사는 어디 있을까? 쉽게 말해 소위 인터넷 일타강사들의 연락처를 당신은 알고 있는가? 당신이 문자를 보내면 답장을 줄까? 궁금하면 직접 해보길 바란다. 문자를 보내는 김에 김홍석 코치에게도 보내고 확인해보라.

당신에게 있어 진짜 최고 성공한 강사는 객관적으로도 성공했을 뿐 아니라, 당신에게 가장 필요한 도움과 조언을 아낌없이 책임감 넘치게 베푸는 코치이다. 내가 아니더라도 주변에 그런 코치의 역할을 해 줄 수 있는 성공한 학원 강사가 있다면 머뭇거리지 말고 조언을 구하라. 얼마의 비용이 들던 아까워하지 말고 컨설팅을 요청하라. 그로인해 단축되는 시간과 깨닫게 되는 배움으로 인해 더 큰 가치를 얻게 된다.

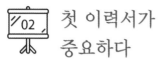

첫 이력서가
중요하다

대한민국에 자소서 열풍이 엄청나다. 대학 입시를 준비하는 학생은 물론 취업을 준비하는 취업준비생에 이르기까지 소위 자신을 글로 표현해서 알리는 자기소개서, 즉 이력서를 어떻게 써야 하는지에 대한 정보가 넘친다.

나는 살면서 이력서를 딱 두 번 작성해봤고, 그 두 번 모두 합격을 했다. 첫 번째는 삼성전자에 입사할 때 작성했었고, 두 번째는 삼성을 퇴사하고 첫 학원을 입사할 때 작성해 본 것이 다였다. 그러나 자소서를 많이 써봤다고 해서 잘 쓰는 것이 아니다. 나는 이미 그 핵심을 알고 있었다. 공부를 통해서 알게 되었다기보다는 살다보니 저절로 깨달은 내용이다.

이력서의 핵심은 자신의 솔직한 스토리이고 열정과 자신감이다.

길게 쓰면 쓸수록 군더더기가 많아져서 가독성이 떨어지고 신뢰가 떨어진다. 짧을수록 좋다. 솔직한 자신의 이야기를 쓰라고 했더니 굳이 좋지 않는 이야기까지 쓸 필요는 없다. 지원하는 회사에 맞게, 그리고 학원 강사로서 필요한 내용을 쓰면 된다. 자신이 단점까지 모두 밝힐 필요는 없다. 이렇게 서술하다보니 '그럼 어떻게 쓰라는 것인가?'라는 생각이 들 것이다. 그래서 이제부터 학원 강사 첫 시작을 알리는 이력서에 대한 이야기를 시작하겠다.

학원 강사 성공 4주 과정을 진행했던 K강사는 수시로 문자로 고민을 토로해왔다. 고민의 주된 내용은 현재 근무히는 학원이 너무 힘들고 보수도 적고 스트레스를 많이 받는다는 것이었다. 나는 대책으로 당장 그 학원을 그만두고 이직을 하시라고 권했다. 하루도 쉬는 날이 없었고, 초등부까지 하는데 출근시간이 정해져있지 않아 거의 1시에는 출근을 했다. 학원의 잔업은 거의 도맡아하고 있었다. 그럼에도 월급은 200만 원대 초반. 성공을 위해서는 당장 이직을 해야 했다.

그리고 4주 과정이 끝날 무렵 K강사는 나의 조언대로 이직을 결정하고 학원을 구하고자 이력서를 인터넷에 공개했다. 몇 군데 연락이 오긴 했지만 생각보다 큰 학원에서 연락이 오지 않아 K강사가 인터넷에 올린 이력서를 보내달라고 했다. 확인 결과 왜 큰 학원에서, 좋은 학원에서 연락이 오지 않았는지 알 수 있었다.

K강사의 이력서는 너무 솔직했다. 자신의 부정적인 이미지와 소극적인 성격, 학생 컨트롤이 약하다는 점 등 도대체 자신을 왜 뽑으면 안 되는지에 대한 이유가 잔뜩 써 있었다. 내용이 너무 부정적이라 나라도 뽑고 싶지 않을 지경이었다. 그나마 그것을 보고 연락이 온 것은 아무래도 3년이 경력이 큰 영향을 줬던 것으로 판단된다.

나는 K강사의 이력서를 수정했다. 부정적인 내용의 자기고백은 모두 지웠고, 내가 알고 있고 판단하고 있던 K강사의 장점을 부각시켰다. 무서울 정도로 성실한 성격, 꼼꼼한 수업 준비, 세밀한 학생들과의 소통능력 등으로 학원 강사로서의 역량을 자신 넘치게 작성했다. 더불어 5년간의 사회경험을 토대로 책임감 있는 모습도 곁들였다. 자신만의 학습 시스템과 강의력으로 마지막을 어필했고 열정과 자신감으로 넘치는 문구로 마무리했다.

수정된 이력서를 '잡티처'와 '훈장마을'에 공개로 올리자 단 1시간 만에 수 십 군데의 학원에서 연락이 왔고, 그 중 가장 맘에 드는 학원으로 이직을 결정했다.

이력서에 자신의 솔직 담백한 이야기와 내용을 담는 것은 중요하다. 최대한 긍정적인 내용으로 채우도록 노력해야 한다. 그렇다고 너무 지나친 자기자랑은 금물이다. 사실 그대로의 내용으로 읽는 당사자가 긍정적인 느낌을 갖도록 하는 것이 중요하다.

삼성전자 지원 당시 작성했던 이력서에는 나를 자랑하는 내용이

전혀 없었다. 소위

'나는 책임감이 강합니다.'

'나는 열정과 자신감이 넘칩니다.'

'나는 조직생활을 잘 할 수 있고 매사 최선을 다할 것입니다.'

따위의 문구를 쓰지 않았다. 제발 이런 식의 자기 긍정 주장 문구는 쓰지 말길 바란다.

나는 있는 그대로의 스토리를 담았다. 대학생활 중 탈춤 동아리, 시문학 동아리, 로봇 동아리 등 다양한 동아리 활동을 한 이야기와 학생회 생활을 하면서 경험했던 멋진 이야기를 채웠다. 더불어 학생회장을 통해 느꼈던 바와 깨달은 내용을 사실 그대로 작성했다.

그게 다였다. 나는 스펙도 자격증도 하나도 없었다. 토익? 대학교에서 치른 모의토익 점수 250점이 다였다. 자격증? 당시 운전면허증도 없었다. 어학연수? 제천으로 농촌 봉사 활동을 한 경험만 작성했다. 당시 비행기를 타 본적도 없었다. 그럼에도 당당히 삼성전자에 한 방에 입사한다.

학원도 마찬가지였다. 5년의 삼성전자 근무를 했지만 역시 그 어떤 스펙도 자격증도 없었다. 사실 수학 학원 강사를 하는데 무슨 자격증이 필요한가? 학원 강사는 대학교 4학기 이상을 이수한 사람이면 누구나 지원 가능하다. 즉 4년제 대학교 2학년까지만 해도 가능하고, 전문대 2년제를 졸업한 사람도 가능하다. 학원 강사를 하기 위한 별도의 자격증은 따로 없다. 운전면허증도 없어도 되고, 토익 점수도 필요 없다.

학원 강사를 준비하고 '훈장마을'이라는 곳에 이력서를 올리던 때를 기억해보면 정말 멋진 경험이었다. 이력서를 작성하고 공개로 올리고 5분 뒤부터 다양한 학원에서 연락이 오기 시작하는데 정신이 없었다. 단 30분 동안 10여개의 학원에서 연락이 오는 바람에 재빨리 공개이력서를 내렸다. 그리고 차분히 연락 온 학원을 알아보고 그 중 맘에 드는 학원을 골라 면접 날짜를 잡았다. 오히려 연락 온 학원에서 대하는 태도가 서로 나를 모시려고 하는 모양새였는데 그 상황이 기분이 좋았다.

그렇다면 나의 무엇을 보고 그렇게 연락이 많이 쏟아졌을까? 내가 삼성전자 출신이라? 그렇게만 보기에는 무리가 있다. 나는 학원 경력이 전무했고 그 흔한 과외조차 제대로 해본 적이 없었다. 그들이 나를 판단할 수 있는 유일한 근거는 500자 내외의 이력서가 전부였다. 여기서 잠깐! 이력서와 함께 올린 사진 덕분이지 않았을까하는 생각은 접어두길 바란다. 당시 내 증명사진은 내가 봐도 그리 뽑고 싶은 비주얼은 아니었다.

이력서에는 다양한 나의 스토리를 담았다. 그것을 통해 적극적인 나의 성격과 열정을 표현할 수 있는 능력을 보였다. 삼성을 퇴사한 이유도 나의 꿈을 위해서, 그리고 열정과 노력만큼 성과를 얻을 수 있는 학원 강사의 길이 적합하다고 표현했다. 비록 초보이지만 적응력이 뛰어나고 모든 배움을 쉽게 흡수할 자신감이 있다고 작성했다.

사실 가장 큰 고민은 경력부분이었다. 사실 이력서에 완전 초보라고 쓸 필요는 없다. 이렇게 생각했다. 대학교를 들어갈 정도의 학업 성취도를 갖고 있다면 중학교, 고등학교 시절 수학 문제를 질문하던 친구에게 해설을 설명해준 경험이 있다. 대학교 때도 마찬가지이다. 친구들과 전공 공부를 하다보면 서로 질문하고 자신이 아는 바를 설명해본 경험이 누구나 있을 것이다. 그것이 수학이라는 내용에만 국한 되는 것이 아니다. 자신이 아는 바를 누군가에게 알려주고 지도해봤다는 것만으로도 강사로서 자질이 있는 것이다.

지금에야 고백하지만 나는 이력서에 대학시절 과외와 학원의 아르바이트로 보조강사를 합쳐서 2년 정도의 경력이 있다고 작성했다. 왜 거짓을 썼냐고 한다면 앞에서 말한 내용이 나는 충분히 누군가를 지도해본 경력이 된다고 생각했다. 사실 그렇다 하도라도 학원 원장은 대번에 강사가 초보인지, 아닌지 바로 판단이 된다. 첫 학원의 원장도 마찬가지였을 것이다. 그럼에도 나를 채용한 이유를 원장이 직접 이야기해줬다.

"김홍석 강사님은 조금 더 공부를 할 필요가 있습니다. 하지만 내가 봤을 때 충분히 가능성이 있고 자신감이 넘칩니다. 금방 적응해서 최고의 강사가 되리라 믿습니다."

라고 말해줬다. 나는 삼성을 퇴사하고 강사가 되기로 마음먹은 이상 최고의 열정과 자신감을 갖고 있었다. 두려움이 없었다면 거짓이지만 어디엔가 분명 나의 가능성을 믿고 채용하는 학원이 있으리라 확실했고 첫 학원이 그러했다. 그렇게 나는 생애 첫 학원이 학생이 1000명 이상이 되는 목동의 대형학원이 될 수 있었다.

얼마 전 부산의 M강사분의 문의가 왔다. 내 책을 읽고 이력서를 인터넷에 올렸는데 생각처럼 많은 학원에서 연락도 안 오고 큰 학원에서는 하나도 연락이 오지 않았다는 내용이었다. 다행히 직접 큰 학원에 이력서를 보내 면접을 잡아놓은 상황이라 시강을 어떻게 준비해야 하는지를 물었다. 시강이야기는 차후에 하기로 하고 이력서 내용이 안타까웠다.

무언가를 조언을 구하려면 처음 이력서 작성하는 것부터 물어봤으면 하는 생각이 들었다. M강사는 과외 경력만 3년 정도 갖고 있는 대학생이었다. 졸업을 앞두고 본격적으로 학원 강사가 되기로 결정한 상황이었다. 그는 사실대로 이력서에 3년의 과외 경력만 있고 학원 강의는 전무하고 판서수업을 한 적이 없다고 솔직하게 밝혔다. 이 말은 그냥 '과외만 진행한 대학생으로서 개인 첨삭수업만 진행했는데 당신의 학원에서 판서수업으로 처음 강의를 하고 싶습니다.'라고 말하는 셈이다.

그럼 어떻게 작성했어야 할까? 과외만 했었다는 이야기는 빼고 3

년간 학생을 지도했다라고 작성하면 된다. 이야기를 들어보니 한 명만 수업한 것이 아니고 동시에 네 명을 지도한 적도 있었다. 꼭 이력서에다 판서수업을 해 본적이 없다고 고백할 필요가 없다. 모든 판단은 학원장이 당신의 시범강의와 면접을 통해 결정할 일이다.

사실 경력이 많은 강사라도 판서가 엉망인 강사도 많다. 오히려 초보일수록 새롭게 받아들이고자 하는 열정이 크기 때문에 초보강사를 선호한다. 강의능력이야 강의를 하면서 익혀나가도 충분하기 때문이다. 그래서 당신이 초보임을 부끄러워할 필요도 없고 초보임을 굳이 강조할 필요도 없다.

이력서를 통해 초보강사임을 선포하는 것이 아니라 당신의 열정과 자신감을 보여주면 된다. 그러한 것을 보여주는 당신의 스토리로 사실을 알리면 된다. 거짓말을 작성하라는 것이 아니라 최대한 자신의 장점만을 부각시키면 된다. 단 하루의 학원 경력이 없다하더라도 '경력 없음'이라 쓰지 말고 학창시절 누군가를 가르쳐줬던 내용을 작성하면 된다. 누가 읽어도 당신의 얼굴을 한 번 보고 싶은 마음이 들도록 이력서를 채워보자. 이력서를 올리고 30분 안에 최고의 학원에서 러브콜을 받는 경험을 당신도 하게 될 것이다. 미리 축하한다.

완벽한 준비는 불가능하다

무슨 일을 하기 전에 완벽한 준비라는 것이 가능할까? 일단 일을 시작하기에 앞서 준비라는 것을 하는 것은 맞다. 준비라는 것은 시작의 첫 단계라고 말할 수 있다. 준비는 필요하다. 하지만 완벽한 준비를 추구하다보면 정작 시작도 못하게 된다. 게다가 완벽한 준비 자체가 불가능하다.

지금 보면 참 막막한 시작이었다. 삼성에서 근무하면서 퇴사를 꿈꾸고 학원 강사를 되기로 결심했을 당시 아무런 준비도, 어떻게 준비를 해야 하는지도 알지 못했다. 하지만 나는 바로 준비를 시작했다. 인터넷으로 학원 강사 준비를 어떻게 시작하는지에 대해 검색해 볼 생각도 하지 못했다. 아마 그 때 했다하더라도 제대로 된 정보를 얻지는 못했을 것이다.

무작정 수학 문제집을 구입하고, 수학 교양서, 수학 역사서를 닥치는 대로 구입했다. 뭔가를 하기로 마음먹었다면 무엇이든 시작을 해야 하는 마음이 앞섰다. 계속 미루다가는 삼성을 떠날 수 없다는 공포가 다가왔다. 그도 그럴 것이 퇴사하기로 마음을 먹고 실제 퇴사까지 3년이 걸렸다. 그 동안 마음만 먹었지 아무런 준비도 시작도 하지 않았던 것이다. 하지만 더 이상은 아니라는 결심이 바로 시작할 수 있는 힘을 줬다.

나름 시작한 준비의 과정이 제대로 된 것인지 확인할 길이 없었다. 그냥 묵묵히 하루하루 해나갔다. 수학 역사서를 읽으며 혹 강의할 때 써먹지는 않을까하는 생각으로 준비했고, 수학 문제집에 있는 개념을 정리하며 강의 준비를 한다고 여겼다. 자기계발서를 읽으며 성공할 수 있다는 마인드도 키워나갔다.

이 과정을 3개월을 하고나니 이제는 뛰어 들어가도 되겠다는 생각이 들었다. 그렇다고 구입한 책을 다 읽었거나, 수학 문제집을 다 푼 것이 아니었다. 계획했던 학년별 강의 개념노트도 하다가 중간에 멈췄다. 뭔가 제대로 된 준비가 아닌 기분이 들었고, 이렇게 준비해서는 시간만 낭비할 것 같다는 불안이 커졌다. 오히려 이런 불안한 마음이 더욱 빨리 학원 강사의 세상에 발을 들여 놓도록 끌어당겼다.

그리고 그 선택은 옳았다. 아무런 정보와 방법을 모른 채 준비하는 것은 애초부터 쓸데없는 시간 낭비였고, 실전이 함께하지 않는 준비는 무용지물임을 나중에 깨닫게 된다. 즉, 완벽한 준비까지는 필요 없다.

퇴사를 고민하던 30대 초반의 회사원이 학원 강사가 되고 싶다며 일대일컨설팅을 신청해왔다. 그는 인터넷을 통해 나의 존재를 알았고, 학원 강사를 되기 위한 방법을 배울 수 있다는 생각에 연락을 한 것이었다. 고민은 분명했다. 어떻게 시작해야 할지 막막하다는 것이었다. 무엇을 준비해야 학원 강사가 될 수 있는지를 물었다.

"우선 제가 알려드리는 시스템을 고민해보시고 강사님에 맞도록 수정해서 활용하도록 하세요. 그리고 강의 공부는 고등학교 1학년 정도까지만 가볍게 하시면 됩니다."

딱 이정도만 준비하면 된다. 강의할 과목을 선정했다면 고등학교 1학년 수준만 공부하면 된다. 그것을 통해 학원 채용 시 시험대비도 하고 시강에 대한 준비도 할 수 있다. 모든 학년에 대한 공부를 할 필요도 없고 다 하기도 불가능하다. 물론 열심히 긴 시간을 준비하면 하겠지만, 초중고 교육과정의 개념을 모두 파악하고, 시중의 문제집을 다 풀어보고, 내신 기출문제에 수능 기출문제까지 모두 파악한다는 것은 말이 안 된다. 그리고 그럴 필요도 없다. 왜? 몇 학년을 가르칠지도 모르지 않은가? 예비강사가 고등학생을 가르치고 싶다고 해도 학원에서 무턱대로 신입강사에게 고등학생만을 맡기지 않는다. 중학생도 마찬가지이다.

고등학교 1학년 정도의 문제를 풀어보고 공부해 놓고 이력서를 올리면 된다. 다음에 진행될 준비는 학원이 결정되고 나서 하는 것이다. 학원에서 어떤 학년을 할지 정해줄 것이고, 어떤 교재로 수업을 할지 알려준다. 그럼 그 때부터 본격적으로 수업 준비를 하면 된다. 수업 준비에 대한 이야기는 다음 꼭지에서 상세히 하도록 하겠다.

고등학교 1학년 내용의 공부이외에 준비할 것이 있다. 기본적인 자신만의 시스템이다. 이 부분은 매우 중요하니 집중해서 보도록 하자. 여기에서 말하는 모든 항목들을 준비하고 그것들을 학원 면접 시 가져가면 원장에게 높은 점수를 얻을 수 있다. 어렵지 않으니 즐겁게 준비하자.

우선 강의계획서의 기본 틀을 만들어 놓는다. 처음부터 내용을 꽉 채워 넣을 필요는 없다. 학원에서 정해놓은 교재에 맞춰 내용을 채워 넣으면 된다. 틀만 만들어 놓으면 충분하다.

다음으로 학생들과 나눌 상여기준과 규율을 목록으로 만들어보자. 상여기준에는 학생들이 어떻게 했을 때 문화상품권을 줄지를 정해놓은 것이다. 규율 목록은 숙제기준이라든지 지각과 결석 등해 대해 학생이 지켜야할 내용을 미리 정해놓은 것이다. 첫 수업 때 학생들에게 나눠줄 것들인데 그것을 면접 시 보여주는 것이다.

그 밖에 자신의 수업 시스템을 설명해 줄 것을 준비한다. 숙제는 연습장에 하도록 하고 얼마나 철저히 검사할지를 알려준다. 상담은 최소한 한 달에 한 번은 진행할 것임을 밝힌다. 이외에도 다양하게 준비할 시스템을 다음 장에서 소개해놓았다. 물론 학원에서도 강사에게 지시하는 여러 가지 시스템이 있을 것이다. 그럼에도 우선 자신의 시스템을 만들어놓고 설명을 하면 당신의 열정과 계획성에 점수를 후하게 줄 것이다.

자 학원 강사로 준비할 내용이 생각처럼 어렵지 않아 보이지 않은가? 실제 처음에는 크게 준비할 것이 없다. 그럼에도 왜 시작을 어려워하냐면 이런 내용을 모르기 때문이다. 간단히 자신의 시스템을 만들고, 공부는 고등학교 1학년 수준만 준비하면 된다. 그 이상은 학원에 들어가서 하면 된다.

현재 인터넷에 학원 강사가 되기 위한 조건을 검색하면 다양한 정보들이 뜬다. 그 중에서 재미있는 것을 봤다. 학원 강사를 시작할 수 있는 조건은 대학과정 2년, 4학기 과정을 수료하면 된다. 즉 전문대 2년제 이상 졸업을 했으면 누구나 가능하다. 그런데 4학기 과정을 학점은행제로 따도록 교육해주는 내용들이 많이 검색결과로 보였다.

다시 말하지만 대학 4학기 과정만 수료했으면 누구나 학원 강사가 가능하다. 전공학과도 중요하지 않다. 국문학과를 나와도 수학 강사를 할 수 있다는 말이다. 굳이 수학전공을 학점은행제로 딸 필요가 없다. 정말 불필요한 준비내용이다.

그리고 학원 강사는 자신이 교습소와 공부방을 설립하지 않는 이상 교육청에 직접 학원 강사 등록을 할 필요도 없다. 학원에 취업을 하게 되면 학원에서 알아서 다 해준다. 해준다는 표현보다는 학원에서 교육청에 데리고 있는 강사정보를 신고 및 등록처리를 해야 한다. 그러니 학원 강사를 준비하고 시작하는 과정에서 당신이 교육청을 길 필요가 없다. 이려올 것이 없다는 것이다.

학원 강사가 되기 위한 준비내용은 위에서 말한 정도면 충분하다. 가벼운 마음으로 즐거운 마음으로 생각했으면 좋겠다. 산 정상에 오를 등산을 준비한다고 봤을 때 운동화를 신는 정도의 준비라고 보면 되겠다.

그렇다고 강사 생활을 쉽게 봐서도 안 된다. 학생을 지도하는 큰 가치를 지닌 직업임을 상기하고 마인드와 의식만큼은 크게 준비해야 한다. 진짜 성공을 위한 학원 강사로의 준비, 완벽한 준비는 학원에 들어가서 실전과 함께 진행되어야 효과가 크다. 시작은 시작일 뿐이고, 시작이 있어야 과정이 생기고 성공이 따라온다. 완벽함도 처음에는 하나의 소소한 생각과 결심, 그리고 실행에서 비롯됨을 이해해야 한다.

04 강의준비가 먼저가 아니라 실전강의가 먼저다

지금도 첫 학원에서의 첫 수업을 생각하면 소름이 끼친다. 너무 못했기 때문이 아니라 수업시간 5시간을 어떻게 채웠는지 신기할 뿐이다. 물론 나름 수업준비를 한다고 전날 밤을 새가며 준비를 했지만 아무리 해도 불안하고 두려운 마음이 사라지지 않았다. 돌이켜보면 당연히 실력도 완벽하지 않았겠지만 강의를 준비함에 있어 무엇을 어떻게 준비해야 하는지 방법을 제대로 알지 못했다.

대부분 학원 강사가 되기로 마음을 먹었다면 가장 먼저 준비하는 것이 개념을 공부하고 문제를 풀어보는 것이다. 본인이 중학교, 고등학교 시절로 돌아간 것처럼 공부를 다시 시작한다. 나도 삼성에 사직서를 제출하고 나서 제일 먼저 한 것이 인터넷 서점을 통해 〈수학의 정석〉 전 과정을 구매했다. 그리고 어떤 내용들이 있었는지 공부를 하고 차곡차곡 문제를 풀었다. 학창시절과 다른 것이 있다면 각 과정별로 정리를 해가며 공부를 했다는 정도였다.

그러나 이런 과정은 물론 불필요한 것은 아니지만, 실제 강사로서 강의를 준비함에 있어서는 애초에 방법부터 잘 못 된 것이었다. 자신이 문제를 풀 줄 아는 스킬을 키우는 것과 실제 학생들을 지도하는 강의를 준비하는 것은 그 필수요소부터 다르다. 하지만 이 둘을 따로따로 훈련할 필요가 없다. 강의 준비를 철저히 하면 자신의 학습 스킬도 저절로 향상되기 때문이다. 그러나 대부분의 초보강사들은 반대로 생각을 하고 반대로 준비하기 때문에 발전이 늦다.

5년차 수학강사였던 Y강사는 이런 질문을 했다.

"그 동안 중학생 위주로 수업을 진행했습니다. 고등과정은 1학년까지만 했습니다. 미적분을 수업하려면 어떻게 해야 할까요?"

학원 강사를 준비 중인 29세 직장인 H강사는 이런 질문을 했다.

"수업 준비를 어디까지 준비하고 학원에 취업하는 것이 좋을까요? 저는 고등학생을 위주로 가르치고 싶거든요"

문과출신이라는 K강사는 이런 질문을 했다.

"제가 문과인데 기하와 벡터라는 이과수학을 가르칠 수 있을까요? 따로 공부한 적이 없거든요"

세 명의 강사가 질문한 내용이 다르게 보이는가? 나에게는 동일한 질문이고 해답은 하나이다. 미적분을 수업하고 싶고, 고등학생을 가르치고 싶고, 기하와 벡터를 강의하고 싶다면 해당하는 강좌를 개설하고 수업을 하면 된다. 현재 자신의 실력이 그것을 감당할 수 없다고 생각이 드는가?

그럼 이렇게 생각해보자. 운전을 하고 싶으면 운전면허학원에 등록해서 연습을 한다. 하루 만에 면허증을 딸 수 있던가? 과정별로 진행하면서 차곡차곡 필요한 내용을 습득하면 적당한 기간이 되었을 때 시험을 치르고 면허증을 받게 된다. 그런데 집에 틀어박혀 운전을 잘하는 책을 읽으며 연습하고 훈련한다면 실제 자동차 운전석에 앉았을 때 운전을 제대로 할 수 있을까? 무언가를 해내고자 한다면 실제 그것을 체험을 통해 준비해야 가장 빠르게 실력을 향상시킬 수 있다.

강의도 마찬가지이다. 백날 책상에 앉아 수업준비를 한다고 해서 미적분을 공부하고 영어 문법을 공부한다고 해서 실전 강의에서도 효과가 크지 않다. 즉, 제대로 강의 준비를 하고 강의의 능력을 키우기 위해서는 강의를 많이 해야 한다.

또 어지간히 부지런한 강사가 아닌 이상, 기하와 벡터라는 과정을 실제 강의하지 않는 이상 따로 공부해서는 강의할 정도의 준비를 절대로 하지 못한다. 단순히 게으르기 때문이 아니라 이미 강의해야 하는 것들을 준비하는 것만으로도 버겁기 때문이다. 중학생을 가르치는 강사도 고등학생을 가르치는 강의를 개설하지 않으면 절대 고등학생을 위한 수업 준비를 따로 하지 않는다.

그럼 이런 질문을 한다. 예를 들어 자신이 미적분을 풀 실력이 부족한데 어떻게 수업을 하느냐이다. 실질적인 강의 준비 방법은 3장에서 다룰 것이다. 여기서 기억할 것은 당신이 미적분 실력은 다소 부족해도 수업만큼은 100%로 진행할 수 있다는 사실이다. 누구나 가능하다.

이렇게 진행해보자. 미적분 강의를 하고 싶다면 미적분 강의를 개설하면 된다. 여기서 팁 두 가지를 알려주겠다. 첫 번째는 자신이 오랫동안 지도했던 학생을 대상으로 방학기간 특강으로 미적분 수업을 개설해서 듣도록 한다. 이미 당신의 팬이 되어 있는 학생들과 처음 진행하는 과정을 하게 되면 조금 더 부드럽게 수업을 이어가는데 도움이 된다. 강의 중 실수를 하더라도 이해를 구하기 편하고, 능숙하게 넘어갈 농담을 던질 수 있기 때문이다.

두 번째는 자신의 팬들을 위해 강의하는 것이므로 수업 준비에 정성을 다하게 된다. 무슨 일이든 대충하면 남는 것보다 잃은 것이 더 크다. 본인의 수업을 좋아하고 본인을 믿는 학생들을 대상으로 수업을 하는 것이다. 비록 강사 스스로 미적분에 대한 실력이 부족하지만, 학생들을 책임지겠다는 마음이 있다면 수업 준비 자체를 부실하게 하지는 않을 것이다.

일단 원하는 강의를 위에서 말한 것처럼 개설이 되고 준비가 되었다면 알차게 수업준비를 한다. 여기서 가장 중요한 팁을 알려주겠다. 미적분을 강의하겠다고 해서 미적분 전 과정을 한꺼번에 준비할 필요가 없다. 즉, 모든 과정을 마스터하고 나서 수업을 개설할 필요가 없다. 딱 내일 강의할 내용만 철저히 준비하면 된다.

즉, 1강좌에 필요한 내용의 수업을 준비한다. 1강좌 정도의 준비는 크게 어렵지 않다. 내용과 양도 부담스럽지 않을 것이다. 처음 강의하는 만큼 우선 인터넷 강의를 통해 많은 강사들을 벤치마킹한다. 같은 과정이라도 강사마다 표현하는 방법과 스킬이 다른데 그 중 자신에게 가장 어울리고 맘에 드는 것으로 정리한다. 그리고 수업 중 풀이를 할 문제를 몇 번 풀어보고 숙제를 미리 정해둔다. 그럼 끝이다.

너무 쉬워서 어처구니가 없을 정도이다. 이렇게 수업을 하면 중학생만 가르치는 강사도 당장 내일부터라도 고등학생을 가르칠 수 있다. 문과수학만 강의하던 강사도 당장 내일부터 이과수학, 수능 고난도 문제 풀이 강의도 할 수 있다. 국어강사도 과학을 강의할 수 있다. 이렇듯 처음은 누구에게나 가능하고 쉽다. 물론 강의의 내공이나 질적인 부분에도 수년의 경력자들보다 약하다. 하지만 시작이 있어야 과정이 있을 수 있고 내공이 쌓이는 것 아닌가?

첫 학원에서 아무런 준비가 없던 상황에서 이과 수학을 강의해야 하는 상황이 닥쳤다. 당시 고등학교 1학년까지만 지도하고 있었는데 곧 겨울방학이었다. 데리고 있던 학생들 대부분이 2학년이 되는 상황에서 문과와 이과를 동시에 해야만 했다. 이과 수학을 하는데 있어 나와 학원측이 비슷한 걱정을 갖고 회의를 했다.

당시 초보강사였던 나에게 고등학교 2학년 이과수학까지 맡기는 것에 대한 부담이 학원측은 컸다. 물론 나도 부담스럽긴 했다. 하지만 해야만 했다. 학생들이 나에게 이과수학을 배우지 않고는 안 된다고, 다른 강사에게 가게 된다면 학원을 끊겠다고 학원에 요청을 했던 것이다. 결국 학원 강사가 되고 1년도 채 되지 않은 상황에서 중학교 수학은 물론 고등학교 2학년 이과수학까지 강의하게 된다.

그런데 재미있는 것은 문과수학도 처음이었다는 것이다. 그렇게 따지면 모든 것이 처음이었다. 중학교 1학년 수학을 강의한 것도 처음이었고 고등학교 1학년 과정도 처음이었다. 강의를 해 본적이 없었지 않은가? 아무리 학창시절에 공부를 열심히 한 사람이라 할지라도 졸업한지 10년이 넘으면 다 잊게 된다.

게다가 많은 사람들이 일종의 편견을 갖고 있다. 고등학교 1학년 정도까지는 누구나 쉽게 수업을 할 수 있고, 수학의 경우 문과수학까지는 쉽다고 생각한다. 이과수학은 왠지 아무나 할 수 없을 것 같고 어렵다는 편견을 갖는다. 하지만 10년의 수학강의를 해 본 상황에서 생각해보면 절대 그렇지가 않다. 오히려 중학교 2학년 2학기 도형파트가 가장 어렵다.

하지만 '시작'이라는 수업이 있었기에 내공을 쌓아나가는 과정을 만들어 갈 수 있었다. 비록 처음 강의를 진행하는 과정에 대한 실력은 약하더라도 앞으로 수업을 하면서 실력을 쌓으면 된다. 중요한 것은 시작이고, 학생들이 각 과정에 충실히 임할 수 있도록 지도할 수 있으면 충분하다.

다시 강조하지만 강사의 실력보다 더욱 중요한 것은 학생들이 공부하도록 지도하고 충분히 실력을 쌓을 수 있도록 옳은 방향으로 지도하는 것이다. 그런 의미에서 자신이 학생을 끝가지 책임지겠다는 마음가짐을 단단히 심장에 박아놓으면 절대 시작하지 못할 과정은 없다. 어려울 것이라는 편견과 자신은 충분히 해내지 못할 것이라는 쓰레기 같은 두려움은 던져버리고 오로지 학생을 끝까지 책임지겠다는 각오로, 자신의 실력과 내공을 쌓겠다는 신념을 가지고 도전해야 한다.

05 면접 테스트와
시범강의에 쫄지 마라

초보강사에게 가장 많은 질문을 받은 내용이 시범강의 준비와 면접 준비에 대한 것이다. 특히 시범강의의 경우는 학원 강사라는 직군에만 적용되는 특이한 면접 시스템이다. 시강을 하지 않는 경우도 있지만 대부분은 진행을 하므로 적당히 준비할 필요는 있다.

그런데 시강과 면접을 지나치게 걱정하는 강사들을 보면 오히려 더 걱정이 앞선다. 시강을 통해 강사의 실력을 평가하는 부분도 없지 않겠지만 주요 포인트는 그것이 아니다. 강사가 강의를 할 수 있을지를 판단하고 어느 정도의 강의력을 지니고 있는지 한 번 맛을 보는 정도이지 그것이 전부는 아님을 깨달아야 한다. 원장이 원하는 것은 따로 있다.

삼성을 퇴사하고 첫 번째 면접을 보러 간 학원에서는 정말 최악이었다. 테스트와 시강을 모두 진행했는데 둘 다 엉망이었다. 테스트는 그렇다 치더라도 시강은 정말 내가 생각해도 이건 아니었다. 사실 시강을 하는지도 몰랐다. 그래서 반드시 면접 약속을 잡기 전에 테스트는 보는지, 시강을 하는지 학원 측에 물어봐야 한다. 하지만 당시에는 전혀 정보가 없는 상태였다.

테스트를 치른 문제 중에서 몇 문제를 골라 시강을 하도록 했는데 판서도 엉망이었고 설명도 뒤죽박죽이었다. 놀라운 것은 답도 구하지 못했다. 당황함은 말도 못할 정도였고 너무 부끄러워 할 말이 없었다. 지금 생각하면 나의 시강을 바라봤던 원장은 더욱 할 말이 없었을 것이다.

그런데 중요한 것은 내가 판서가 엉망이고 문제를 못 풀어서가 아니었다. 핵심을 놓치고 있었다. 바로 열정이었다. 자신감이었다. 원장이 바라는 모든 것을 하나도 보여주지 못했다. 단순히 잘해야 한다는 불가능한 생각과 긴장감만이 머리와 가슴에 가득했다.

그리고 바로 다음 날 내가 근무하게 될 학원으로 면접을 보러갔다. 다행히 한 번의 경험이 있어서였을까 나름 당당함이 있었다. 아니면 자포자기의 심정이었을지 모른다. 이미 면접 날짜를 잡은 상황에서 더 이상의 테스트 준비도 힘들거니와 시강이라는 것을 어떻게 준비해야 하는지 조차 몰랐다.

하지만 자신감은 넘쳤다. 왜! 나는 잘 할 필요가 없었다. 초보강사였기 때문이다. 강의 경험이 전무한 상태에서 아무리 준비한들 부족함을 보완하기는 힘들다. 최대한 보여줄 수 있는 것을 보여주고자 했다. 열심히 할 수 있다는 열정과 끝까지 책임지겠다는 자신감을 표현할 생각이었다.

이런 마음가짐이 하늘에 전해졌는지 다행히 시강은 진행하지 않았다. 테스트 후 바로 원장과 면접을 진행했다. 아마 테스트 결과를 보고 굳이 시강을 볼 필요가 없음을 알았는지 모른다. 당연히 테스트를 잘 치르지 못했기 때문이다. 그럼에도 불구하고 원장은 나를 채용했다. 면접 시 테스트 시험지를 보며 원장은 이렇게 말했다.

"김홍석 강사님은 수학 공부를 차분히 더 해 나가야 합니다. 그래도 테스트에 푼 흔적을 보니 자신감이 넘치고 이렇게 대화를 나눠보니 열정과 책임감이 느껴집니다. 인상이 참 좋으시네요. 5월 2일부터 출근하시고 강의준비 철저히 하시면 됩니다."

이렇게 시작이 되었다. 누가 보면 내가 테스트도 적당히 봤으니 원장이 시강도 없이 채용시킨 거라 생각할 수도 있겠다. 하지만 맹세컨대 나는 테스트의 반도 풀지 못했다. 그렇다면 왜? 수학을 강의하겠다는 강사가 수학문제를 풀지도 못하는데 채용을 했는가? 그러니까 그것이 중요하지 않다는 것이다.

시강과 면접에서는 강사로서의 열정과 자신감, 그리고 충분히 해낼 수 있다는 가능성을 보여주면 된다. 물론 잘 하면 좋겠지만 초보

강사가 어떻게 처음부터 잘 할 수 있겠는가? 이런 부분을 원장은 감안하고 당신을 바라본다.

지금 테스트에 담긴 수학 문제를 다는 풀지 못하더라도 열심히 풀고자 한 모습과 흔적을 통해 가능성을 본다. 떨리는 목소리와 엉망진창인 판서를 통해 그 안에서라도 조금만 다듬으면 멋진 강사가 될 수 있는지를 분석한다. 대화를 나누며 당신의 열정이 어느 정도이고 학생에 대한 책임감이 충분한지를 파악한다. 그렇게 해서 원장은 당신과 같은 멋진 능력을 가진 강사를 채용하게 되는 것이다.

그러니 걱정할 것이 없다는 것이다. 당신이 충분히 강사로서 성공하고자 하는 열정과 자신감이 있다면 얼마든지 당신이 원하는 학원에서 근무할 수 있다. 만약 당신의 그런 능력을 저평가하고 인정하지 못해 채용하지 못한다면 그건 그 학원이 후회할 일이지 당신이 후회할 일이 아니라고 생각했으면 한다. 인재를 바라보지 못하는 곳에서 굳이 일할 필요는 없다.

그래도 나름 시강과 면접을 조금은 준비할 필요는 있다. 그것을 통해 당신이 갖추고 있는 보이지 않는 능력을 표현할 수 있는 방법을 모색해야 한다. 면접에 대한 준비는 크게 할 내용은 없다. 중요한 건 면접을 왜 하느냐를 제대로 파악하면 무엇을 준비해야 하는지 알게 된다.

면접은 문제를 던지고 해답을 말해야 하는 자리가 아니다. 어떤 주제에 있어 당신의 생각을 얼마나 열정적으로 근거를 통해 피력할 수 있는지를 분석하는 자리이다. 즉, 어떤 질문을 받더라도 긴장하지 말고 평소의 자신의 생각을 있는 그대로 말하면 된다. 그렇다면 어떻게 준비하면 되는가?

긍정적인 마인드와 의식, 성공학과 성공자들의 이야기가 담긴 책을 읽으면 좋다. 독서를 통해 다양한 주제에 대한 생각의 폭을 넓히고 그 안에서 학원 강사로서 갖춰야할 여러 가지 덕목을 생각해볼 기회가 생긴다. 여행도 좋고, 영화 감상도 좋다. 시야를 넓히고 당신의 경험치를 끌어올려야 한다. 그리고 자신의 경험담을 이야기해도 좋다. 그 경험을 통해 깨달은 바가 무엇인지를 말하면서 자연스럽게 당신이 어떠한 생각과 책임감을 갖추고 있는지 간접적으로 표현할 수 있다.

마지막으로 면접 진행시 가장 난감한 주제가 바로 월급에 대한 내용이다. 이 내용은 다음 꼭지에서 상세히 다루도록 하자.

그렇다면 시강은 어떻게 준비할 것인가? 시강을 진행하는 방식은 다양하다. 학원에서 준비한 테스트를 보고 그 중 몇 문제를 판서에 풀어보도록 하는 방법부터 처음부터 시강할 내용을 알아서 준비하게 하는 경우가 있다. 시강할 내용을 준비하라고 할 때는 당신이 가장 자신 있는 부분을 시키기도 하고, 학원에서 '기하와 벡터 2단원'이라고 특정 지어주는 경우도 있다. 그러므로 면접 일정을 잡을 때 시강에 대해 물어보는 것이 중요하다.

자 그럼 시강을 준비해보자. 일단 자신이 가장 자신 있는 부분을 알아서 준비하라는 주문을 받았다고 치자. 말이 자신 있는 부분이지, 시강을 할 때는 지나치게 어려운 내용은 피하는 것이 좋다. 어려운 내용과 문제를 준비해봤자 크게 어필이 되는 것도 아니다. 게다가 만약 시강 진행 시 더 어려운 내용의 질문을 받을 우려가 있다. 괜히 긴장된 시간을 만들 여지를 줄 필요가 없다.

과목에 상관없이 고등학교 1학년 내용이면 시강 내용으로 충분하다. 시간은 대략 5분에서 10분 내외로 준비한다. 간단한 개념설명과 그 개념을 활용하는 한 문제 정도면 충분하다. 다시 강조하지만 시범강의지 수업을 준비하는 것이 아니다. 당신이 얼마나 많이 알고 있는지를 알리는 자리가 아니라 알고 있는 내용을 얼마나 효과적으로 표현하는지를 보는 자리이다. 시강에서 가장 중요한 것은 자신감이다. 그리고 경쾌한 목소리다.

내가 고등부 팀장을 하면서 초보강사 시범강의를 많이 지켜봤다. 그 중 영어강사였던 P강사의 시강이 인상적이었다. 그는 시강을 시작하자마자 진짜 수업을 하듯 반말로 진행을 했다. 판서도 나름 나쁘지 않았다. 그런데 재미있는 장면이 있었는데, 교탁에 한 쪽 팔을 걸쳐놓고 학생자리를 바라보며 너무나도 당당하게 영어 문법 설명을 자신의 경험담을 섞어가며 재미있게 이야기하는 것이 아닌가! 목소리와 판서를 떠나 그 당당한 모습에 그만 반해버릴 정도였다.

그 만큼 시강에서는 당당함이 중요하다. 판서와 설명하는 방식은 앞으로 얼마든지 훈련하고 경력이 쌓이면 좋아질 것이기 때문이다. 지금 당장 강의를 시작하더라도 학생들 앞에서 떨지 않고, 재미있게 수업할 수 있음이 판단되면 무조건 합격이다.

아직도 시강과 면접이 두려운가? 그렇다면 다시 처음부터 읽어보길 바란다. 전혀 두려워할 것도 크게 준비를 많이 할 것도 없다. 왜냐하면 학원 강사로 성공하고자 마음먹은 이상 당신의 가슴에는 열정과 자신감이 충만히기 때문이다. 바로 그것을 원장에게 보일 수 있으면 되는 것이다. 강의 스킬, 판서, 고난도 문제도 풀 수 있는 능력 따위는 지금은 필요 없다. 왜! 이제 앞으로 차곡차곡 쌓아 나가면 되는 것이기 때문이다. 당신의 열정을 믿자. 그리고 쫄지 말고 당신이 원하는 학원으로 달려가자!

06 첫 월급에 연연하지 마라

이미 책의 앞에서부터 수차례 학원 강사 월급과 연봉에 대한 이야기를 해왔다. 그리고 학원 강사로 억대 수입을 올리기 위해 반드시 비율제 월급제로 하도록 강조하고 있다. 이것이 매우 중요하기 때문이다. 하지만 첫 초보강사에게 비율제 월급을 주려는 학원은 생각보다 적다. 그렇다면 기본급만 받는 월급제를 한다? 이 부분에 대해 상세히 이야기하도록 하겠다.

학원 강사 기본급을 정리하면 이렇다. 여기서는 파트를 제외하고 주5일 이상 근무하는 전임강사의 월급으로 설명하겠다. 과목별로도 다소 차이는 있지만 일반적으로 초등부의 경우 월 120만 원에서 180만 원 정도, 중등부는 150만 원에서 200만 원 정도, 고등부의 경우 200만 원에서 250만 원 선에서 기본급이 책정된다. 초중등부의 경우 기본급만 주는 학원이 일반적이고, 고등부의 경우 기본급과 비율제를 주는 학원 비율이 거의 비슷하다.

예를 들어 내가 근무한 첫 학원은 중고등부 중심인 학원임에도 기본 월급만 받는 시스템이었다. 처음에는 학생 20명을 지도하는 데 월급 280만원을 받았다. 6개월 뒤 학생수가 80명이 넘었음에도 월급 280만원을 받았다. 만약 비율제로 50%를 받는 상황이었다면, 학생수가 20명이면 300만원을 받아야 하고, 학생수가 80명이면 1200만원을 받을 수 있다. 그런데 왜 비율제로 하지 않았느냐고?

비율제로 하지 않은 이유는 일단 그런 월급 시스템이 있는지도 몰랐다. 난 1년을 그렇게 고생하고 나서야 비율제라는 시스템을 다른 강사들과 회식을 하면서 알게 되었을 정도였다. 반면 만약 미리 알아서 원장에게 비율제로 변경해달라고 했다면 바로 거절당하고 퇴직을 권고했을 것이다.

학원이 클수록 비율제를 안하려고 한다. 학원이 커지면 더 이상 몇 명의 강사효과보다는 전체적인 학원 이미지와 시스템으로 운영이 가능하다고 판단을 하게 된다. 그 때부터 학원은 굳이 월급을 많이 줘야하는 비율제 강사를 줄이려 한다. 대신 그 자리를 적당히 학원 입맛에 맞게 일하고 적은 기본급만 줘도 되는 초보강사들로 채우려고 한다. 강사의 질이 낮아지고 학생들에게 주는 학습 능력도 떨어지지만 학원입장에서는 이미 학원이 커졌고 어느 정도 학생 순환이 잘 되는 선에서 기본급 강사로 비용을 줄이고 수입을 극대화하려고 하기 때문이다.

그렇기 때문에 처음에 월급제로 들어가서 비율제로 변경하는 것은 거의 불가능하다. 처음부터 비율제로 해야 한다. 재미있는 것은 비율제를 거부하고 월급제로 하고자 하는 강사도 많다. 비율제는 그야말로 100% 성과제이다. 자신이 못하고 게으르면 100만원도 되지 않는 월급을 받게 되는 상황이 두려운 나머지 200만원 내외의 기본급으로 안정을 느끼겠다는 것이다. 물론 그것이 심적으로 안심이 된다면 그렇게 해라. 대신 이 책은 이만 접고 헌책방에 팔아주길 바란다. 학원 강사로 성공하기로 마음을 먹고 이 책을 읽고 있으면서 일어나지도 않은 미래를 두려워하고 자신을 믿지 못하는 마음으로 기본 월급만 받겠다는 강사는 절대 성공할 수 없다.

나는 서울에서 강사생활을 하며 억대 연봉을 받다가 분당으로 이직을 했을 때 첫 월급이 110만원이었다. 100% 비율제인 상황에서 학생수가 11명부터 시작했기 때문이다. 하지만 단 3개월 만에 학생수는 80명이 넘고 1500만원 가까운 월급을 받게 된다. 아직도 불안하고 이해가 안 되는가? 학원 강사로 성공하고 싶다면 무조건 비율제로 해야 한다.

그렇다면 초보강사인데 학원 면접 진행시 원장에게 비율제 월급을 하자고 요구할 것인가? 그것이 채용을 당하는 입장에서 지나치게 부담스러운 요구가 아닌가? 라고 생각이 들 수 있다. 그래서 그런 부담을 줄이기 위해 초중등부 학원보다는 고등부학원을 갈 것을 권한다. 앞에서도 언급했듯 고등부 학원은 기본급 체계와 비율제 체계인 학원의 비율이 반반이다. 오히려 기본급만 주는 학원은 줄어들고, 최소한 기본급과 비율제를 같이 운영하는 학원도 늘어나고 있다.

즉, 고등부 학원은 일반적으로 비율제 월급체계가 많으므로 초보강사라 하더라도 당신만 동의한다면 비율제를 주는 학원이 많다. 학원의 학생수가 200명 이상이고 강시의 수가 10명이 넘는다면 비율제에 동의하길 바란다. 내가 알려주는 시스템으로 가장 빨리 성공할 수 있는 환경이기 때문이다.

그럼에도 불구하고 만약 기본급만 제시하는 학원도 있다. 그렇다면 어떻게 할 것인가? 우선 면접 진행 시 당신이 전에 근무했던 곳에서의 월급을 물어보는 경우가 많다. 나의 경우 삼성에서 근무했고 월급이 300만 원 정도였다고 하니 기존 초보강사 기본급인 250만 원보다 30만 원 더 올린 280만 원을 받을 수 있었다. 원장도 당신을 잡고 싶다면 가능하면 전에 받았던 월급에 맞춰주기 위해 노력할 수 있다.

하지만 완전 초보강사라면? 대학교를 졸업하고 사회경험도 없고 이제 막 학원 강사의 길을 들어선 강사라면 기준이 없다. 이런 경우 앞에서 말한 기본급을 받게 되는데 소위 악덕 학원장도 있기 마련이다. 완전 초보강사임을 당신이 강조하면 이상한 월급체계를 말하는 경우도 봤다.

나와 컨설팅을 진행한 G강사는 수학강사로 대학교를 졸업하고 학원에서 근무한지 8개월 정도가 흐르고 있었다. 주 6일을 근무했고 시험기간에는 주 7일을 근무했는데 월급이 120만 원이었다. 대상도 고등학생이었다. 처음 3개월은 시급 1만 원씩 받았다고 했다. 시급으로 학원 강사 월급을 책정하는 학원은 극히 드물다. 시급을 받으려는 강사도 없거니와 학원에서 채용하는 대학생 알바의 시급이 대략 그 정도이다.

G강사는 시급으로 받을 때는 월급이 70만 원 정도였는데, 4개월부터는 정식으로 계약서를 작성하고 120만 원이 되었다는 것이었다. 지도하는 학생수는 40명 정도였는데, 아무리 생각해도 이건 말이 안 되는 월급이었다. 하지만 G강사는 이것이 얼마나 비합리적인 월급인지 알지 못했다. 사회 경험도 없었고 주변에서 부당한 월급임을 알려주는 사람도 없었다. 내가 첫 학원에서 80명을 가르치면서도 300만 원을 받았던 거와 다름이 없다.

나는 과감히 G강사에게 퇴사하고 다른 학원에 비율제로 취업하도록 제안했다. 지금의 월급이 학원가에서 얼마나 부당한 대우를 받고 있는지를 설명해줬다. G강사의 강의력과 학생에 대한 책임감에

비해 너무 월급이 적었다. 비율제로 해도 충분히 승산이 있어 보였다.

컨설팅 이후 G강사에게 연락이 왔다. 근무하던 학원에 퇴사를 이야기했더니 잡더라는 것이었다. 그 사이 G강사의 학생수는 50명을 돌파하고 있었다. 결국 G강사는 그 학원을 퇴사할 필요가 없어졌다. 계약서를 획기적으로 다시 작성한 것이다. 학생 30명까지 기본급 250만 원에 초과 인원마다 5:5 비율제로 받기로 했다. 이제야 G강사의 능력에 맞는 월급을 받게 된 것이다. 처음부터 학원이 G강사를 대우해주고 인정해줬다면 더욱 큰 성취감을 느끼며 근무하지 않았겠는가? 꼭 퇴사한다고 해야 그렇게 반응하는 학원이 얄미울 정도였다.

말도 안 되는 기본급을 제시하는 학원이라면 일하지 말라. 그리고 스스로 '완전 초보강사'임을 강조할 필요가 없다. 그것을 밝힐수록 자신감이 없어 보이고 능력이 없어 보이기 때문이다. 하지만 꼭 시작이 비율제가 아니더라도 위에서 말한 일반적인 기본급을 제시한다면 우선 일을 시작하기 바란다. 일단 6개월 정도 당신의 역량을 키울 필요가 있다. 그리고 내가 알려주는 시스템의 효과를 맛 볼 필요가 있기 때문이다. 반드시 실전을 통해서만이 자신에게 맞는 시스템을 갖출 수 있다.

첫 월급은 첫 월급일 뿐이다. 이제부터가 시작이다. 단 몇 개월이

면 충분하다. 그 기간 동안 당신의 열정과 치열함을 제대로 선보이
자. 학생이 놀라고 원장이 놀라고 동료 강사들이 놀랄 정도의 모습
을 보이자. 그럼 자연스럽게 성과를 얻을 수 있다. 금세 첫 월급의
몇 배를 올려 재계약서를 쓰게 될 것이다. 무조건 이뤄진다.

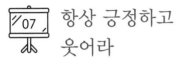

항상 긍정하고 웃어라

누구나 긍정적인 마음을 갖고 웃는 인상을 갖는다면 좋은 일이 따라온다. 누구나 그것을 알고 있다. 하지만 그럼에도 쉬이 그것을 실천하는 사람은 생각처럼 많지 않다. 일상에 찌들고 온갖 스트레스에 짜증난 이마에는 긍정의 기운이 자리할 공간이 없다고 생각하는 것처럼 살아간다. 그러나 나는 반대였다.

무슨 일이 있어도 최대한 긍정적으로 생각하려고 노력했고 웃음을 잃지 않으려고 노력했다. 오죽하면 10년을 만나온 여자 친구는 나와 대화를 할 때면 어떻게 사람이 그렇게 긍정적이냐고 되물은 적이 많았다. 그리고 이러한 현상은 가까운 지인을 떠나 사회생활을 하며 처음 만나는 사람들에게도 바로 전달되었다.

학원에 면접을 보러 갈 때 긍정의 힘이 얼마나 큰 행운을 가져다

주는지 깨달았다. 삼성을 퇴사하고 방문한 첫 학원은 첫 느낌부터 좋지 않았다. 태어나 처음 진행하는 학원에서의 면접이었고 시험이 있는 날이었다. 천안에서 목동까지의 거리는 만만치 않았다. 약간 지친 몸으로 학원을 들어서는데 데스크에는 아무도 없었다. 아직 학원 수업이 진행되기 전 시간이라 교실은 불이 꺼져 있었고 삭막하기까지 했다.

"누구 안계세요?"라는 인사를 다섯 번을 해서야 안내 데스크 뒤쪽에 있던 창고 같은 곳에서 남자 한 명이 자다 깬 얼굴로 누구냐며 물었다. 오늘 면접을 보기로 한 사람이라고 했더니 아 그러냐고 하면서 교실에 불을 켜고는 들어오라고 했다. 사실 지금 이런 상황을 이렇게 적고 있는 것도 짜증이 날 정도였다. 그 자다 깬 남자가 학원의 원장이었다. 딱 첫 느낌이 '아 이 학원에서는 일하기 싫다'였다. 그렇다보니 저절로 얼굴이 굳었고 시험도 잘 치르지 못했고 시강도 엉망으로 진행되었다. 이러한 과정이 내 실력을 떠나 마음가짐부터 부정적이다 보니 자신감도 사라졌고 의욕이 사그라들었다. 당연히 학원에서는 연락이 오지 않았다.

그러나 바로 그 다음날 면접을 간 학원은 느낌이 달랐다. 학원 규모가 첫 학원보다 몇 십 배는 더 컸던 이유라기보다는 학원의 문을 들어설 때부터 반갑게 맞이해주는 데스크 직원이 큰 힘을 주었다. 더불어 첫 학원에서의 경험과 깨달음으로 제대로 자신감을 탑재하고 문을 열었고, 한껏 자신이 있는 모습으로 웃으며 인사했다.

간단히 인사를 마친 후 데스크 직원의 안내로 빈 강의실로 이동했다. 강의실에서 시험을 1시간을 봤는데, 중학교수준 10문제와 고등학교수준 10문제였다. 어려웠다. 문제를 푼다기보다는 '끙끙대었다'라는 표현이 어울릴 정도였다. 50분 정도가 흘렀을까? 데스크 직원이 웃으며 다가왔다. 그리고는 시험지를 한 번 살펴보더니

"잘 풀고 계시나요? 3번하고 9번은 다시 한 번 살펴보시면 좋을 것 같네요"

앗! 뭐지? 지금 힌트를 주고 있는 것인가? 나는 고맙다는 미소와 눈빛을 보내고는 3번과 9번을 다시 점검하며 실수한 부분을 고쳐 답을 바로 잡을 수 있었다. 나중에 이 학원에 정식 근무하면서 우연히 직원에게 이 때 왜 그랬는지를 들을 수 있었다.

"강사님 첫 이미지가 너무 밝고 인상이 좋으셔서 꼭 같이 일하고 싶었어요. 그리고 인사하실 때 지금까지 면접 오셨던 다른 강사들에 비해 자신감과 열정이 넘쳐 보이셨어요."

여기서 오해할까봐서 덧붙이면 데스크 직원은 40대 후반의 아줌마셨다. 오히려 아줌마다보니 나의 긍정적인 첫 인상에 점수를 많이 주었던 것인지도 모르겠다. 또 원장님과의 면접을 볼 때도 이러한 반응은 동일했다.

'인상이 좋다'라는 반응은 자신이 어떻게 생각하고 행동하느냐에

따라 만들 수 있다. 항상 웃는 것은 어려울 수 있지만 마음속으로 즐거운 생각, 긍정적인 생각만 하는 것은 자신의 노력 여하에 따라 실천할 수 있다. 그러려면 먼저 부정적인 생각을 하지 않아야 한다. 조금이라도 좋지 않은 느낌, 부정적인 일이나 생각이 들려고 하면 재빨리 좋은 생각, 긍정적인 일과 생각으로 전환하면 된다.

나는 사소한 일에도 부정적인 생각을 하지 않기 위해 노력했다. 운전을 하다가도 누군가에게 경적을 울리면 오히려 스트레스와 화가 더 올라감을 느꼈다. 그것은 부정적인 기운이 다가오는 것과 비슷했다. 그래서 경적을 울리지 않기로 결심했다. 물론 위험한 상황에 대해 대비책으로 비상시에만 경적을 울리는 것으로 한정했다. 이후 경적을 울린다면 나의 좋은 운이 사라지고 나쁜 운이 들어온다고 생각했다. 그럼으로써 핸들에 손이 올라가 경적을 울리려고 하면 '앗! 나의 좋은 운이 사라질 뻔했네. 다행이다. 경적을 울리지 않고 양보하고 좋게 넘어갔으니 앞의 운전자가 나에게 좋은 운을 전해줄 거야'라고 긍정적인 생각을 했다.

강의실에 들어가는 순간부터 학생들에게 좋은 기운을 전달하고 스스로에게 긍정의 기운을 넣어주기 위해 일부러 큰 소리로 '굿 모닝!'이라고 인사를 한다. 아침이건 낮이건 저녁이건 나는 항상 '굿 모닝!'이라고 인사한다. 영어를 모르는 것이 아니라 점심, 저녁 영어 인사보다 '굿 모닝!'을 외치며 아침의 상쾌한 긍정의 기운이 펴져나

가는 기분이 들어서였다.

　절대 부정적인 생각을 하면 안 된다. 한 번은 오전 수업 전에 강사 휴게실에서 다른 강사와 말다툼이 있었다. 10여분의 의견 충돌 끝에 또 다른 강사가 말려 다툼은 화해하고 마무리가 되었지만, 싸움의 흥분은 쉽게 가시지 않았다. 이런 상태로 나는 학생들에게 나눠 줄 자료와 연습장을 왼손에 가득 들고 항상 하듯이 핸드폰을 그 위에 놓았다. 오른손에는 분필을 들어야했기 때문이다.

　엘리베이터를 타려고 스위치를 누르는 순간 늘 잘 놓여있던 핸드폰이 바닥으로 떨어졌다. 구입한지 일주일밖에 되지 않은 최신형 핸드폰이었는데 보기 좋게 액정이 깨졌다. 그런 일을 당신이 겪는다면 어떠하겠는가? 가뜩이나 강사와 아침부터 싸우고 기분도 나쁜데 큰 마음을 먹고 바꾼 최신형 핸드폰이 망가졌다면? 그리고 시간은 아침 9시로 그 날의 첫 주말 강의를 진행해야 하는 상황이라면?

　나는 정말 기분 좋게 강의실로 들어서며 '굿 모닝!'을 외쳤다. 그리고 학생들에게 액정이 완전히 박살난 핸드폰을 보여주며 즐겁게 사건경위를 이야기했다. 기분이 너무 좋았다. 물론 액정을 수리해서 20만원의 비용이 들어가게 되었음이 씁쓸하기는 했지만 큰 깨달음을 얻는 배움의 비용으로 충분했다. 그래서 더욱 '긍정적인 마인드와 생각'을 해야만 함을 이 경험을 통해 제대로 뇌와 마음에 문신처럼 새겼다.

즉, 부정적인 생각과 말을 하면 부정적인 일과 결과가 생긴다. 반대로 긍정적인 생각과 말을 하면 긍정적인 일과 결과가 끌어당겨진다. 너무나도 쉽고 당연한 이치인데 왜 아직도 부정적인 생각을 하고 있는가? 당장 때려 치고 좋은 생각만 하라.

도대체 무슨 좋은 생각을 하라는 거냐고 반문한다면 다음 강사의 사례를 보자. K강사를 일대일컨설팅을 만났는데 첫 이미지는 그야말로 어둠이었다. 옷도 어둡고 신발도 어둡고 눈 밑의 다크서클이 도드라졌다. 2시간의 컨설팅을 하면서 느낀 것은 K강사의 마인드조차 '어둡다'라는 것이었다. 마음과 생각이 부정적이다 보니 매사 일이 꼬이고, 스트레스는 쌓이고 원하는 수입은 멀어져만 가고 있었다.

학원 강사 성공 시스템에 대한 방법과 K강사에 맞는 대책을 모두 알려주었다. 그러나 문제는 그것이 아니었다. 아무리 방법을 알려준들 그것을 활용하기 위해서는 기본적으로 강사의 마인드와 의식이 긍정적이고 밝고 열정적이어야 한다. 그것을 바탕으로 했을 때 성공 시스템이 그 힘을 발휘할 수 있다. 예를 들어 연습장에 숙제를 해오면 피드백 코멘트를 써줘야 하는데 강사가 힘들고 부정적인 마인드라면 코멘트가 긍정적이고 응원의 힘을 실을 수가 없다. 강의를 즐겁고 자신의 스토리를 통해 자극을 주면 좋은데 부정적인 강사는 부정적인 이야기밖에 줄 수밖에 없다. 오히려 부정적인 자극만을 학생들에게 주는 셈이다.

진짜 심한 강사는 자신이 이혼한 이유부터 사람을 믿지 않고 싫어하는 이유에 대해서 수업시간에 하는 것을 들었다. 또 자신이 근무하는 학원의 시스템을 욕하고 원장을 욕하는 강사도 본 적이 있다. 아니 왜 그런 쓸데없는 부정적인 이야기로 긍정적인 기운이 넘쳐야하는 강의실을 오염시키는 것인가?

학생들을 위해서, 학원을 위해서, 가장 크게는 강사 스스로를 위해서 긍정적인 생각만을 하도록 노력해야 한다. 긍정의 말만을 하고 사주 크게 웃어야 한나. 학원 강사로서의 성공은 이것부터 시작이라고 해도 과언이 아니다. 사소한 일에도 짜증내고 타 강사를 뒤에서 욕하고 모든 안 좋은 현실이 누구 때문이라고 남 탓하지 말라. 모든 부정적인 현실의 원인은 자신에게 있음을 깨닫고 반성해야 한다. 그리고 변화를 해야 한다. 변화의 시작은 자신에서부터 비롯된다. 제발 긍정적인 생각만 하자. 그러기 위해 사소한 일에도 웃자. 그럼 무조건 좋은 일과 성공이 다가온다.

제3장

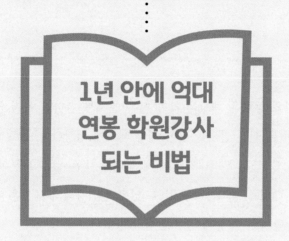

1년 안에 억대
연봉 학원강사
되는 비법

강의력 : 자신감으로 진짜
강의를 준비하라

강사의 강의 능력은 책상에 앉아 많은 문제를 푼다고 늘지 않는다. 강의 능력은 실전 강의를 많이 해야 빠르게 성장한다. 그렇다고 맨 땅에 헤딩을 하듯 무턱대고 강의에 들어갈 수는 없는 노릇이다. 어떻게 하면 제대로 강의준비를 할 수 있고 실전강의의 구성은 어떻게 탄탄하게 만들 수 있는지 알아둘 필요가 있다.

서울의 J강사는 나와 컨설팅을 하면서 제시한 가장 큰 문제점이 본인은 대학교시절부터 첨삭 과외만 경험을 해봐서 첨삭수업은 자신이 있는데 칠판 강의 수업은 도저히 못하겠다는 것이다. 문제를 푸는 것은 크게 문제되지 않는데 도대체 개념 설명은 어떻게 해야 하는지 막막하다는 것이다. 인강도 참고하고 준비했지만 마음처럼 되지가 않는다는 문제였다.

J강사는 수학문제 풀이에 대한 내공이 대단했다. 이과 고3 수능 기출 고난도 문제들도 술술 풀 정도의 실력이었다. 그런데 개념설명을 어떻게 해야 하는지 몰라서 판서수업에 자신이 없다는 것은 정말 안타까운 일이었다. 사실 판서를 못한다고 강의력이 부족한 것이 아니다. 개념 설명을 못한다고 강의력이 낮은 것이 아니다. 진짜 강의력이란 강의 안에서 얼마나 준비한 내용을 보여주고 학생들과 소통하면서 알찬 2시간을 만들어가는 것이다. 그리 어려울 것이 없다.

　우선 강의준비를 함에 있어 초보강사라면 두 가지를 염두해 둘 필요가 있다. 첫 번째는 개념설명, 두 번째는 문제풀이이다. 개념설명 준비는 어려워할 필요가 없다. 운전과 비슷하다. 처음에는 얼마나 무섭고 낯선가. 하지만 운전 학원에서 전문가에게 요령을 배우고 도로에서 실전 연습을 하면서 두려움을 줄여나가는 것이다. 오히려 너무 줄여서 난폭운전을 하는 경우도 있지 않은가?

　개념 설명을 준비함에 있어 전문가의 도움을 받도록 한다. 그냥 교재에 있는 개념 설명을 그대로 설명하거나 판서로 옮기는 행위는 하지 말라. 실제 전문가의 개념 설명 노하우를 인강을 통해 쉽게 접할 수 있다. EBS 무료 인강도 많으며 주요 인터넷 강의 매체를 통해 나름 최고의 강사들의 개념 설명 수업을 볼 수 있다. 마음에 맞는 강사를 선택해서 경우에 따라서는 그 강사가 설명하는 방법 그대로 수업을 해도 좋다. 자존심 따위는 생각하지 말자. 운전 학원에서 강사가 알려주는 방법대로 운전하는 것이 부끄럽고 자존심이 상하던가?

처음에는 다른 강사의 내용을 그대로 모방하게 되지만 점차 시간이 지나고 실전 연습이 많아지면 그 중에서 솎아낼 것을 쳐내고 자신이 넣고 싶은 내용을 추가하게 된다. 점차 자신만의 개념설명 방식이 탄생한다. 자. 이것이 시작이다. 첨삭식 과외만 했다고 판서수업을 자신없어하고 두려워하면 절대 개선이 되지 않는다. 괜찮으니 인강 강사의 내용을 그대로 따라하며 훈련하고 습득하라.

사실 이 정도만 해도 기본적인 수업에 대한 두려움은 줄어든다. 문제풀이에 대한 준비는 훨씬 쉽기 때문이다. 왜냐하면 딱 해당 수업에 풀어줄 문제만 준비하면 되기 때문이다. 예를 들어 미적분을 수업한다고 해서 해당하는 교재의 모든 문제를 사전에 다 풀어둘 필요는 없다. 딱 다음날 수업할 부분의 문제만 풀어보면 된다. 더 줄여보면 수업 중 풀어줄 문제만 풀어도 좋다.

그런데 강사들이 두려워하는 부분이 여기서 발생한다. 만약 학생이 생각지도 못한 문제를 질문한다면 어떻게 할 것인가! 미처 수업 준비하면서 풀어보지 못한 어려운 문제를 질문으로 받게 된다면! 물론 이런 경우가 일어날 수 있다. 하지만 걱정할 필요가 없다.

가장 좋은 방법은 수업 때 진행할 내용과 지난 번 숙제로 나간 문제들을 모두 다 풀어보는 것이다. 하지만 생활이라는 것이 바쁘다 보니 모든 것을 100% 완벽하게 준비하기 힘들 것이다. 그렇다면 강의를 이렇게 진행해보자. 수업 때 개념 설명을 해주고 개념이 적용된 문제 몇 개를 풀어준다. 그리고 학생들에게 변형 문제를 풀게 지시한다. 이 정도의 문제를 수업 준비를 할 때 풀어봐야 한다. 강사가 미리 풀어봐야 어떤 문제를 풀도록 할지 정할 것이 아닌가. 마지막 팁은 수업 중에 질문을 받지 말라.

꽹장히 아이러니한 팁이 아닐 수 없다. 수업 중에 질문을 받지 말라니! 물론 수업 자체가 학생들의 질문만을 받는 강의라면 어쩔 수 없지만 개념 설명을 해야 하는 진도수업이라면 별도 질문을 받지 말라. 대신 해 온 숙제 중 학생들이 질문할 만한 문제, 어려운 문제 몇 개를 확인하고 그 문제를 수업 중에 풀어준다. 그리고 학생들에게 나머지 질문할 내용에 대해서는 별도 첨삭시간을 마련해놓고 해당 시간에 오도록 말하면 된다. 이렇게 하면 수업 중에 느닷없는 어려운 문제를 받을 일이 줄어들고 첨삭시간에 올 학생들이 정해지면 해당 학생들이 질문할 내용들에 대해 어느 정도 예상할 수 있다. 예상이 되므로 미리 준비하는 데 도움이 된다.

그럼에도 불구하고 만약 수업 시간에 난해한 질문을 받게 된다면? 너무 난처해하지 말고 우선 문제를 확인해보자. 함부로 문제를 칠판에 올리면 안 된다. 일단 칠판에 문제를 쓰면 죽이 되는 밥이 되든 뭔가 해결을 봐야하기 때문이다. 칠판에 올리기 전에 문제를 확인하고 풀어줄 가능성이 보이면 칠판에 올리고 아니면 넘어가야 한다. 넘어갈 때 뭔가 불안한 눈빛이나 말투로 말하지 말고 자신감 있게 말하자.

"이 문제는 풀이가 너무 복잡하네. 지금 수업시간에 풀기에는 시간이 오래 걸리니 다음 시간에 선생님이 쉬운 풀이로 같이 풀어줄게. 일단 다음으로 넘어가자."

그리고 학생 레벨의 상황을 보고 굳이 풀어줄 필요 없는 문제라면 넘어가도 된다. 반 레벨이 5등급 이하인데 너무 어려운 문제를 풀어줘 봤자 소용없기 때문이다. 다만 이 문제가 왜 어려운 것인지, 왜 의미가 없는 것인지를 설명해주면 좋다. 예를 들어 절대 수능에 나오지 않을 문제라든지, 아직 너희 레벨에서는 풀 필요가 없는 문제임을 명확하게 밝힌다.

물론 강의 준비는 꼼꼼하고 철저해야 한다. 해당 강좌에 진행할 내용과 양을 분명히 하고 학생들에게 내 줄 숙제도 미리 설정해야 한다. 이를 정확하게 진행하려면 강의계획서가 무조건 필요하다. 대부분의 학원이 나름대로의 포맷으로 강의계획서를 만들도록 한다. 수업을 떠나 학원에서 각 강좌별로 진행사항을 파악하기 위해 강의계획서를 만들게 하기도 하지만 전적으로 강의계획서는 강사와 학생들을 위해 필요하다.

나는 집요할 정도의 강의계획서를 만들었다. 해당 강좌의 이름과 수업일마다 진행될 내용이 아주 구체적으로 기록되어 있다. 기준은 한 달 정도로 작성을 했다. 가장 큰 특징은 각 강좌별로 진행된 내용이 단원명만 있는 것이 아니라 수업 때 진행된 교재의 양이 페이지까지 기록되어있고 숙제도 교재별로 문제번호와 페이지까지 상세히 기록되어 있다. 강의계획서 한 달 치를 채우면서 강의의 그림을 그릴 수 있다. 하루에 어느 정도의 양이 나가야 원하는 기간 안에 종료가 될 것인지 알 수 있고, 균등한 숙제량을 정할 수 있다

물론 처음에는 어떻게 작성해야 하는지 막막할 수 있다. 그래서 내가 사용했던 강의계획서를 예시로 넣어두었다. 힘들고 빡빡하겠지만 초보강사일수록 저렇게 만들어야 자신의 과목에 대한 큰 그림을 그릴 수 있다. 과목별로 몇 번 만에 수업을 제대로 마무리 할 수 있는지 기준이 정해지고 여러 교재를 섭렵할 수 있게 된다. 숙제가 미리 구체적으로 적혀 있다 보니 학생이 결석을 하더라도 강의계획서를 보고 숙제는 해오도록 지시할 수 있다.

위에서 말하는 큰 그림이란, 대략 3년을 이렇게 강의계획서를 상세히 만들어 사용했더니 이후에는 굳이 이렇게 상세하게 만들 필요가 없어졌다. 모든 과목별 상황이 머릿속에 정리가 되기 때문이다. 현재는 간단한 강좌별 진도내용과 숙제 정도만 정리되어 있는 강의계획서로도 충분하다.

철저한 강의준비를 위한 강의계획서도 만들었고 어느 정도 강의를 할 준비는 된 것 같다. 마지막으로 준비할 내용은 판서다. 강사를

준비하는 입장에서 가장 우려하는 부분일 수도 있는데 사실은 전혀 문제되지 않는다. 사실 위에서 말한 수업 준비만 알차게 되고 재미있게만 수업을 하면 판서를 못한다고 학생들이 싫어하지 않는다. 다만 프로인지 아닌지 정도의 기준은 될 수 있다.

그렇다면 프로의 모습을 갖춘 판서는 어떻게 하면 늘 것인가! 가장 쉬운 방법은 판서 수업을 많이 하면 되는 것이다. 판서는 절대 하루아침에 쉽게 멋져지지 않는다. 물론 며칠을 밤을 새서 연습한다면 가능하겠지만 판서만 준비할 수 없는 노릇 아닌가?

판서는 가장 빠르게 습득할 수 있는 방법과 몇 가지 팁을 공개하겠다. 판서의 실력을 키우려면 확실히 칠판으로 연습을 해야 한다. 그렇다고 칠판을 사서 자신의 방에 붙이지는 말자. 나도 처음 강사를 시작하면서 제일 처음 산 것이 화이트보드였다. 화이트보드에 다음날 수업할 내용을 적어가면 연습하려했지만 딱 한 번 해보고 말았다.

칠판을 사지 말고 밤 10시에 수업이 끝나면 딱 일주일 정도 30분만 다음날 강의할 내용을 적어본다. 수업하듯 판서를 써보고 다 쓴 다음 교실뒤쪽으로 가서 수정할 부분을 찾아낸다. 처음에는 자신이 판서한 결과가 엉망으로 보일 것이다. 하지만 며칠만 해보면 점점 개선되고 있는 증거를 확인할 수 있다.

다시 말하지만 판서는 하면 할수록 늘기야 하겠지만 처음에는 의식을 하고 써야 한다. 그래서 몇 가지 팁을 알려주면, 첫 번째는 줄을 맞춰 써본다. 칠판에는 학생들 자리에서는 보이지 않는 미세한 가로줄이 있다. 이 가로줄에만 맞춰서 써도 가지런해 보인다.

두 번째는 한글을 많이 쓰지 말고 천천히 써라. 물론 국어강사라면 실천하기 힘들 수 있겠지만, 가뜩이나 판서가 엉망이라면 한글은 되도록 쓰지 말자. 희한하게도 판서가 엉망인 강사가 한글을 쓰면 몇 배 더 판서가 엉망으로 보인다. 만약 글씨를 쓴다면 마지막 끝을 쓸 때 힘을 주어 내리면 조금 낫다. 또 글씨도 엉망인 강사가 흥분해서 빨리 글씨를 쓰면 아무도 알아 볼 수 없는 아랍어처럼 보인다. 급할수록 천천히 판서를 적자. 학생들은 그 정도는 기다려줄 여유가 있다.

세 번째는 색분필 활용을 하면 판서가 다채로워 초보판서를 가릴 수 있다. 그렇다고 노랑분필을 과다사용하면 안 된다. 흰 분필 위주로 사용하되 적시적소에 색분필을 사용하면 좋다.

마지막 네 번째 판서 팁은 강조표시를 할 때 밑줄과 동그라미 말고 약간 비스듬히 마름모를 그리면 좋다. 초보 판서에게 원과 같은 굴곡이 있는 것을 그리면 예쁘지 않게 그려진다. 반면 각을 가진 도형으로 그리면 초보판서가 커버가 된다. 왜 직사각형이 아니고 마름모를 그리는지는 한 번 해보라.

자, 이 정도의 팁을 참고로 다시 한 번 본인의 판서를 연습한 다음 교실 뒤에 서서 본인이 판서한 것을 관찰해보자. 어느 날 '와, 내가 봐도 멋진 걸'이라고 탄성이 나오는 날이 분명히 온다. 몇 년이 걸리는 것이 아니다. 3개월이면 충분히 판서 연습이 가능하다. 너무 판서라는 부분에 걱정을 하지 말고 자신 넘치는 강의로 진짜 강의를 선보이자.

억대 연봉 학원강사의 성공 TIP – 강의력

"자신이 봐도 감동할 정도로 수업 준비를 철저히 하자!"

강의준비	개념설명 내용 준비, 강의노트 작성
강의진행	개념설명 5분 + 문제풀이 5분 + 학생문제풀이 5분 반복
질 문	질문할 것 같은 문제와 중요한 문제만 풀어준다 그 이외 질문은 별도 시간을 마련해서 진행
강의계획서	강좌별 진도내용, 숙제 등 상세히 기록
판서연습	수업 종료 후 30분 정도 판서로 연습(일주일정도) 색분필과 직사각형 강조표시, 한글판서는 최소화

2012년(3~6)월 강의계획서

			강사명: 김홍석t	Tel: 010-2739-0406

Time:월금1	시간 : 18:30 - 20:10(100분)	반명 : 문과 수능대비 기본	과정:문과 수능대비	이메일 : acgyce21@naver.com

사용교재	주교재	미통 수능특강	특이사항	수1 수능특강은 반드시 미리 풀어올 것(예습 철저)
	부교재	수1 수능특강		
	부교재	수1 블랙박스(2점~3점)	모든 숙제(예습,복습,프린트,역험책 포함) 연습장에 풀어야합니다 (날짜,교재명,채점까지 완료)	
	부교재	미통 블랙박스(2점~3점)		

총 과정: 내신(포함) 1학기 과정 / 과정계강일: 3월 5일 / 과정 종료일 : 6월 29일	다음과정:문과 수능대비(심화) / 다음과정 시작일: 7월 16일

기본 8강 (± 1-2강)	교재별 진도 및 숙제 내용						
	강사 - 강의내용	학생 - 숙제					
	강의별 진도내용	숙제 내용(해당일까지 해와야 하는 숙제입니다)					
회차 / 날짜	미통 수능특강	미통 수능특강	수1 수능특강	예습	미통 블랙박스(2점-3점)	수1 블랙박스(2점-3점)	기타
1강 3/2(금)	-						
2강 3/5(월)	행렬의 연산-역행렬						
3강 3/9(금)	역행렬-그래프	4~38p(확인/계제/유제/레벨1-2)	함수와극한 4-11p(확인/계제)			수열(1) 66~70p 3점	
4강 3/12(월)	지수	40~48p(확인/계제/유제/레벨1-2)	함수의 연속 16~23p(확인/계제)			수열(2) 71~76p 3점	
5강 3/16(금)	지수함수	50~60p(확인/계제/유제/레벨1-2)	미분계수와 도함수 26~35p(확인/계제)			수열(3) 77~81p 3점	2011.3 전국
6강 3/19(월)	로그	62~74p(확인/계제/유제/레벨1-2)	도함수의 활용 40~48p(확인/계제)			극한(1) 86~89p 3점	
7강 3/23(금)	로그함수	76~98p(확인/계제/유제/레벨1-2)	도함수의 활용 53~61p(확인/계제)			극한(2) 90~92p 3점	2011.4 전국
8강 3/26(월)	등차수열과 등비수열	88~98p(확인/계제/유제/레벨1-2)	부정적분과 정적분 66~75p(확인/계제)			무한급수 92~97p 3점	
9강 3/30(금)	3월 월말평가(중앙 서실 모의)	-	정적분의 활용 80~87p(확인/계제)			행렬과 그래프 100~104p	2012.3 대성

월말평가 : 3/26 20시20분 제가무도학습실, 시험범위 : 수1 전체 + 미통 함수의 극한

소통력 : 고객 니즈를
정확히 파악하라

일대일컨설팅을 받기 위해 부산에서 올라온 K강사는 가장 큰 고민이 학부모와 상담을 진행하는 것이었다. 학원에서 시키는 것은 아니지만 왠지 해야 할 것 같기도 하고 막상 하려니 무슨 말을 해야 할지 막막하다는 것이었다. 사실 많은 강사들이 상담에 대해 어려워하고 힘들어하는 부분이 크다. 그러나 상담은 반드시 필요하다.

우선 상담을 이렇게 생각하자. 상담은 소통을 하는 것이다. 소통은 강사와 학부모와만 해당하는 것이 아니라 강사와 학생과도 필요하다. 교육이라는 것은 주체와 소통이 없이는 제대로, 올바르게 이뤄질 수가 없다. 주는 쪽과 받는 쪽이 상호간에 이해하고 소통할 때 진짜 교육이 가능하게 된다.

상담이 소통함에 있어 필요한 존재임을 인식했다면 실천하는 것이 중요하다. 처음에는 매일 상담할 횟수를 정해놓고 억지로라도 실행하는 것이 필요하다. 나는 첫 학원에서 근무할 때 하루에 최소 3명 이상의 학부모와 상담을 진행해야 했다. 진행하지 않으면 결재가나지 않아 퇴근이 불가능했다. 학생 수가 70명 이상이 되었을 때는하루에 5명 이상의 상담을 진행해야 했다. 그러나 이런 힘든 과정이있었기에 나름의 상담 스킬과 노하우를 터득할 수 있었다.

수많은 상담을 진행하면서 느낀 것은 일단 강사가 학생에 대해잘 알아야 한다는 것이다. 학부모가 원하는 것도 그것이고 강사가자신이 지도하는 학생에 대해 잘 알아야 하는 것은 당연한 것 아닌가?

학생이 숙제를 안 한다면 어려워서 못하는 것인지, 노느냐고 안해 오는 것인지 파악해야 한다. 학생이 해당 과목의 어느 단원을 어려워하는지 어느 부분에서 실수를 많이 하는지 알아야 한다. 학생의일주일 스케줄을 어느 정도는 알고 있어야 하고, 해당 과목 공부할수 있는 시간이 어느 정도인지 파악해야 한다. 그 밖에도 학생의 고민이 무엇인지, 꿈은 무엇인지, 가고자 하는 대학이나 과는 무엇인지 아는 것도 중요하다.

그러므로 학부모와의 상담도 중요하지만 학생과의 소통이 우선시되어야 한다. 강의 중 학생들과의 소통과는 별개로 학생 개개인별로상담을 통해 학생을 파악한다. 시간을 내어 얼굴을 보면서 상담하는 것도 좋겠지만 오히려 대면상담은 학생들이 부담스러워하는 경우가 많다. 학생들은 선생님이란 존재와 이야기를 나눌 때 마음 속 이야기를 꺼내기를 꺼려한다. 그러므로 학생들의 소통 방법을 이용하는 것이 좋다.

학생들과 소통하는 방법으로 전화상담을 들 수 있다. 전화로 차분하게 학생의 고민도 들어보고 공부하는데 어려움 등을 알아본다. 그리고 강사가 해주고 싶은 이야기와 공부에 대한 학습 방법도 말해주면 좋다. 모든 학생을 전화상담하기에는 힘든 부분이 있다. 강사가 수업 전에 하기에는 학생이 아직 학교에 있을 시간이고, 밤 10시 이후에 하기에도 학생이나 강사 모두 피곤한 시간이기 때문이다.

전화상담보다는 문자와 카카오톡을 이용하는 것도 좋다. 요즘 학생들은 문자 등으로 생각을 표현하는 경우가 많다. 그리고 별도 시간을 많이 낼 필요도 없으므로 강사입장에서도 편하다. 간단한 상담은 이렇게 진행하면 좋다. 그리고 별도 긴 시간을 내어 상담이 필요한 학생들에 한해서 얼굴을 보면서 상담을 진행하면 된다.

이렇게 학생들과의 소통이 우선시 되어야 한다. 학생과의 상담을 딱 기간을 정해놓고 하기보다는 학생의 얼굴을 보면 상담이 필요한 경우를 파악할 수 있다. 수업 중 표정이 좋지 않거나 숙제를 잘 해오지 않는다면 우선 상담을 진행해야 한다. 수업 종료 후 문자를 보내 상황을 파악하고 쉬는 시간을 이용해 상담을 해보자. 학생과의 상담은 너무 길면 좋지 않다. 시간이 길어지면 학생은 잔소리나 꾸중으로 생각이 들 수 있기 때문이다.

학생들에 대해 어느 정도 파악했다면 이제 학부모와의 상담이 두렵지 않다. 왜냐하면 학부모가 궁금해 하는 내용과 듣고 싶어 하는 내용을 정리해놓았기 때문이다. 강사가 학생에 대해 파악한 부분에 대해 차분히 이야기해주면 된다.

그런데 간혹 학부모와의 상담을 진행할 시 순서가 바뀐 질문을 하는 강사가 있다.

"어머님, 혹시 학생이 공부하는 데 어려움은 없나요?"

아니 이게 무슨 말인가? 오히려 이 질문은 학부모가 강사에게 하고 싶은 질문이 아닌가! 학부모는 공부에 대한 부분을 전적으로 학원에 맡긴 것이다. 그러므로 오히려 학부모가 그 구분에 대해 궁금해 한다. 그럼에도 해서는 안 되는 질문을 강사가 하기 시작하면 상담이 꼬이기 시작한다.

강사는 상담 시 학생에 대해 분석한 내용과 향후 대책에 대해 이야기해주면 된다. 특히 분석한 내용을 말할 때 부정적인 내용만을 강조해서는 안 된다. 오히려 그런 내용은 자신을 공격하는 것이 되고 만다.

예를 들어 학생이 숙제를 잘 해오지 않는다고 말하면 이거야말로 누워서 침 뱉는 행위이다. 숙제를 잘 해오지 않는다면 100% 강사책임이기 때문이다. 학생이 집에서 알아서 공부를 안 하고, 숙제도 잘 하지 않아 학원에 비용을 내고 보내는 것이다. 그런데 반대로 학원에서 집으로 고자질을 하고 있다니! 도대체 앞뒤가 맞지 않는다. 숙제를 현재 잘 해오지 않는다면 이유가 무엇인지 파악한 것을 말하고, 그래서 어떻게 할 것인지 대책을 말해야 한다. 일일테스트 결과가 좋지 않다면 무엇이 문제이고 이것을 보완하기 위해 어떻게 할 것인지를 알려야 한다. 즉, 지금의 문제가 중요한 것이 아니라 긍정적인 미래를 위한 대책이 필요한 것이다.

학부모와의 상담에는 시기와 타이밍이 매우 중요하다. 우선 신입생 상담이 실시되어야 한다. 새로 들어온 학생과 첫 수업 또는 두 번의 수업을 진행 한 후 간단히 강사 소개를 위한 상담을 진행한다. 나는 첫 신입 상담을 학부모와 진행한 후 학생을 바꿔달라고 해서 학생과도 동시에 진행한다. 학부모와의 상담을 길게 할 필요 없다. 간단히 인사를 하고 향후 지도 방향에 대해 말해준다. 그리고 가장 중요한 것은 학생의 반응이 어떠한지 물어본다. 학부모는 좋으면 좋다고 말해주고 문제점이 있다면 어느 부분이 문제인지 말해준다. 아직 상호간 친해지기 전이므로 아닌 것이 있으면 냉정하게 말해준다.

학부모와의 상담에서 가장 중요한 시기는 시험기간과 방학기간이다. 먼저 시험에 대한 상담은 시험기간이 들어가기 한 달 전, 즉 시험 대비를 시작할 때쯤 진행한다. 그 동안 공부한 내용을 설명하고 어떻게 시험 대비를 할지 알려준다. 그리고 시험 직전이 되었을 때 학생 중 시험결과가 좋지 못할 것 같은 학생 학부모를 대상으로 긴급 상담을 해야 한다. 학생과 열심히 내신 대비를 진행해왔는데도 부족한 부분을 설명해주고 이번 시험 점수를 예측해준다. 그리고 시험 이후 지금의 부족한 부분을 어떻게 보완해 나갈지에 대해 대책을 알려줘야 한다. 그래야 시험을 못 보더라도 학부모님의 충격파가 완화가 되고 이후 시험 결과 상담 시 조금은 편하게 이야기할 수 있기 때문이다.

이런 과정을 거치지 않은 상태에서 학생이 시험을 망쳤다면 상담하기가 굉장히 힘들다. 학부모는 이미 퇴원을 생각하고 있거나 강사의 전화가 오기만을 분노에 찬 마음으로 기다리고 있을 것이기 때문이다. 시험기간 상담은 학생을 위해서도 필요하다. 시험을 망치더라도 강사가 미리 안전장치를 설치해 놓았다고 생각한다면 학생도 강사를 믿는다. 망친 시험에 자신도 살아야 하기에 학원 핑계대고 퇴원하는 경우도 많기 때문이다.

그리고 방학기간에 대한 상담은 학생의 미래와 강사의 수업을 위해서 필요하다. 방학기간 상담은 향후 현행과정과 선행과정에 대한 계획을 설명해줘야 한다. 이는 기말고사 기간 이전에 1차로 진행이 되어야 한다. 기말고사 이후에는 학생이 떠나버릴 수도 있기 때문이다. 시험을 못 보더라도 알찬 대책과 안정적인 향후 계획을 잡아놓으면 학생과 학부모는 강사를 신뢰하고 계속 맡긴다.

방학기간 상담을 위해 강사는 학생별로 실력과 선행과정 정도는 정확히 파악하고 있어야 한다. 학생별로 필요한 선행과정을 추천해주고 해당 과정을 본인의 수업으로 듣게끔 미리 상담을 해야 한다. 학생들이 필요로 하는 과정과 부분을 파악하고 해당하는 과정을 개설하는 것도 중요하다. 그렇지 않으면 다른 강사에게 본인의 학생을 빼앗길 수도 있다. 가능하면 본인의 학생들을 모두 커버할 수 있도록 시간표를 만들어보자.

마지막으로 학부모와의 상담주기와 적정한 상담시간을 정할 필요가 있다. 초등학생은 한 달에 1회에서 2회 이상 진행한다. 워낙 자녀에 대해 궁금해 하신다. 간단하게라도 주별로 분석된 내용을 알려드리면 된다. 중학생은 한 달에 1회 정도 진행하면 된다. 아, 상담 주기는 학원비를 납부하는 기간을 피해서 하도록 하자. 오해의 소지가 있기 때문이다. 고등학생은 경우 1학년은 월 1회, 2학년은 두 달에 1회 정도 상담해도 좋다.

각 상담은 10분 내외로 끝내는 것이 좋다. 길면 너무 늘어지고 실수할 공산이 크다. 물론 학부모가 너무 많이 물어보고 이것저것 말을 하기에 길어지는 경우가 많다. 이 경우 상담일지에 항상 길어지는 학부모를 기록해두고 상담 시 '30분 뒤 회의가 있습니다.'라고 미리 통보하고 상담을 하면 된다.

고등학교 3학년은 상담 주기가 크게 시험별로 정해진다. 3월 모의고사 전후, 6월 평가원 모의고사 전후, 여름방학 직전, 9월 평가원 전후에 이뤄지면 된다.

전화상담 시 부재중이라면 전달하고자 한 내용을 문자로라도 보내놓고 상담이 필요한 경우 전화를 달라는 메시지를 함께 남겨놓으면 된다. 그리고 상담을 진행하다보면 굳이 한 달에 한 번씩 상담이 필요하지 않는 경우도 있는데 그 경우 문자로 간단히 통보해도 좋다.

상담은 별도의 상담일지를 만들어 기록해둬야 한다. 컴퓨터에 입력하기 보다는 학생별로 종이에 기록해두면 갑자기 찾아봐야 할 때 보기가 쉽다. 그리고 상담을 하면서 전에 기록한 내용을 참고하며 상담을 하면 실수를 줄일 수도 있고 학부모 입장에서 관리 받고 있는 느낌을 가질 수 있다. 상담일지에는 학부모와의 상담한 내용과 학생에 대해 분석한 내용들을 상세히 적어두도록 하자.

상담일지에 차곡차곡 쌓여져가는 내용만큼 강사와 학생, 강사와 학부모와의 소통이 늘어나고 신뢰가 커져간다. 그로 인해 학생 개개인에 맞는 대책과 장기 계획을 세울 수 있다. 모든 것이 강사의 관심과 책임감에서 비롯됨을 알아야 한다. 진정한 소통이 진정한 교육을 낳는다.

억대 연봉 학원강사의 성공 TIP – 소통력

"학생과 학부모와 상담하지 않을 거면 학원 강사 하지마라!"

상담대상	학부모는 물론 학생과도 상담해야 한다
상담주기 및 관리	30일~40일마다 1회, 관리시트를 작성하라
상담도구	전화상담위주, 학생은 문자나 카톡도 좋음, 부재 시 문자 발송 (마지막에 추가 상담시 답장 주시면 연락드리겠다는 내용 넣기)
기　　록	학생별 상담일지를 작성해서 가장 눈에 잘 띄는 곳에 두기
핵심주기	기말고사 내신대비 기간 중 방학계획과 함께 상담 필수

[학생관리 시트]

2018-05-07						입력 DATA				
학부모 상담	학생 상담	학생명	학년	학교	계열	학생폰	어머니번호 (녹색은 문자발송)	지망대학	수약	밍키 START
1/0	4/26	박상연	고2	태원고	문과			동동학과		17/7/24
12/21		김세한	고3	태원고	이과					17/10/17
1/0	5/4	류현빈	고3	위례한빛고	이과			화학공학		17/12/30
10/12		백시온	고3	판교고	문과					17/9/2
11/6		안재한	고3	이매고	이과					17/7/17
1/0		안진홍	고3	위례한빛고	이과			외국인 특별 전형		17/11/25
1/18		엄주성	고3	늘푸른고	문과					17/10/12
7/20		유진	고3	효성고	이과					15/8/30
1/0		유훈종	고3	이매고	이과					17/12/26
1/0		이경훈	고3	늘푸른고	이과(나형)					17/5/13
11/6		이준혁	고3	이매고	이과					15/7/20
1/0		장한나	고3	위례한빛고	이과			사범대		16/3/2
1/0		전세엽	고3	이매고	문과					17/12/26
1/0		현해담	고3	이매고	이과					17/11/21
4/28		황인서	고3	서현고	이과					17/12/4
4/28		노경빈	중1	이매중						17/11/28
1/0		백재은	중2							17/10/28
1/0	4/28	김어진	고3	태원고	이					

학생 노트_rev00

학생명		phone) 학생		특이사항	
학교		phone) 어머니			
집전화		phone) 아버지			
시험성적										
장기 학습 plan										
상담 및 학습 계획										

집요함 : 강사 최고의 카리스마는 단호함

"학생이 숙제를 전혀 해오지 않을 때는 어떻게 해야 할까요? 아무리 혼내도 안하고 부모님께 문자를 보낸다고 해도 안하니 원"

학생들과의 숙제와의 전쟁은 아마 강사로서 항상 품고 있는 고민일 것이다. 일대일컨설팅을 받고 나서도 자신만의 시스템을 구축하며 성공의 길을 나아가고 있는 강사들도 대부분 문자와 카카오톡으로 숙제에 대한 고민을 많이 물어본다. 물론 이 문제에 대한 해법도 존재한다.

우선 숙제에 대해 집고 넘어갈 것이 있다. 당신이 강사라면 질문에 대답을 해보자. 숙제를 내주고 얼마나 집요하게 숙제검사를 진행했고 숙제를 할 때까지 무슨 방법까지 동원해봤는가? 이 부분에 대해 치열하게 하지 못했다고 생각한다면 아주 좋은 것이다. 이 부분만 개선되어도 당신은 최고의 강사가 될 수 있기 때문이다.

학원 생활을 하면서 느낀 것 중에 하나는 대부분의 강사들이 숙제는 너무 쉽게 내주지만 숙제 검사마저 너무 쉽게, 대충 진행한다는 것이었다. 수업이 시작되면 '자 숙제 안 한 사람 손!'이라고 말하고 손을 든 학생들에게 한 소리 하고는 '다음 시간까지 잘 해와'라고 지시하고 그만이다. 그리고 다음 시간, 강사는 역시나 같은 식으로 숙제검사를 하고 전 시간에 해오기로 했던 숙제검사도 잊혀 진다. 그런 패턴을 학생들도 알기에 철저히 숙제를 해오지 않는다.

이런 강사의 불성실한 숙제검사의 방법은 숙제를 잘 해오던 학생들마저 안하기 시작하는 도화선이 된다. 학생들은 칭찬을 먹고 살아야 한다. 숙제를 하면서 자기 공부가 됨을 깨닫는다면 모를까, 그런 학생은 적기에 숙제를 수고로운 책임으로 생각을 한다. 이런 수고스러움을 버티며 힘들게 숙제를 해왔는데 선생님이 검사도 제대로 안하고 열심히 한 '나'에게 칭찬도 해주지 않는다면 학생은 숙제를 하는 의미와 동기를 잃는다. 너무 멀리 갔다고 생각하는가? 그런 생각이 증명되기 이전에 이미 학생은 정말 당신을 멀리 떠날 것이다.

숙제는 내주는 것보다 검사하는 것이 수십 배 더 중요하다. 그리고 강사로서 숙제 검사는 당연히 철저하게 진행해야 한다. 강사는 숙제 검사를 통해 많은 정보를 얻을 수 있다.

학생이 잘 따라오고 있는지?

어떤 부분을 어려워하는지?

계산 실수를 하는지?

해답을 베끼는지?

공부를 위해 얼마나 노력하고 있는지?

등 학생의 학습 정보를 숙제를 통해서 습득할 수 있다. 학생의 학습 이해도와 습관을 파악하는 것은 너무 중요하다. 그것을 통해 각 학생에게 맞는 대책을 수립할 수 있고 난이도에 맞는 수업을 진행할 수 있다. 도대체 자신이 수업하는 학생들의 학습 능력을 파악도 하지 않은 채 무슨 수업을 제대로 할 수 있단 말인가?

나는 학원 강사를 시작하고부터 철저한 숙제검사를 위해 연습장을 활용했다. 학생들은 모든 숙제를 연습장에 하고, 채점 후 오답까지 진행해야 한다. 이 과정이 완료가 되어야 숙제를 한 것으로 인정했다.

처음에는 반발하는 학생들도 많았다. 어린 시절부터 책에다 풀어 버릇했고 채점은 강사가 해줬다는 이유로 연습장에 숙제하는 것을 거부했다. 그럼 나는 단호히 말한다.

"너 지금 수학점수가 몇 점이지? 너 반에서 몇 등이지? 100점을 받아보지 못했고 수학 전교 1등을 해보지 못했다면 그것을 다 해본 선생님 말 한 번 믿고 해봐. 네가 다음 시험에서 수학시험을 100점을 받던가, 수학점수 전교 1등을 한다면 그 때는 연습장에 안 해도 좋다."

일단 학생들의 분노와 반발은 잠시 잠재운다. 그리고 이게 끝이 아니다. 정말 철저히 숙제검사를 진행했다. 누가 보면 숙제검사 못 해서 죽은 귀신이 붙은 사람처럼 밤 10시 수업이 끝나면 퇴근도 안 하고 새벽 1시, 2시가 되도록 숙제검사를 했다. 학생들을 분석할 정보가 넘치고 넘쳤다. 그리고 가장 중요한 의식이 진행된다.

숙제검사가 끝난 연습장에 학생별로 코멘트를 성심껏 적어주었다.

"숙제가 많았는데도 너무 열심히 잘했어, 지금처럼 부지런히 파이팅!"

"이얏, 전혀 숙제를 안 하던 놈이 이번에 10문제나 풀었네! 좋아. 조금만 더 노력해서 다음에는 15문제! 고고싱!"

"이번 단원이 많이 어려웠다보네, 다른 단원보다 많이 틀렸네. 이건 아주 좋은 징조야. 이 부분만 보완하면 금방 성적이 오를거야! 파이팅!"

학생별로 숙제검사 결과와 느낌, 동기부여 응원을 해주는 코멘트를 적어주었다. 실제로는 더 길게 적었는데, 어쩔 때는 학생들끼리 내가 적어준 코멘트의 길이를 비교하면서 왜 자기는 이렇게 짧게 썼냐며 질투를 할 정도였다.

그러다보니 숙제를 전혀 하지 않던 학생도 숙제를 조금씩이라도 해오기 시작했다. 왜냐하면 숙제검사를 위해 연습장을 수거했는데, 숙제를 하지 않아 자기 것만 수거를 안 하면 약간의 부끄러움을 느끼는 것 같았다. 그리고 내가 적어주는 코멘트가 궁금했던 모양이다. 어떤 학생은 그 코멘트의 응원을 듣고 싶어 억지로라도 숙제를 했다고 고백했다.

그럼에도 불구하고 숙제를 해오지 않는 학생은 지구 어디에나 존재한다. 그렇다고 마냥 혼내는 것은 소위 약발이 오래가지 못한다. 또 집에 일러봤자 누워서 침 뱉는 꼴이다. 부모님 입장에서는 학생이 스스로 공부를 안 하고 숙제를 안 해서 학원에 보낸 것인데, 역으로 학생이 숙제를 안 한다고 부모님께 말하는 것이 무슨 소용인가. 오히려 강사가 스스로 못났다는 것을 공지하는 것에 불과하다.

첫 학원에서 숙제를 안 해오는 학생들에게 실시한 방법은 밤 10시 이후 학원 주변 카페나 패스트푸드 가게에 가서 숙제를 하도록 했다. 물론 불법이다. 그러나 여기에서 굳이 불법을 저질렀느니 하는 식의 이야기를 하고 싶지는 않다. 일단 하나의 방법이니 그냥 참고만 했으면 한다.

그렇게 그날의 숙제 미 이행 학생을 데리고 카페에서 미처 하지 못한 숙제를 봐주면서 이런 저런 상담을 진행했다. 왜 숙제를 안했는지도 물어보면서, 숙제가 어려워서 못하는 것인지, 정말 할 시간이 없었는지, 무슨 고민이 있는지를 파악한다. 숙제가 어렵다면 학생에게 맞는 레벨의 교재로 변경하거나 프린트 자료를 따로 주는 대책을 수립했다. 정말 할 시간이 없는 학생은 주간 계획표를 만들어주었다. 고민 상담도 꼼꼼하게 진행해주었다.

하지만 밤 10시 이후에 이런 대책은 학생이나 강사에게나 체력적으로 힘이 들고 비효율적이긴 하다. 부모님들도 마찬가지이다. 밤 12시가 넘어서 숙제가 완료가 되면 부모님들이 학생들을 데리러 오셨기 때문이다. 물론 밤이 늦도록 잡아두고 공부를 시켜주는 것에 대해 감사해하시는 부모님도 계셨지만 그렇지 않은 경우도 많았다. 어떤 경우에는 밤 10시 이후 수업을 한다고 보충을 진행하던 학생의 아버지가 교육청에 신고한 경우도 있었다. 정말 어이없는 경우는 어이없는 상황에서 발생한다.

이 후 새롭게 탄생한 대책이 있다. 주말에 별도 첨삭시간을 개설을 했다. 숙제를 안 해오거나, 어려워서 못오는 학생들을 정규수업이외 첨삭시간에도 오도록 했다. 나중에는 대학생 조교를 고용해서 진행하는 방법으로까지 확장이 되었다. 학생들에게 이야기할 때도 숙제를 안 한 부분에 대한 징벌적 조치라기보다는 철저하게 관리해주고 케어해주는 느낌으로 말해주었다. 물론 부모님께도 알린다.

지금 내가 무슨 이야기를 하고 있는지 파악이 되는가! 숙제 검사에 대해 이토록 집요하게 고민하고 대책을 수립하고 철저히 실천해왔다. 왜! 강사는 자신이 수학실력이 뛰어난 것은 아무 쓸데가 없다. 진짜는 학생들이 스스로 공부하도록 숙제를 해오도록 하는 것이다. 학생 스스로 한 문제라도 더 풀고 하나라도 더 암기할 수 있도록 지도해야 한다. 마냥 혼낸다고 될 것도 아니고 역으로 부모님을 탓할 것도 아니다. 100퍼센트 강사의 책임이고 강사가 갖춰야할 능력이다. 제발 숙제검사 철저히 하자. 여기에 목숨을 걸어도 좋다. 학생이 숙제를 하면 성적은 무조건 오른다.

어대 연봉 학원강사의 성공 TIP - 집요함
"숙제검사는 목숨을 걸고 하자!"

숙제검사	매 시간 진행, 숙제는 내 주는 것보다 검사하는 것이 중요
검사방법	수학은 연습장 활용하여 수거하여 검사 영어,국어 등은 문제집을 수거하여 검사
숙제 미이행시	남겨서 시키던지, 수업 이외 요일에 와서 하도록 한다 반드시 숙제는 다 하도록 지도
숙제 차별화	학생별 레벨과 수준에 맞도록 숙제를 내준다 같은 반이더라도 차이를 줘서 숙제를 하도록 한다

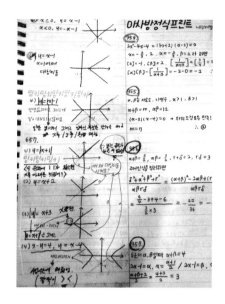

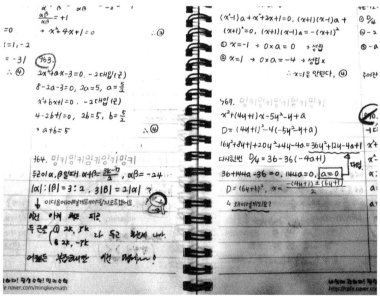

관찰력 : 학생을 치밀하게 분석하라

학생과 상담을 하고 소통을 자주 한다고 해서 안심해서는 안 된다. 중요한 것은 어떻게 해서든 학생의 성적을 향상시켜야 한다. 공부를 하지 않던 학생이 숙제를 한 문제라도 스스로 풀어오도록 해야 한다. 그러기 위해서는 소통의 단계만큼 학생의 실력을 검증하고 분석할 수 있는 시스템이 필요하다.

단순히 학생의 시험 결과만을 놓고 학생을 분석하는 것은 불가능하다. 시험 결과는 단순히 결과일 뿐이다. 학생이 현재 50점을 받았다는 결과만으로는 정확한 진단을 내릴 수 없다. 삼성 핸드폰의 배터리가 터졌다는 결과만으로는 문제를 개선할 수 없지 않은가? 과정을 살펴보고 무엇이 문제인지를 파악하는 것이 우선이어야 한다.

학생의 실력과 문제점을 파악하는 데 있어 중요한 방법이 숙제검사와 테스트이다. 이미 앞에서 숙제검사의 중요성은 밝혔다. 그리고 어떻게 숙제검사를 해야 하는지는 설명을 했다. 단순히 숙제검사를 하는 것까지가 아니라, 검사를 통해 학생을 분석할 줄 알아야 한다. 문제 접근을 어떻게 하는지, 어떻게 풀어나가는지, 어려운 문제는 어떻게 체크하는지, 오답은 제대로 하는지 등 분석할 항목은 넘치고 넘친다.

테스트에 대한 내용을 상세히 보도록 하자. 학생에게 필요한 테스트는 여러 가지 종류가 있는데 일일테스트, 주간테스트, 월말테스트, 실전테스트, 그리고 학교시험이 있다. 각각에 대해 검증할 내용과 분석할 부분에 대해 알아보도록 하자.

학교 시험 다음으로 가장 중요한 것은 사실 일일테스트이다. 일일테스트는 두 가지의 핵심 검증 데이터가 된다. 하나는 학생이 숙제를 제대로 했는지를 파악할 수 있고, 또 하나는 지난 시간에 공부한 내용에 대한 이해를 얼마나 하고 있는가이다. 일일테스트의 문제는 5문제에서 10문제 정도면 충분하다. 이를 위해 강사가 지난 시간에 배웠던 내용 중에 핵심이 되는 문제를 뽑아낼 줄 알아야 한다. 시험이 끝나면 수거해서 학생이 무엇을 틀렸고 어느 부분에 대한 이해가 잘 안되어 있는지 체크해놓아야 한다.

그리고 일일테스트는 여러 가지 면에서 학생의 학습 증진에 효과적이다. 테스트를 본다는 것만으로도 학생에게는 자극이 되고 공부를 함에 있어 더욱 많이 기억하게 한다는 연구결과가 있다. 다소 스트레스를 줄 수도 있겠지만 결과를 부모님에게 통보하지 않고 잘 봤을 때 선물을 주는 식으로 긍정적인 모습으로 만들 수 있다. 나는 매월 평균 80점 이상인 학생에게 문화상품권을 선물로 주고 있다.

수원에서 강의하는 H강사는 나와 컨설팅 이후 일일테스트를 진행했는데 엄청난 결과를 문자로 보내왔다. 문자의 도표에는 일일테스트를 시행하기 전과 후의 주간테스트 결과가 있었는데 일일테스트를 시행 후의 결과가 전보다 2배, 3배 이상 성적이 향상되었다.

또한 일일테스트를 통해 수시로 학생이 잘 따라오는지를 점검할 수 있고 그에 맞는 대책을 개개인별로 세워줄 수가 있다. 학생이 현재 배우는 내용에 대해 어려워하고 이해를 잘 못하는 상황인데도 불구하고 진도를 밀어붙이는 것은 아무 의미가 없을뿐더러 학습의 효율에도 좋지 못하다. 그러므로 이런 학생들을 따로 불러 보충을 해주거나 별도의 숙제를 통해 대응책을 마련해주어야 한다.

이렇게 매번 진행되는 일일테스트 시험지를 수거해놓았다가 시험기간이 다가오면 모아서 다시 학생에게 돌려준다. 그리고 틀렸던 문제 위주로 다시 풀게 시키면 효과적인 내신대비 자료로도 활용할 수 있다.

주간테스트의 경우는 선택적으로 보면 된다. 주간테스트를 보는 날에는 별도 일일테스트를 보지 않는다. 문제는 일일테스트보다 조금 많은 10문제에서 15문제 정도로 하고 일주일 동안 배웠던 내용이나, 지난주에 배웠던 내용으로 만들면 좋다. 역시 일일테스트와 동일한 효과를 얻을 수 있다.

월말테스트는 꼭 시행하길 권한다. 사실 1년으로 따졌을 때 시험기간을 제외하고 나면 월말테스트는 볼 수 있는 달도 많지는 않다. 하지만 한 달 동안 배운 내용에 대한 총결산의 의미로 꼭 치르는 것이 좋다. 일일테스트를 통해 쪼개어 학생을 분석했다면 월말테스트를 통해 종합적인 학생 분석이 가능하다.

현재 배우는 과정에서 가장 약한 부분이 어디인지, 실수하는 부분은 어디인지, 이해를 잘 못하고 있는 부분이 어디인지 파악한다. 학생 스스로에게도 본인의 위치를 파악할 수 있는 좋은 경험의 장이 된다.

나는 월말테스트를 하나의 축제의 장으로 만들고 싶었다. 학생의 상태를 분석하는 좋은 데이터이긴 해도 학생에게는 스트레스의 주범이 될 수 있기에 그것을 다소 해소해주고 싶었다. 왜냐하면 월말테스트의 목적을 달성하기만 하면 되기 때문이다.

그래서 학생들에게 정말 풀기 어려운 문제 두 문제에다가 곰돌이 인형그림을 그리면 맞은 것으로 해주기로 했다. 학생은 어려운 문제를 오히려 점수를 획득하는 문제로 긍정적인 생각을 하게 되고, 나는 학생이 어떤 문제를 어려워하는지 금세 파악이 된다. 또 서술형

맨 마지막 답에다가 '홍석선생님 사랑해요'를 10번을 쓰면 보너스 3점을 주기도 했다. 악착같이 점수를 깎으려는 시험이 아니라 재미있게 분석하는 시험처럼 느끼도록 했다.

월말테스트는 보는 것만큼 이후의 대응이 더욱 중요하다. 위에서 말한 학생 개개인별로 분석을 토대로 내신대비를 대응해주게 된다. 공통적으로 중요한 부분과 어려워하는 부분이 있기도 하지만, 학생별로 어려워하는 부분이 하나 이상씩은 있기 마련이므로 그에 맞게 맞춤식으로 준비해줘야 한다.

이를 토대로 내신대비에 들어가게 되면 실전테스트를 치른다. 물론 학교 시험과 동일하게 시간을 정해놓고 기출문제를 풀리는 것이 가장 좋긴 하다. 몇 가지 팁을 준다면, 시험시간은 학교시험보다 5분 정도 짧게 준다. 답지에 옮겨 적는 시간도 필요하고, 훈련은 좀 더 타이트하게 하는 것이 좋기 때문이다. 그리고 기출 문제를 무턱대고 줘서는 안 된다. 학생이 다니는 학교와 레벨이 비슷한 학교의 기출문제를 줘야 한다. 일반인문계 다니는 학생에게 과학고 기출문제는 의미가 없지 않은가? 또 기출문제는 한글로 깨끗하게 타이핑된 것으로 주도록 하자.

마지막 테스트는 역시 가장 중요한 학교 시험이다. 모든 노력의 과정이 하나의 시험으로 결판이 난다. 학교 시험만 잘 봐도 대학을 진학하는데 어려움이 없다. 학교 시험이 잘 안 나온다면 수능시험을 잘 보면 된다. 어쨌든 실전 시험은 중요하다. 그런데 이렇게 중요한 시험의 결과를 소홀히 하는 경우가 많다.

시험이 끝나면 무조건 시험지를 들고 오도록 해야 한다. 간혹 다른 친구의 시험지를 가져온다거나 새 시험지를 가져오는데, 무조건 가르치고 있는 학생의 시험지여야 한다. 시험지를 통해 학생이 무엇을 틀렸고, 왜 틀렸고, 어떤 실수를 했는지 파악해야 한다. 그래야 향후 대책이 세워지고 학생, 학부모와 상담할 내용이 생기지 않겠는가!

또한 해당 과목 학교 선생님이 어떤 부분에서, 어떤 형식의 문제를 주로 출제하는지 파악을 해야 다음 시험을 제대로 준비할 수 있다. 교과서에서 주로 출제하는지, 모의고사 문제를 가져다 쓰지는 않았는지, 어려운 문제를 얼마나 어렵게 출제하는 지 등 분석할 내용이 너무 많다.

다시 한 번 강조하지만, 강사는 무조건 학생의 성적을 향상시키는 것이 가장 큰 목적이어야 한다. 모든 과정들이 단 하나의 목적을 위해 움직일 뿐이다. 숙제검사, 테스트, 공부하도록 동기부여해주는 것 등 모든 것이 학생의 성적 향상을 위해 존재한다. 그리고 이러한 시스템을 통해 학생을 제대로 분석해야 한다. 당신이 뛰어난 점쟁이, 예언가가 아니라면 학생을 제대로 분석할 수 있는 근거가 필요하다. 그래서 다양한 테스트를 통해 학생을 다각도로 분석하고 관찰

해야 한다.

안타깝게도 위에서 말한 테스트를 전혀 진행하지 않는 강사들이 많다. 일일테스트를 학원에서 일방적으로 시키는 곳도 많다. 왜냐하면 강사 스스로가 안하기 때문이다. 주간테스트, 월말테스트는 말할 필요도 없다. 이 시스템은 학원을 위한 것이 아니다. 강사의 성공을 위해, 학생의 성적향상을 위해 반드시 필요한 것이다. 선택이 아니라 필수임에도 강사의 일상에서 누락하는 경우를 너무 많이 봤다. 시험지 만들기 귀찮아서 시험을 보지 않거나, 혹 시험을 보더라도 대충 채점하고 학부모에게 문자만 보내고 끝내는 경우도 많이 봤다.

형식적인 과정은 아무런 긍정적인 결과를 낫지 못한다. 강사 스스로가 필요성을 깨달아야 하고 제대로 활용할 마음가짐을 가져야 한다. 학생을 제대로 분석하고자 하는 열의가 있어야 한다. 제대로 된 분석 데이터를 바탕으로 만들어진 대책과 실천이 학생의 성적을 향상시키는 지금길이 된다.

억대 연봉 학원강사의 성공 TIP - 관찰력
"학생을 정확히 파악해야 제대로 된 대책이 나온다!“

일일테스트	10분 진행, 학생의 이해도와 숙제이행도 파악, 내신대비시 활용 매 수업마다 학생들이 긴장하도록 자극을 준다
월말테스트	전체적인 이해도와 학교시험에 대한 예측을 할 수 있다
학교시험	내신대비 진행시 기출문제 풀이는 물론 시험 이후 반드시 시험지를 가져오게 하여 시기별 학교기출상황을 파악하고, 학생을 분석한다.

05 이벤트 : 즐겁지 않은 강의는 때려 쳐라

어차피 해야 하는 일이라면 즐기면서 하라는 말이 있다. 그러나 다들 느끼겠지만 그것이 말처럼 쉽지가 않다. 특히나 학생들에게 어차피 해야 할 공부이니 즐겁게 하라는 말은 허공에 퍼지는 연기와 같다. 1등 강사라면 공부를 즐겁게 느낄 수 있도록 고민하고 도와줘야 한다. 작은 실천과 동기부여로 얼마든지 공부도 즐길 수 있고 재미있을 수 있다는 것을 깨닫게 해 줄 수 있다.

나와 함께하는 학생들에게 있어 숙제를 하는 것, 시험기간 등은 축제의 장이다. 한 달에 숙제를 다 하거나, 연습장 3권을 완료하면 문화상품권으로 시상을 했다. 시험기간에도 실전테스트 80점 이상이거나 시험결과가 목표한 점수 이상이 나오면 문화상품권을 아낌없이 선사했다. 이 후 대부분의 학생들이 스트레스로 느끼는 것들에 대한 반감을 크게 줄일 수 있었다.

게다가 강사나 학생들이 가장 힘들어 하는 시기가 있다. 그것은 시험기간이 아니라 방학기간이다. 어떻게 보면 학생과 강사 모두 방학을 더 싫어할 수도 있다. 왜냐하면 방학이라 학교는 안가지만 아침부터 학원을 가서 밤 10시까지 공부를 해야 하는 경우가 많기 때문이다. 이건 정말 사람이 할 만한 일상은 아니다. 그럼에도 불구하고 많은 학원에서 방학기간에는 엄청난 시간의 강좌를 개설하고 학생도 많은 수업을 신청해서 듣고 있다.

이런 현실에서 그나마 학생들의 스트레스를 줄여주고, 지도하는 강사도 즐겁게 할 수 있는 방법을 찾기 위해 노력했다. 그래서 다양한 이벤트를 준비했다. 여름방학이면 바캉스를 못가는 안타까움을 줄이고자 바캉스 패션으로 수업을 하기도 했다. 선글라스를 쓰고 수업을 했고 수영복을 입고 튜브를 들고 강의를 했다.

겨울 방학기간이 한 달 쯤 지나고 있을 때쯤 학생들이 너무 힘들어하는 모습이 보여 잠시 강의를 끊고 작은 질문을 던졌다.

"요즘 재미있는 영화가 뭐냐?"

학생들이 최신 영화를 줄줄이 말했다. 그래서 그것을 봤냐고 했더니 대부분이 보지 못했다고 말했다.

"아니 방학이고 한데 영화도 보고 자기 시간도 가져야지"

라는 추가 질문에 학생들은

"에이 공부하느냐고 바쁜데 무슨 영화예요. 고3이 무슨 영화예요"

라고 대답했다. 공부를 집중해서 열정적으로 하기 위해서는 적정한 휴식시간과 충전시간이 필요하다. 무턱대로 매일매일 공부로 달려서는 몸도 마음도 지치고 효율적인 공부가 되지 않기 때문이다. 그래서 갑자기 생각이 난 이벤트를 공지했다.

학생들에게 극장에 가서 영화를 보고 영화티켓과 자신의 얼굴을 함께 찍은 사진을 보내주면 영화티켓을 선물로 보내주겠다는 이벤트였다. 처음에는 거짓말하지 말라는 반응을 보였고, 나중에는 오늘, 내일 중으로 꼭 볼 것이니 선물을 꼭 달라는 것이었다. 모든 학생들이 이벤트에 참가하지는 않았지만 10명 정도의 학생이 사진을 찍어서 나에게 보냈고 나는 당연히 영화티켓을 선물로 보내주었다.

여러 가지 내용을 통해 문화상품권을 주고, 이렇게 다양한 선물을 주면 매 월 돈이 적지 않게 나갔다. 하지만 그 정도의 투자는 필요하다고 본다. 학생들이 집중해서 공부할 거리를 만들어주고 동기부여와 자극을 줄 수 있다면 많은 비용이 아니다. 게다가 강사의 팬이 생기는 것이다. 다른 강사들이 생각하지도 않고 실천하지 않는 사소한 이벤트로 학생은 강사에게 친밀감을 갖게 되고 우리 선생님은 '즐거운 선생님', '학생을 위해 멋있게 선물해 주는 선생님'이 된다. 자연스럽게 입소문이 나게 된다. 적은 투자로 몇 배 이상의 효과를 얻을 수 있다면 할 만한 가치가 있지 않은가?

모든 이벤트가 돈이 들어가는 것이 아니다. 다시 말하지만 아주 사소한 것이라도 좋다. 나는 수업 중 학생들이 힘들어하고 수업 자체가 늘어지는 느낌이 들면 바로 멈춘다. 그리곤 음악을 틀어본다. 요즘 유행하는 노래이건, 내가 즐겨 듣는 노래를 크게 틀어준다. 학생들이 그 노래를 좋아하거나 싫어하는지는 중요하지 않다. 중요한 것은 그 순간의 지루하고 늘어지는 분위기를 깨기에는 음악만큼 좋은 것이 없기 때문이다.

한 번은 고등학교 3학년을 대상으로 기하와 벡터 겨울 특강을 진행하고 있는데, 수업하던 문제가 너무 어려웠다. 당연히 풀이가 약간 길었고 학생도 힘들어하는 것이 보였다. 나는 바로 책을 덮고는 학생들과 '빙고게임'을 제안했다. 반응은 폭발적이었다.

빙고게임은 나도 참가했고, 5000원 현금을 한 장 꺼내서 교탁위에 올렸다. 1등을 하는 학생에게 주기로 했다. 이해가 되는가? 아니 이게 무슨 일인가 싶은가? 그도 그럴 것이 고등학교 3학년 수업 중에 강의는 안하고 빙고게임을 한다니. 그런데 그것이 뭐가 중요한가. 힘들어하는 학생들이 잠시라도 기분전환을 하고 딱딱한 수업을 즐겁게 만들 수 있는 방법이 있다면 그게 뭐라도 해야 하지 않은가?

이런 경험이 있지 않은가? 수업 중에 졸려 주겠고, 수업은 지루하고 하나도 귀에 들어오지 않는 상황. 그럼에도 불구하고 선생님은 칠판을 가득 채우겠다는 열정으로 처음부터 똑같은 목소리 톤으로 말을 하면서 판서를 하고 있는 상황. 그렇다고 대 놓고 잠은 못 자겠고, 그냥 죽어버리고 싶은 생각만 들던 수업! 정말 최악이다! 더 웃긴 것은 학생들이 자거나 말거나, 딴 짓을 하거나 말거나 신경을 쓰지 않고 자기만의 세상에 갇힌 듯 수업 진도만 나가는 강사! 더더욱 최악이다!

수업 중 졸려하거나 힘들어하는 학생에게 네가 밤에 늦게 잔 것이 문제고 네가 공부에 대한 열정이 부족한 거라고 책임을 돌리지 말자. 그런 학생조차 즐겁게 초롱초롱한 눈빛으로 수입에 함께할 수 있도록 해야 하는 것은 전부 강사의 몫이다. 어려운 내용이라면 어렵지 않게 설명해야하고, 학생들을 즐겁게 공부할 수 있도록 이벤트를 만들어야 한다.

봄이 다가오던 4월 어느 날. 4월 모의고사를 잘 봤다고 신나는 목소리로 전화를 걸어준 학생의 목소리를 기억한다.

"선생님 저 이번 시험 2등급 나왔어요. 와우. 성적표 나오면 베스킨라빈스 아이스크림 사 주세요!"

학생과 함께 약속한 것이 있었다. 고등학교 1학년 학생이 나에게 왔을 때는 수학 등급이 6등급이었다. 그런데 이제 고등학교 3학년이 되었고 2등급까지 향상되었다. 처음에는 숙제도 전혀 하지 않았었고 공부에 대한 의욕이 전혀 없었다. 하지만 조금씩 변화하기 시작했다. 숙제를 10문제에서 20문제로 점점 해오는 양이 늘었고, 성적도 따라서 올랐다.

모든 것이 완성되기까지 다양한 과정과 사연이 있었지만 중요한 것은 학생과 진심으로 소통하기 위해 노력했다는 것이다. 이미 많은 소통 방법에 대한 이야기는 앞에서 했지만, 추가로 여기서 말하는 다양한 이벤트가 많은 역할을 했음을 뺄 수가 없다. 조금이라도 공부에 흥미를 갖도록 학생과 약속을 자주 했다. 그것이 문화상품권을 주고 아이스크림을 사주는 식이기도 했지만 학생은 다른 곳에서 큰 자극을 받았다. 바로 칭찬과 격려였다.

5000원 하는 작은 문화상품권이 큰 효과가 발휘하지는 않는다. 하지만 그것을 주는 행위! 문화상품권에 학생 이름과 상을 주는 이유를 적어주는 강사의 마음을 학생은 안다. 그것이 자신을 향한 칭찬이고 격려임을 크게 깨닫는다. 이것이 이벤트를 해야 하는 가장 큰 이유이다.

때로는 당신이 바보 같은 농담을 던지고, 어이없는 복장을 입고, 예상치 못한 이벤트를 감행한다면 학생들은 웃던 웃지 않던 깨닫는다. 강사가 학생을 얼마나 생각하고 소통하려고 노력하는지 알게 된다. 단지 수업만 하고 진도만 나가는 강사에게 없는 것을 장착해야 한다. 다양한 이벤트를 통해 학생들과 소통하는 것이다. 작은 것으로 큰 칭찬을 할 수 있는 효과를 얻는 것이다.

억대 연봉 학원강사의 성공 TIP – 이벤트

"즐거움이 없다면 어떻게 공부할 것인가!"

이벤트	수업이 지루하고 힘들어하는 것이 보이면 수업을 멈추고 사소한 이벤트로 환기시켜라
시상내역	동기부여와 자극을 위해 다양한 내용으로 학생들을 선물을 줘라
헌 법	즐거움은 물론 공부함에 있어 지켜야할 항목도 설정하라

1. 최우수상(문화상품권 4장)
- 수학 30점 이상(등급 2단계) 성적 향상,학교 전과목석차 5등 이내
(단, 중간 80→기말 50→중간 80점서 별도 계산진행)

2. 우등상(문화상품권 3장)
- 수학 100점 달성, 학교 반 석차 1등, 목표 점수 달성

3. 아차상(문화상품권 2장)
- 20점 이상 성적 향상, 등급 1단계 이상 향상

4. 발전상(문화상품권 1장)
- 10점 이상 성적 향상

5. 열정상(문화상품권 1장)
- 숙제 100%+보충 100%참석+완전 열공했는데 성적이 떨어진 학생

6. 월말우등상(1등 문상 2장, 2등 문상 1장)
- 주간평가결과 1등: 문상 2장, 2등: 문상 1장

7. 밍키성실상(문화상품권 1장)
- 숙제 이행율 100% + 지각/결석 제로!

8. 밍키우수상(문화상품권 1장)
- 한 달 동안 일일 test 평균 80점 이상인 학생

9. 밍키착실상(문화상품권 1장)
- 연습장 3권 마무리한 학생(연습장 활용 기준에 준수)

10. 밍키응원상(문화상품권 1장)
- 왠지 밍키의 응원이 필요할 것 같은 학생..^^..

11. 밍키추천상(문화상품권 6장)
- 밍키쌤 이름으로 추천하여 밍키쌤 반으로 학생 등록~~~

12. 밍키오타상(10회/문화상품권 1장)
- 밍키교재에서 오타(개념/문제/해설) 10회 발견!

헌법 1조. 숙제

1항. 모든 숙제는 연습장에 풀 것
1) 책에다 푼 것은 인정 안 함(책 건들지마)
   채점 안 한 것은 인정 안 함
   오답정리 안 한 것은 인정 안 함

2) 연습장 활용수칙 준수
   숙제 page/문항번호까지는 기입.

2항. 숙제 미이행시(기준 100%)
   → 아래 기준에 의거 강제퇴원!
1) 1차 미이행시 : 당일 무조건 완료하고 하원
   - 10시 이후 별도 장소에서 숙제 진행
2) 2차 미이행시 : 1차와 동일하게 진행 및 상담
3) 3차 미이행시 : 전반! 및 강제퇴원!

※ 상담 진행시 숙제량 학생과 부분 협의 가능

헌법 2조. 연습장

1항. 연습장 상단에 날짜/수업/교재명
- ex) 6/9,수업,기본정석 , 7/2,자습실,블랙라벨

2항. 학습교재의 page/문제번호 기록
- 숙제검사시 page로 확인하므로 기록 요망
- 숙제 첫 page와 단원 변경시 page만 기록

3항. 기본 채점은 연습장에 할 것
   → 책에는 틀린문제/질문문제만 표시
1) 모르거나 틀린문제는 책에다 틀림(/) 표시 후
   답지보고 연습장에 풀이 적기(맞음표시 필요없음)
2) 답지보고 이해되는 문제는 책에다가 △ 표시.
   이해안되는 문제는 ★ 표시 - 틀린문제도 동일
3) 질문할 문제는 책에다 ★ 표시 또는 연습장에
   문제를 적어오세요.

헌법 3조. 학습준비

1항. 교 재 미지참시
- 수업참여금지 , 즉시 집에 가서 가져올 것.
- 2회 발생시 학습의지 없음으로 판단. 전반조치.

2항. 연습장 미지참시
- 1차 : 벌금 500원,이면지에 풀고 연습장에 부착
- 2차 : 수업참여금지, 즉시 집에 가서 가져올 것.
※연습장 미지참은 숙제 안 한 것으로 간주.

3항. 학교시험 후 시험지 가져올 것.
- 본인 시험지 가져올 것 → 오답정리 실시
- 시험이후 일주일내 안 가져올 시 전반 조치
※ 성적향상을 위해 선생님과 시험지 분석 필요

4항. 핸드폰 잠시 수거
- 강의실 입실시 핸드폰 전원을 끄고 지정된
  수거함에 잠시 제출(사용현장 적발시 일주일 압수)

헌법 4조. 출결관리

1항. 결석 관련(무조건 부모님이 연락)
1) 불인정 결석 사유 - 별도 보충 진행 없음
- 생일행사, 미통보 휴가, 4촌이외 결혼식
2) 인정되는 결석 사유 - 별도 보충 진행
- 장례식, 입원사고발생, 가족휴가(1주일전 통보)
3) 병결발생시
- 아파서 학교를 안 갔을 시에는 인정
- 학교는 갔는데, 도저히 학원을 못 올시 부모님이
  결석사유 연락해야 함. 2일 이내에 보충 실시
4) 무단결석 발생시
- 1차 : 부모님 연락 후 조치 요청
- 2차 : 전반 및 강제퇴원 실시

2항. 지각 관련
1) 지각 문자하면 5분까지는 인정(일일평가 5분만)
2) 5분 이상 발생시 1차/2차까지 경고(매달 리셋)
3) 3차 발생시 전반 조치 및 강제퇴원 실시

06 실력 : 오로지 학생의
성적으로 평가하라

자신이 성공의 길을 걷고 있는지를 주변 사람들의 평가를 통해 확인받고 싶어 하는 사람들이 있다. 칭찬을 듣고 싶어 하고, 혹자는 직접 원장실에 찾아가 '제가 지금 잘 하고 있는가요?'라고 묻는 경우도 봤다. 굳이 자신의 성공을 누군가의 평가를 통해 확인받을 필요 없다. 강사는 딱 두 가지로 정확하게 평가할 수 있는 척도가 있다.

강사로서 현재 제대로 나아가고 있음을 확인할 수 있는 기준은 첫 번째는 가르치고 있는 학생의 인원수이고, 두 번째는 학생의 성적이자 성과다. 둘 다 명확한 데이터로 증명가능한 척도이기에 애매해 할 필요도 없다.

학생 인원수란 결국 수입의 정도가 될 수 있다. 2장에서 언급했듯 강사 시작을 비율제로 했다면 그야말로 학생의 수는 중요하다.

기본급으로 월급을 받는다 하더라도 학생의 수는 몇 개월 뒤 진행될 학원과의 연봉 협상에서 유리한 입지를 선점할 수 있다.

나는 첫 번째 학원을 제외하고는 이 후 학원에서는 모두 월급이 비율제였다. 그만큼 가르치는 학생수에 민감할 수밖에 없다. 특히 분당으로 이직을 왔을 때는 11명 정도의 학생을 받았고 월급은 100만 원 정도였다. 하지만 3개월 뒤 학생수는 80여명이 넘고 월급은 1500만 원 이상을 받는다. 자, 이 정도면 성공의 판단 기준이 되지 않는가?

물론 학생수가 성공 여부의 척도가 되기도 하지만 반대의 입장을 갖기도 한다. 좀 전에 말했던 3개월 뒤 80여명의 학생은 중간고사 기간이후 20명이 넘게 퇴원을 한다. 나로서는 충격이었고 학원 입장에서도 좋게 평가하기 힘든 부분이었다. 그러나 실망할 필요는 없다. 오히려 시스템을 보완할 부분을 찾을 수 있는 기회가 되고 더욱 멋진 시스템을 구축할 절호의 찬스이기 때문이다.

퇴원한 학생을 매우 세부적으로 분석했다. 학생과 학부모와 그동안 지속적인 상담을 진행해왔기에 퇴원 상담이 어렵지는 않았다. 상담을 하다보면 재미있는 상황을 확인 할 수 있다. 시험을 잘 봐도 퇴원하고 못 봐도 퇴원을 한다. 시험을 잘 본 학생은 그나마 낫다. 시험을 잘 본 것은 학원이나 강사의 도움보다 자신이 잘나서 잘 본 거라 말하거나, 이제는 혼자서 공부해도 되겠다고 말하는 경우가 많다.

반면 시험을 못 본 학생은 학원과 강사를 핑계로 그만두는 경우가 많다. 강사가 부족하게 지도해서 시험을 못 본거라고 학부모에게 말해버린다. 물론 실제 강사가 부족하게 지도했을 수도 있지만, 강사가 열심히 해도 학생 스스로 살아야 하기 때문에 학원 핑계를 둘러대는 것이다.

어찌되었든 중요한 것은 퇴원 상담함에 있어 냉철하고 철저히 분석해야 한다. 그리고 어느 정도 정확한 분석을 위해서는 사전에 학부모와 학생과 적당한 소통과 상담을 진행했어야 한다. 전혀 상담을 안 하다가 퇴원하니까 전화하면 너무 속이 보이지 않는가!

자, 퇴원생에 대해 분석이 끝났다면 이제 대책을 세워야 한다. 여기서의 대책은 매우 중요하다. 현재의 학생수를 유지함은 물론 퇴원하는 사유를 보완하고 시스템화 해야 한다. 이 부분을 문서화해서 학원에 제출했다. 정말 철저히 분석했고 시험기간 얼마나 열심히 했는지 이미 학원도 알고 있었기에 잘 넘어갈 수 있었다.

이렇게 기존의 시스템을 보완하는 과정에서 주의해야 할 것이 있다. 너무 퇴원생 위주로 보완하다보면 정작 긍정적인 시스템을 변경하는 경우가 생길 수 있다. 즉, 이미 당신의 시스템을 좋아하고 만족해하는 퇴원하지 않은 학생들이 더 많다는 것이다.

한 번은 원장이 따로 불러 이렇게 말했다.

"김홍석 강사 수업을 듣는 학생 어머님이 김홍석 강사는 수업도 재미있고 너무 성실히 하시는데 수업 중에 쓸데없는 이야기를 많이 한다고 하시네. 한 번 생각해봐요"

물론 원장이 하는 이야기니 생각은 잠깐 했지만 나는 내 수업 시스템을 변경하지 않았다. 왜냐하면 나는 수업 중 쓸데없는 이야기를 하지 않는다. 다 학생들에게 동기부여가 되고 자극이 되도록 하는 이야기지 절대 학습에 도움이 되지 않는 내용을 말하지 않기 때문이다. 그리고 나의 이런 수업을 대부분의 학생이 지지하고 있다. 이런 내 수업이 싫다면 학생이 다른 강사에게 가면 된다.

이 정도로 자신의 수업 시스템에 있어 자신감이 있어야 한다. 이것이 실력이고 성공 마인드이다. 물론 고쳐야할 부분이 있다면 고치는 것이 맞다. 그러나 잘 고민해야 한다. 한 명의 신입생, 한 명의 퇴원생에 맞춘다고 기존의 자신의 좋은 시스템을 수정할 필요는 없다. 이것의 기준 역시 지도하는 학생수로 판단이 된다.

원장과의 면담 이후 '쓸데없는 이야기를 많이 한다던' 학생은 다른 반으로 옮기지 않고 나와 수능시험 때까지 함께 공부했다. 그리고 학생수는 100명까지 증가했다.

퇴원생의 원인 분석을 통해 수정 보완해서 효과를 본 것이 있다. 그것은 바로 학생의 성적이 최우선이라는 것이다. 아무리 강사가 잘 가르치고 동기부여를 팍팍 한다 해도 학생의 성적이 그대로거나 개선되지 않는다면 아무 소용이 없다. 결국 학생이 학원을 다니는 이유도 성적 향상이 목표이지 않는가!

그래서 어떻게 해서든지 학생의 성적을 올리기 위해 끊임없이 노력했고 고민했고 실천하며 시행착오를 겪었다. 다양한 특별반을 개설했고, 밤이 늦도록 학생별 내신대비 자료집을 만들었다. 수능대비도 마찬가지로 학생의 수준별로 자료를 준비하고 학습을 진행했다.

최하위반을 주말에 별도로 만들어 운영했다. 사실 최하위반은 많은 강사들이 꺼려하는 반이다. 진도를 나가기도 힘들고 이해시키기도 힘들고 숙제도 잘 해오지 않으니 도무지 성적을 향상시기기기 힘들기 때문이다. 하지만 반대로 생각하면 최하위권이야말로 무궁무진한 성적향상이 나올 수 있는 반이기도 하다.

전혀 공부를 하지 않던 학생들이기에 조금만 하도록 하면 얼마든지 성적이 나올 수 있기 때문이다. 그리고 이 생각은 적중했다. 수학 성적이 10점대, 20점대 다양한 성적의 학생들이 모여 있었는데 단 2개월 만에 50점대가 되고, 그 다음 시험에서는 대부분 70점대까지 상승한 학생들이 많아졌다. 그리고 반명칭도 더 이상 최하위반이 아니었다.

충분히 동기부여 해주는 이야기와 재미있는 이야기로 수업하는 나의 스타일이 학생들에게 잘 먹혔다. 그로인해 수학에 대한 스트레스를 덜어 주었고 학생에게 맞는 숙제와 양을 설정해주었다. 몇 몇

은 숙제가 10문제밖에 되지 않는 경우도 있었다. 그럼 나는 가장 핵심적이고 시험에 무조건 나오는 문제만 찍어주었고 그것만 풀어오도록 했다. 시험이라는 것이 모두 다 어렵지 않고 70퍼센트는 기본문제와 필수문제가 출제되기 때문이다. 물론 고득점까지는 아니더라도 최대한 70점까지는 받을 수 있도록 지도했다. 고등학교에서 70점대의 점수는 중간 이상의 점수이다.

중요한 것은 지금부터다. 한 번 70점이라는 성적을 받은 학생들은 '나도 할 수 있다'라는 긍정적인 마음이 생겼고 자신감이 생겼다는 것이다. 스스로 공부할 욕심을 갖다보니 이후로는 더 이상 동기부여를 해 줄 필요가 없어졌다. 이제부터는 이렇게 성적이 향상된 친구를 보고 놀란 학생들이 신입생으로 오는 것을 기다리기만 하면 된다.

수능 대비도 마찬가지였다. 7등급인 학생이 대학을 가고 싶다고 나를 찾아왔고 8개월 뒤 수능에서 2등급을 만들었다. 처음부터 욕심 내지 않고 진행했다. 1500문제가 실려 있는 수능 기출문제집을 사오게 했고 나는 각 단원별로 7등급 학생이 5등급을 갈 수 있는 문제들을 선별해서 300문제 정도만 풀도록 했다. 한 바퀴를 돌면 이제는 3등급을 갈 수 있는 300문제를 선별해줬다. 또 다 풀면 이제는 2등급을 갈 수 있도록 300문제를 찍어줬다. 그리고 남은 기간은 내가 찍어준 900문제 중 본인이 틀렸던 것만 반복해서 공부하게 했다.

정말 별거 아닌 방법 같지만 오랜 경력이 필요하긴 하다. 수능에 나올 문제, 지금 학생의 난이도에 맞는 문제 등을 바로 선별해야 하기 때문이다. 초보강사 입장에서 비록 이 정도는 아니더라도 중요한 포인트는 학생에게 맞는 학습을 시켜야 한다는 것이다. 강사 편의가 아닌 학생 중심으로 생각하고 자료를 준비해야 반드시 성적이 오른다.

이렇게 성적이 오르고 학생 중심으로 생각하는데 학생수가 늘지 않을 수가 없다. 그럼 늘어나는 학생수로 자신의 성공 여부를 판단하면 된다. 지난달보다 이번 달에 학생수가 한 명이라도 늘었다면 잘하고 있는 것이나. 10명이 늘었다면 매우 잘하고 있는 것이나. 두 배로 늘었다면 당신은 이미 최고이다. 주변으로부터 인정받으려 하지 말고 학생들로부터 인정받는 강사가 진짜 강사이다. 걱정하지 말고 학생만을 생각하며 달리자.

억대 연봉 학원강사의 성공 TIP - 실력
"학생의 성적향상으로만 강사의 실력이 평가된다!"

강사평가	퇴원율이 적은 강사가 학원에서는 최고의 강사 강사는 학생의 성적향상을 통해 스스로 평가하라
내신대비, 수능	학생의 성적 향상이 최우선 목표이어야 한다
집중학습방법	학생별 레벨에 맞는 문제를 설정해서 그것만 반복해서 훈련 반드시 시험에 나올 문제만 반복해서 풀린다

07 브랜딩 : 당신의 경쟁력은 무엇인가?

어떻게 보면 학원 강사도 연예인의 마인드를 가져야 한다. 학생들을 자신의 팬으로 만들어야 하고 믿고 끝까지 따라오도록 해야 한다. 그러기 위해 자신만의 특성, 브랜딩을 하는 것이 성공 시스템에 있어 중요한 요소가 된다. 다른 강사에게는 없는 것! 나의 강의를 들어야 하는 절대적인 이유를 만들어야 한다.

일단 학원 강사에게 있어 가장 크게 자신을 브랜딩할 요소는 강의에 있다. 똑같은 개념설명, 똑같은 문제 풀이를 듣기 위해 학생들이 학원을 오는 것이 아니다. 더욱이 다 똑같다면 굳이 당신의 강의를 들을 필요가 있는가? 더 젊은 강사, 더 예쁜 강사, 더 멋있는 강사에게 수업을 들으려하지 않을까? 그렇다면 당신의 강의를 들어야 하는 가장 큰 이유를 만들어야 한다.

그래서 나는 강의에 있어 나의 스토리를 많이 이야기한다. 대략 2시간의 수업시간이 주어지면 그 중 20분에서 30분 정도는 내 이야기를 해준다. 그것이 쓸데없는 이야기라고 치부해서는 안 된다. 모든 이야기는 계획적으로 구성된다.

하나의 개념설명을 하더라도 학생들에게 재미를 주기 위해 다양한 소재의 이야기를 준비한다. 문제풀이도 마찬가지이다. 해설에 있는 풀이만 하는 것이 아니라 나만의 풀이를 개발하고 다양한 이야기에 녹여서 설명을 한다.

꼭 수학 문제에 대한 아닌 이야기도 많이 한다. 대학교 때 했던 많은 동아리 활동, 학생회 활동 이야기, 데모하다가 경찰에게 잡혔던 이야기. 삼성에 들어가고 퇴사까지의 스토리. 학원 강사를 통해 경험한 황당한 학생들에 대한 이야기 등을 한다. 왜? 학생들이 2시간이 넘도록 강의만 듣게 하는 것은 형벌에 가깝다. 그래서 분위기 전환용으로, 학생들에게 동기부여 및 공부에의 자극을 위한 이유로 나의 스토리를 가득 채운다.

고등학교 3학년의 수업이라고 해서 다르지 않다. 오히려 더 많은 이야기를 해 준다. 왜냐하면 고등학교 3학년 학생들에게 필요한 것은 수능 시험까지 포기하지 않고 부지런히 공부할 수 있는 지속적인 동기부여와 응원을 주는 자극이기 때문이다. 그렇다고 수업이 부실하거나 진도를 못나가거나 하는 것은 아니다.

한 번은 전교 1등을 하고 있는 여학생에게 왜 학원을 다니느냐고 물었다. 수능까지 혼자 정리해도 되는 실력을 갖고 있었기 때문이다. 학원을 와도 질문 하나를 하지 않을 때가 많았고 문제를 풀어줘도 그 학생이 모를만한 문제는 거의 없었기 때문이다. 그런데 학생이 이런 대답을 했다.

"그래도 선생님 수업을 들어야 마음이 안심이 되요. 재미있는 이야기로 동기부여 해주셔서 힘도 많이 받고, 내가 잘 하고 있는지 점검을 받을 수 있으니까요."

이런 이유로도 학원을 다닐 수 있다. 물론 대부분의 학생들이 학습 능력 향상을 위해 학원을 다니므로 지식 정보로서의 강의는 중요하다. 더불어 강사의 다양한 스토리를 넣어 자기만의 특징 있는 강의를 만드는 것도 자신을 브랜딩하는 데 있어 큰 역할을 한다.

강의 이야기를 더 한다면 나는 굉장히 특별하게 수업하려고 노력했다. 크게 두 가지를 들면 첫 번째는 효과적인 판서였다. 앞에서 언급했었지만 나는 악필이다. 판서라고 달라질 것은 없었다. 물론 경력이 쌓이고 경험이 많아지면 적당한 판서실력이 향상은 된다. 그러나 뭔가 특별한 것이 필요했다. 그래서 결정한 것인 가능하면 많은 판서를 하지 말자는 것과 판서를 한다면 힘이 넘치게 작성을 하기로 결심한다.

그렇다. 악필인데 판서를 많이 하면 자기 점수를 깎는 셈이다. 물론 문제풀이를 위한 판서는 해야겠지만 개념설명을 위한 판서는 가능하면 줄였다. 굳이 교재에 잘 설명되어 있는 내용을 판서에 그대로 옮겨 적을 필요는 없지 않은가? 딱 필요한 내용만 판서에 올렸다. 당연히 학생들도 노트에 받아 적기가 용이했을 것이다. 핵심 개념을 요약정리해서 판서에 올리다보니 학생들도 적을 내용이 길지 않고 깔끔하게 정리된 기분이었을 것이다.

두 번째는 파워풀한 목소리였다. 강사들을 보면 실력이 좋고 관리를 잘 해도 정작 수업이 재미없고 따분하면 인기가 없다. 나는 재미있는 강의는 물론 악센트를 넣기 위해 큰 목소리를 내어 학생들에게 자극과 놀람을 선사했다. 결국 이것도 나의 브랜딩이 되어 학생들 사이에서는 '아 그 목소리 큰 선생님'이라는 식으로도 불렸다.

강의에 있어 목소리는 매우 중요하다. 강사가 힘이 없고 저조한 컨디션으로 말을 하면 목소리에서도 함축되어 학생들도 그렇게 된다. 말의 힘은 엄청나다. 힘이 빠지고 열정 없는 말은 아무런 힘을 갖지 못한다. 학생들에게 부정적인 요소로 적용될 뿐이다.

힘든 일이 있고 짜증나는 일이 있어도, 몸이 좀 아파도 강의실에 들어갈 때면 저녁임에도 불구하고 큰 목소리로 '굿모닝'을 외치고 시작한다. 무조건 강의실에 들어서는 순간부터 강사는 신이 되어야 한다. 최고의 연예인이 되어야 한다. 경쾌하고 열정 넘치는 목소리로 '말'을 하면 학생들에게도 긍정적으로 느끼게 된다. 이 정도의 프로

의식을 갖춰야 한다는 말이다.

그것뿐 아니다. 나는 이미 오래전부터 자체교재를 만들어 사용해 왔다. 처음에는 시중에 있는 문제집들을 이용해 수업했다. 그러나 차츰 경력이 쌓이다보니 시중에 있는 문제집만 가지고 수업하는 것에 아쉬움이 커졌다.

예를 들어 A문제집에는 있는 유형이 B문제집에는 없고, A문제집의 어떤 문제는 굳이 학생들이 힘들게 풀 필요가 없었다. 그래서 숙제를 낼 때도 어떤 문제는 제외시켜주고 하는등, 내가 풀리고 싶은 문제만 풀도록 시켰는데 그것이 여간 시간을 잡아먹는 것이 아니었다. 또한 수학 개념서와 문제집의 내용 순서가 틀린 경우가 많아 진도에 따라 숙제를 일일이 정해줘야 하는 불편함이 느껴졌다. 가장 큰 불편함은 나만의 스타일로 강의를, 진도를 나가고 싶어졌다.

그래서 긴 시간에 걸쳐 자체교재 제작에 착수한다. 시중이 많은 문제집을 추리고 추려 유형을 정리하고 중요하고 필요한 문제들로만 자료를 만들었다. 내가 강의하고 싶은 순서대로 내용을 정리했다. 또한 얼마나 열정이 넘쳤는지 기본편, 응용편, 심화편, 내신편 등 레벨을 4개로 나눠 각각에 맞춰 작업을 했다. 지금은 기본편과 응용편만 운용중이다.

전체 완성에 2년 정도 걸린듯하다. 강의를 해나가면서 엄청난 양의 작업을 해야 했고, 각 과정별로 문제들을 선별하는 과정 때문에 시간이 오래 걸렸다. 그래도 한 번 만들어 놓으면 오랜 기간 사용할 수 있다는 생각으로 필사적으로 제작했다.

자체교재 사용의 효과는 기대 이상이었다. 내가 원하는 강의의 순서대로 진행이 가능했고, 각 개념 유형별로 숙제로 나갈 문제들이 모여 있어 숙제 내주기도 편했다. 물론 학생들도 헷갈리지 않고 숙제를 잘 할 수 있었다. 배운 유형까지 숙제를 해오면 되는 셈이었다. 즉, 개념서와 문제집을 섞은 셈이다. 더불어 재미있는 상황도 발생을 했다.

한 어고반을 맡은 적이 있다. 해딩 여고의 학생들이 너무 많아져서 따로 반을 생성했다. 약 20여명의 학생들 중 친구들이 많고 학교에서 같은 반인 친구들이 있었는데, 7명이 학교 같은 반이었다. 이 학생들이 내가 내준 숙제를 하기 위해 학교에서 나의 자체교재와 연습장을 펴고 공부하고 있는데 학교 선생님이 이상하게 물었다고 한다.

"어떻게 너희들 같은 교재로 공부를 하고 있냐? 다 같은 학원 같은 선생님한테 배우는 거야?"

그도 그럴 것이 30명밖에 되지 않는 학교 교실에서 7명이라는 인원이 같은 학원을 넘어 한 명의 강사에게 배우는 상황이 특이하게 보였을 것이다. 게다가 자체교재와 연습장에는 나의 마스코트와 연락처가 크게 새겨져 있었다. 뭔가 느껴지는가? 이 후 7명이 있던 반에서 3명의 학생이 더 나에게 오게 된다.

이것이 진짜 브랜딩이다. 비싼 광고비를 주고 광고할 필요가 없다. 자체교재를 통해 알찬 공부가 될 수 있도록 해주는 것은 물론 이렇게 세상에 퍼져 나를 알리게 된다. 학생들이 그것을 가지고 학교에서 도서관에서 카페에서 공부를 할 때마다 나의 존재가 알려지게 되는 셈이다. 연습장도 물론이다. 내가 만들어주는 프린트자료도 마찬가지이다. 내가 주는 모든 것에 나의 마스코트와 연락처를 삽입했다. 이 모든 것들이 나를 대신해서 나를 홍보해주고 나의 브랜딩을 강화해줬다.

학원의 홍보도 중요하지만, 강사 자신의 개성을 찾아 가치 있는 브랜딩을 하는데도 노력해야 한다. 학생이 학원이 아닌 당신을 찾아 학원에 오도록 한다면 당신의 성공 가치는 더더욱 상승하게 될 것이다.

억대 연봉 학원강사의 성공 TIP – 브랜딩

"학생이 당신의 수업을 들어야만 하는 이유를 만들어라!"

별명과 캐릭터	강사의 성격과 특성을 나타내는 별명과 캐릭터를 만들어 칠판에 붙이고, 자체교재와 연습장에 넣어라
강사의 스토리	수업 중 당신의 스토리와 경험을 이야기해주며 강의 환기도 시키며 학생을 당신의 팬으로 만들어라
자체교재, 자체자료	강사만의 독자적인 자료를 통해 희소성을 강화하라

자체교재 표지

연습장

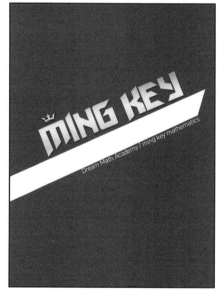

자기개발 : 최고처럼 생각하고
최고처럼 행동하라

10년의 학원가에서 생활하면서 가장 큰 충격은 정말 자기개발을 전혀 하지 않는 강사라 많다는 것이다. 자기개발하지 않는 강사는 성공이 유지되는 것이 아니라 계속 퇴보하게 된다. 자신을 개발하지 않는 강사의 가르침은 결국 아무런 영향을 주지 않는다.

첫 학원을 시작하는 초보강사에게 있어 자기개발이라 함은 열정과 자신감을 놓치지 말고 치열하게 활용하는데 있다. 다양한 인강을 벤치마킹하며 개념설명 하는 방법이나, 강의에 필요한 말투와 행동 등을 갖추어 나가야 한다. 물론 강의하는 과목에 대한 공부도 소홀히 해서는 안 된다. 그렇다고 미리 많은 양을 공부할 필요가 없음을 강조해왔다. 당장 내일 있을 강의에 필요한 내용, 다음 주에 필요한 내용 정도만 꼼꼼히 준비하면 된다.

어떻게 보면 이 정도는 자기개발이라기 보다는 당연한 업무처럼 보일 것이다. 그럼에도 강조하는 이유는 이 조차도 제대로 하지 않는 강사들이 많기 때문이다. 10년의 경력의 H수학강사는 단 한 번도 인강을 본 적이 없고, 개념설명을 심도 있게 연구한 적이 없다고 했다. 단순히 교재에 있는 문제들만 잔뜩 풀어주는 식으로 강의를 채워왔다. 10년 동안 그런 식으로 해서 버틴 것이 신기할 뿐이다.

초보강사의 자기개발에 있어 중요한 실천방법은 기록이다. 무엇이든 기록하는 습관을 지니길 바란다. 학원에서 회의를 하던, 여러 강사들이 말하는 노하우들, 책의 좋은 구절, 인터넷에서 우연히 본 재미있는 이야기 등 무조건 적어라. 취사선택을 하려하지 말고 일단 적도록 하자. 배우고자 하는 자세를 갖는다면 세상의 사소한 것들 하나까지도 당신에게 피와 살이 되는 배움이 될 수 있기 때문이다.

내가 근무한 첫 학원은 1시부터 강사 회의를 진행했다. 말이 회의지 실제로는 원장이 진행하는 강사 마인드 교육이었다. 나는 원장이 하는 모든 말을 적었다. 회의에서 나오는 여러 가지 사례도 놓치지 않고 다 적었다. 나의 생각은 중요하지 않았다. 원장이 하는 말을 걸러내지 않고 최대한 모든 내용을 담고자 노력했다. 그러길 3개월 정도가 지나자, 뭔가 빛이 보이기 시작했다.

막막하기만 했던 학원 강사로서의 길이 환하게 뚫리는 기분이었다. 모든 길이 보이니 저절로 자신감이 생기고 할 수 있다는 긍정 마인드가 더욱 커졌다. 그 덕분이었을까? 단 3개월 만에 학생수 70명을 돌파하고, 6개월 뒤 수학과 팀장이 되는데 큰 영향을 주었음을 확신한다.

아직 자기개발에 대한 인식이 잘 서지 않는가? 소위 자기개발이라 하면 자격증을 따고 독서를 많이 해서 깨달음을 얻는 정도로 파악한다. 물론 그것도 중요하다. 하지만 학원 강사의 자기개발은 달라야 한다. 아니 성공하고자 하는 학원 강사라면 차별화된 자기개발을 해야 한다.

첫 번째로 독서와 여행, 영화감상 등을 통해 학생들과 소통할 수 있는 능력을 키워야 한다. 바쁘다는 핑계로 게으른 생활습관으로 시간을 허비해서는 안 된다. 일상을 풍요롭게 채우는 강사는 학생들에게 이야기할 내용이 넘친다. 단순히 수학, 영어만 가르치는 것이 아니라 살아가는 지혜도 알려주고 즐거운 일상을 알려줘야 한다. 강의 자체를 알차게 채울 수 있는 것이다.

두 번째로 자신의 외모를 꾸며야 한다. 제발 목이 늘어진 티셔츠를 입고 삼선슬리퍼를 신고 강의실로 들어서지 말자. 제발! 학생들이 느끼기에 당신은 최고여야 하고, 최고로 멋이 있는 강사여야 한다. 정장은 아니더라도 단정하게 옷을 입고, 반짝이는 구두를 신고 교실로 들어서길 바란다. 멋진 시계도 차고 안경도 당신의 멋을 한껏 뽐낼 수 있으면 더욱 좋다.

학생들이 안 볼 거 같지만 다 보고 있다. 생각해보라. 신입생이 들어왔을 때 자기도 모르게 학생이 입고 있는 패딩이 비싼 메이커인지 눈에 띈다. 가방이며 학용품도 명품인지 아닌지가 눈에 들어온다. 그리고 순간 학생에 대한 편견을 갖은 적이 없던가? 학생도 마찬가지이다.

내가 근무했던 첫 학원에 엄청난 인기의 L영어강사가 있었다. 강의도 인기가 많았고 빡세게 공부시키는 것으로도 유명했다. L강사는 별명이 있었는데 '공주병' 또는 '여왕'이었다. 항상 밝은 계열의 드레스를 입었고 손톱은 항상 네일샵을 다녀와 화려했다. 안경은 뿔테였는데 황금색으로 번쩍였다. 머리도 마치 하늘을 날을 것 같이 화려했다.

L강사는 직접 운전을 하면 옷이 구겨지고 피곤함에 화장이 번질 것을 우려해서 1시간을 넘는 출퇴근 시간을 택시를 이용했다. 당시 학원의 최고 강사로 학원에서 택시비 전액을 지원해줄 정도였다.

L강사와 대화를 할 때면 저절로 탄성이 나왔고 주눅이 들었다. 머리부터 발끝까지 퍼져 나오는 아우라와 자신감 넘치는 말투에 저절로 고개가 숙여질 정도였다. 같은 강사가 봐도 그럴진대 학생들이 바라볼 때는 어떠했겠는가? L강사에게 배우는 학생들은 L강사를 거의 '신'적인 존재로 환영했다.

1년 반이 넘도록 L강사와 근무했지만 그녀는 단 한 치도 흐트러

짐을 보인 적이 없다. 10년이 흐른 지금도 그 학원에서 최고의 강사 자리를 유지하고 있다. 모습도 그대로일 정도로 엄청난 자기개발의 최고봉 강사였다.

물론 강사로서 강의를 잘 하고 관리를 잘 하는 것도 필요하다. 아니 그것은 기본이다. 그리고 내가 말하고 싶은 자기개발은 당신을 더욱 멋진 강사로 나아가도록 하는 것이다. 그것이 허울 좋은 포장을 하라는 것이 아니다. 스스로를 꾸미면 행동이 바뀌고 생각이 바뀌기 때문이다.

새 옷을 입은 날, 새 신발을 신은 날을 생각해보자. 행동 하나하나가 평소와는 다르게 세심하고 조심스럽지 않던가? 그리고 왠지 더 당당한 기분이 들고 눈빛에 자신감이 들어차지 않던가? 내가 400만 원을 주고 중고차시장에서 구매한 2000년 식 누비라2를 10년을 타다가 폐차를 시키고 새로 구입한 차가 신형 벤츠 E-CLASS이었다. 벤츠를 타고 출근을 할 때마다 나 스스로 성공자의 기운을 충전한다. 큰 자신감을 얻고 들뜬 기분으로 세상으로 나아간다. 바로 이것이 자기개발의 끝이다.

단순히 겉만 화려하게 꾸미는 것이 중요한 것이 아니라 그것을 통해 내공이 단단해질 수 있음을 깨달아야 한다. 자기 스스로를 꾸미고 멋지게 할 줄 아는 사람은 내공에 대한 긍정적인 판단을 상대방에게 전해 줄 수 있음은 말할 나위 없다.

다시 한 번 정리해보자. 학생의 입장에서 생각해보자는 말이다. 강단에 서 있는 당신을 바라보는 학생들의 눈빛에 무엇이 비치고 있는가? 게으른 일상과 밤새 과음을 해서 피곤에 찌든 배 나온 강사의 모습이 보이는가? 아니면 아침부터 운동과 독서로 시작을 하고 일상을 풍요롭게 채우고 자신감과 열정이 넘치는 강사의 모습이 보이는가? 최소한 학생을 가르치고 지도하는 위치의 선생님이라면 학생보다는 부지런하고 치열하게 살아야 하지 않을까싶다. 자기개발하지 않는 강사는 죽어가는 것이다. 절대 성공할 수 없다. 작은 것부터 하나씩 실천헤보길 바란다. 제발!

억대 연봉 학원강사의 성공 TIP – 자기개발

"스스로 발전하지 않으면서 학생에게 공부를 강요할 수 있는가!"

외모꾸미기	헤어, 안경, 시계, 패션, 구두를 통해 최고임을 강조하라
자기개발	독서, 영화관람, 여행 등 휴무를 확보하여 당신의 스토리를 만들어라
기록의 힘	배우는 입장에서 모든 노하우와 이야기를 기록하도록 한다 그것이 결국엔 자신의 노하우가 되고 성공의 씨앗이 된다

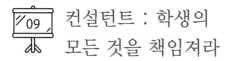

09 컨설턴트 : 학생의
모든 것을 책임져라

학생과의 상담은 매우 중요하다. 오히려 학부모와의 상담이 다소 형식적일 수 있다면 학생과의 상담은 100% 진정성 있게 진행해야 한다. 진정성 있는 상담을 통해 학생의 성향과 습관을 파악하고 거기에 맞춰 학습 방법과 계획을 설정해줘야 한다. 무턱대고 고민 상담만 잔뜩 하는 것은 올바른 상담이 아니다. 오히려 지나친 배려는 독이 될 수 있다.

겨울방학 직전 12월 말에 고등학교 3학년이 되는 H학생이 신입생으로 들어왔다. 어머니 말로는 학생이 다소 느리지만 그래도 성실하고 선생님 말씀은 잘 듣는다고 했다. 학생이 내성적이고 말이 적어 질문을 잘 안하는데 선생님과 친해지고 소통하면 적극적으로 질문을 하는 스타일이라고도 덧붙였다.

사실 학부모님이 학생에 대해 설명하는 이야기는 많은 부분 귀담아 듣지 않는다. 왜냐하면 대부분 다르기 때문이다. 공부하는 데 있어 학생의 특징과 습관을 학부모는 모르는 것이 맞다. 왜냐하면 학생이 공부하는 모습을 지켜본 적도 없고, 시험지를 분석할 줄도 모르고, 숙제검사를 직접 하지 않기 때문이다. 이것이 학부모가 부족하다거나 잘못하고 있다는 것은 아니다. 공부에 있어서는 학생과 직접 부딪히며 공부하는 선생님, 강사가 전문가일 수밖에 없다는 말이다.

즉, 나는 학생과 직접 부딪히고, 지도하고, 테스트하고, 숙제검사를 통해 분석을 한다. 그 결과 H학생은 절대로 성실하지도 않고, 선생님 지시도 따르지 않는다는 것을 확인할 수 있었다. 매 수업마다 몰래 핸드폰 들여다보기 바빴다. 숙제 검사를 위해 연습장에 50문제 이상씩을 풀어야 했는데 10문제도 채 해오지 않거나, 아예 연습장을 가져오지 않는 경우도 많았다.

그래서 왜 숙제를 하지 않느냐고, 왜 연습장을 가져오지 않았냐고 물으면 바빠서 못했고, 숙제는 했는데 연습장을 미처 가져오지 못한 거라고 반문했다. 오히려 왜 자신을 믿지 못하느냐는 표정으로 나를 응시했다.

학생과 상담을 하면서 가능하면 학생을 믿고, 학생 입장에서 이야기하는 것은 중요하다. 거짓말을 한다면 왜 그럴 수밖에 없는지 시간을 가지고 소통을 해나가야 한다. 하지만 10년을 강사생활을 해

왔지만 그럴 수가 없는 학생도 있기 마련이다. 학원 강사가 모든 학생을 보듬어 안고 강의를 진행할 필요는 없다. 소통이 안 되고 강사를 받아들이기를 지속적으로 거부하고, 절대적으로 공부에 대한 의지가 없다면 과감히 포기할 줄도 알아야 한다.

앞에서 강사는 절대로 학생을 포기하면 안 된다고 했었다. 그러나 여기서 말하는 부분은 포기가 아니라, 이월이다. 자신이 끌어갈 수 없는 학생을 억지로 끌고 가는 것은 무책임한 행동이다.

지속적으로 숙제를 하려하지 않던 H학생은 급기야 학원을 핑계로 PC방을 가는 일까지 벌어졌다. 집에다가는 수학학원에서 보충했다고 거짓말을 하고 PC방에 간 것이 어머니와 통화 중에 발각이 된 것이다. 재미있는 것은 학생이 끝까지 학원에 있었다는 주장을 하는 것이었다. 자습실에서 공부하고 있었다고 계속 주장했다. 그러나 CCTV 확인까지 한 결과 학생은 학원에 없었다. 그럼에도 불구하고 오히려 CCTV에 찍히지 않는 것이 이상하다며 끝까지 자신의 거짓말을 인정하지 않았다.

더 이상은 안 되었다. H학생을 퇴원시켰다. 이 정도까지 말할 정도라면 더 이상 강사가 지도하는 것이 불가능한 상태이다. 어머니도 어쩔 수 없음을 인정했다.

안타까운 것은 수능까지 불과 6개월 남짓 남은 상황이었다. H학생과 거의 월 3회 이상을 한 시간이 넘도록 상담도 진행했었다. 하지만 개선이 안 된다면 과감히 다른 강사에게, 다른 학원으로 보내는 것이 맞다. 돈 몇 푼 벌겠다고 사탕발림으로 학생에게 맞춰주고 지도하는 것은 올바른 강사의 행동이 아니다.

학생에게 싫은 소리, 잔소리, 숙제 안하는 부분에 대해 혼을 내면 혹시라도 학생이 퇴원을 할까 무서워서 할 말을 못하는 강사들이 많다. 물론 처음부터 그러한 말을 하면 안 된다. 처음에는 학생을 이해하려하고 설득하려하고 공부에 대한 호기심과 의지가 생기도록 동기부여 및 자극을 주는 상담을 해야 한다. 그 속에서 학생을 분석하고, 고민을 들어주고, 방향에 맞춰 지도해줄 수 있는 것이다.

이런 과정에 대해 따라오는 학생도 있을 것이고, 위해서 말한 H 학생처럼 거부하고 나아가는 학생도 생긴다. 다시 말하지만 강사 한 명이 모든 학생을 완벽하게 책임지고 지도하기는 힘들다. 물론 최대한 노력은 해야겠지만 선생님으로써 자신이 책임질 수 없는 학생은 내려 놓을 줄도 알아야 한다. 시간이 한정되어 있는 만큼 그 시간에 공부하고자 하는 학생, 지도를 필요로 하는 학생, 강사를 믿고 따르는 학생을 책임지기도 버겁기 때문이다.

반면 강사를 믿고 따라오는 학생에 있어서는 무한한 책임감을 가지고 지도해야 한다. 단순히 지도하는 과목에 대한 내용만이 아니라 전반적인 학습에 대한 지도를 해줘야 한다. 수학만으로, 국어만으로, 영어만으로 대학을 가는 것이 아니기 때문에 다방면의 학습에 대한 관리와 상담이 필요하다.

H학생과 비슷한 시기에 들어온 K학생은 정말 성실했다. 다만 아무 계획이 없이 공부하다보니 노력하는 만큼 결과가 나오지 않는 스타일이었다. 그리고 고등학교 3학년, 시간이 부족했다.

K학생에 대한 분석을 하고 나서 제일 처음 한 것이 주간 계획표 작성이었다. 초안으로 계획표를 작성해오도록 했고, 상담을 해가며 수정을 해주었다. 그리고 액셀로 예쁘게 만들어서 출력해 주었다. 그런 다음 과목별로 상담을 진행을 했고, 교재를 선정해주었다. '기하와 벡터'라는 과목의 교재를 3권이나 풀고 있었다. 일단 한 권으로 줄였고 집중해서 공부하도록 지도했다.

공부할 때 책상도 정리해 놓으라고 했다. 공부하는 스타일을 보니 학원에 와서도 책상위에 책, 학용품 등을 잔뜩 늘어놓고 공부를 하는 것을 보고 정리하도록 지시했다. 학원에서도, 집에서도, 도서관에서도. 공부 집중력이 약할수록 주변 정리는 필요하다.

그리고 수시로 학습 진행사항을 체크하며 계획표에서 수정할 부분을 점검하고 다른 일정으로 변경했다. 공부함에 있어 힘든 부분과, 더 필요한 과목에 대한 상담을 통해 주말에 추가로 공부하는 시간도 정하기도 했다.

K학생과 상담을 하고 있으면 나도 저절로 흥이 났다. 학생의 눈빛에서 더욱 잘하고 싶다는 의지가 보였고, 성실하게 숙제해오는 연

습장을 보면 더 잘해주고 싶은 마음이 커졌다. 강사도 사람인지라 열심히 하는 학생에게 관심과 책임이 더해지는 것은 인지상정이다. 그리고 그 결과가 얼마나 좋았는지는 굳이 밝히지 않아도 알 것이라 생각이 된다.

이처럼 학생과의 상담은 매우 중요하다. 학생을 제대로 된 방향으로 지도하고 학생의 목표를 함께 달려가기 위해서는 학생을 알아야 한다. 정확히 분석한 데이터가 있어야하고 그것을 토대로 한 학습 방향과 계획표가 있어야 한다. 끝까지 책임진다는 각오로 수능직전까지, 적어도 1년 동안의 장기 플랜을 설정해 놓아야 한다.

그리고 모든 학생을 억지로 끌고 갈 필요는 없다. 최대한의 노력은 해야겠지만 자신의 지도와 상담이 통하지 않는다면 과감히 다른 곳으로 인도하는 것도 올바른 강사로서의 역할이다. 그 학생에게도 그래야 옳다. 그리고 그 시간에 자신이 책임지기로 결심한 학생들에게 모든 것을 쏟아 부으면 된다. 그것만으로도 올바른 강사로서 충분한 덕을 갖춘 셈이다.

억대 연봉 학원강사의 성공 TIP - 컨설턴트
"학생의 꿈과 미래를 책임지는 강사가 되어야 한다!"

학생선택	강사도 학생을 선택할 수 있다. 단 편견은 버리고 파악하라
학습계획	학생과 3개월, 6개월, 1년 이상의 장기학습플랜 설정 효율적인 학습을 주간계획표를 함께 작성하라

어진이 학습PLAN

비고	월	화	수	목	금	토	일
8:00~9:00	화작	독서	문학	독서	문학	문법,독서	독서,화작
9:00~10:00							
10:00~11:00	쉬는 시간 40분 중 30분 수학 기백 10문제 & 영어 본문 공부						
11:00~12:30						상아 영어학원	드림메쓰 수학학원 (미적2,확통)
12:30~13:00							
13:30~14:00							
14:00~15:00	수학 기백 10문제 & 영어공부	수학 기백 10문제 & 영어공부	수학 기백 10문제 & 확통 공부	수학 기백 10문제 & 영어공부	수학 기백 10문제 & 영어공부	못한부분 보완 or 수학공부	화2
15:00~16:00							
16:00~17:00							생2
17:00~18:00							
18:00~19:00	미적2	상아 영어학원	드림메쓰 수학학원 (기백)	미적2	국어학원	생명 인강	국어학원
19:00~20:00				생명 인강			
20:00~21:00	생명 인강			독서 정리			
21:00~22:00	지학 인강			지학 인강	기백	확통	
22:00~23:00	기백	확통	국어 정리	영어	국어 정리	지학인강	
23:00~24:00				미적2			
24:00~01:00	국어		미적2	확통			
01:00~02:00							

주현이 학습PLAN

비고	월	화	수	목	금	토	일
9:00~10:00	국어공부 9시~10시 책읽기 10:30분~ 메3 시리즈	국어공부 9시~10시 책읽기 10:30분~ 메3 시리즈	국어공부 9시~10시 책읽기 10:30분~ 메3 시리즈	국어공부 9시~10시 책읽기 10:30분~ 메3 시리즈	국어공부 9시~10시 책읽기 10:30분~ 메3 시리즈	국어공부 9시~10시 책읽기 10:30분~ 메3 시리즈	국어공부 9시~10시 책읽기 10:30분~ 메3 시리즈
10:00~11:00							
11:00~12:00							
12:00~13:00	12:30~13:30 점심식사	12:30~13:30 점심식사	12:30~13:30 점심식사	12:30~13:30 점심식사	12:30~13:30 점심식사	12:30~13:30 점심식사	12:00~13:00 점심식사
13:00~14:00							
14:00~15:00	영어 공부	영어 공부	영어 공부	영어 공부	영어 공부	영어 공부	수학 공부
15:00~16:00							
16:00~17:00	단어시험	단어시험	단어시험	단어시험	3시반~7시 수학 보강	단어시험	저녁식사
17:00~18:00	저녁식사	저녁식사	저녁식사	저녁식사		저녁식사	
18:00~19:00							
19:00~20:00	지구과학	6시~10시 수학학원	지구과학	6시~10시 수학학원	저녁식사	수학 공부	6시~10시 수학학원
20:00~21:00					수학공부		
21:00~22:00							
22:00~23:00	수학 공부	수학공부	수학 공부	수학공부	지구과학	지구과학	지구과학 인강+기출
23:00~24:00							
24:00~01:00							
01:00~02:00	취침	취침	취침	취침	취침	취침	취침
02:00~03:00							

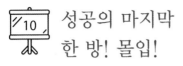

성공의 마지막
한 방! 몰입!

자. 첫 학원에서의 첫 수업이라고 생각하자. 아니면 이직을 한 학원에서의 첫 수업도 좋다. 교실 안에 몇 명의 학생이 앉아있는지도 모른 채 문을 연다. 크게 인사를 한다. 시간은 저녁이지만,

"굿 모닝!"

이라고 외치고 인사를 한다. 아이들의 순간 표정을 읽고 인원을 파악하고 분위기를 살핀다. 그리고 준비한 것들을 나눠준다.

함께 공부할 자체교재, 숙제를 해 올 연습장, 한 달 동안의 강의 계획이 상세히 담긴 강의계획서를 학생 한 명씩 지급한다. 그리고 어떻게 하면 선물과 칭찬을 받을 수 있는지가 정리되어 있는 '밍키 시상 내역'을 준다. 나와 함께 공부하며 숙제는 어떻게 하고 연습장은 어떻게 활용하고 지각, 결석에 대한 기준이 담긴 '밍키 헌법'도 나

뉘준다. 이 모든 것을 한꺼번에 준다.

　학생들의 표정을 살펴본다. 이런 경우가 처음이니 당황해하고 신기해하는 눈빛이 포착된다. 이 때를 놓치면 안 된다. 내 소개를 간단히 하고 지급한 것들에 대한 설명을 하나하나 해준다. 설명을 할 때마다 아이들이 자체교재와 연습장 등을 훑어보며 놀라워한다. 수많은 학원을 다녔지만 이렇게 모든 것이 시스템화 되어 있는 강사를 본 적이 없기 때문이다. 게다가 이렇게나 많이 선물을 주다니!

　위에서 말한 내용은 내가 어느 학원을 가던 첫 수업에 진행하는 내용이다. 결론은 이거다. 지금까지 미리 준비했던 모든 시스템을 첫 수업에 한꺼번에 보여줘야 한다. 제대로 된 한 방의 자극이 학생들의 뇌리에 박힌다. '김홍석 강사는 다르다. 좋다. 대박이다'라는 것을 한 방에 심어주는 것이다.

　이것이 바로 집중이고 몰입이다. 첫 이미지가 중요한 것은 확실하다. 특히나 학생들을 쉽게 강사의 팬으로 만드는 방법으로는 이것만큼 화끈한 방법이 없다. 첫 날 다 쏟아 붇는다.

　첫 수업은 진도를 많이 나가는 것이 중요하지 않다. 물론 수업은 해야 한다. 나는 2시간의 수업이면 거의 30분 이상을 오리엔테이션을 갖는다. 이것이 끝나면 일일테스트를 진행한다. 이 말이 나오자마자 학생들의 짜증이 섞인 소리가 들린다. 그러나 금세 즐거움의 탄성으로 바뀐다.

일일테스트를 풀기 싫은 학생은 뒷 페이지를 넘겨서 풀라고 시키는데 뒷 페이지는 수학 문제가 아닌 간단한 설문조사가 있다. 학생을 파악하기 위해 필요한 질문을 하는 것인데, 학생들은 수학 테스트가 아닌 것만으로도 행복해하며 설문조사에 응한다.

이 정도면 반 이상은 학생이 이미 강사를 매우 긍정적으로 바라보게 된다. 아직 수업을 진행하지도 않았는데 말이다. 이제 완전히 나의 팬으로 만들 시간이다. 공들여 준비한 강의를 시작한다. 지루하지 않게 핵심을 담은 개념설명을 하고 적용된 문제를 자신감 넘치는 목소리로 풀어간다. 목소리! 우렁찬 목소리가 교실에 퍼진다.

첫 수업을 하다 죽어도 좋다는 마음으로 열정을 쏟아낸다. 혹시 실수를 하더라도 당황함이 튀어나오기도 전에 자신감 넘치는 목소리로 넘어간다. 정말 미친 강의다. 이렇게 수학 수업이 재미있을 수가 있단 말인가! 지루하기만 하고 어렵기만 한 수학이 이해가 되고 김홍석 강사와 함께한다면 얼마든지 즐겁게 성적을 올릴 수 있다는 믿음이 생긴다. 지금까지 단 한 번도 하지 않았던 수학 숙제도 왠지 조금씩 할 수 있다는 자신감이 일어나고 원하는 대학에 갈 수 있다는 확신이 생긴다!

그럼 끝이다. 당신은 딱 한 번의 수업으로 모든 학생들을 당신의 팬으로 만들었다. 이것이 집중과 몰입의 힘이다. 질질 끌 필요가 없다. 당신의 열정과 준비된 시스템을 한 방에 보여주는 것이다.

첫 학생들과 두 번의 수업을 진행한 후 학부모와의 상담을 진행한다. 들려오는 피드백은 완벽하다. 학생과 학부모 모두 만족해하고 기대감이 흥분되어 있음을 느낄 수 있다. 그로 인해 강사의 자신감은 더욱 성장한다.

숙제검사는 완전히 철저히 진행한다. 일일테스트도 단 한 번도 거르지 않고 진행하고, 월 말이면 우리 반만 월말테스트를 진행했다. 한 달을 보내고 나면 학생들에게 문화상품권을 선물로 줬다. 숙제를 완료한 학생, 테스트 평균 이상인 학생, 월말 테스트 우수한 학생 그리고 성적은 낮지만 열심히 한 학생 등 다양한 이유로 선물을 준다. 약 30명의 학생 이름이 적인 시상내역을 교실과 복도 게시판에 부착을 한다.

이렇게 한두 달을 하니 신입생은 기하급수적으로 증가하고 다른 반에서 배우고 있던 학생들마저 우리 반으로 전반을 왔다. 복도에 부착한 시상내역을 보고 신기해하던 학생들이 모두 전반을 온다. 수업 중 큰 목소리로 나의 스토리를 들려주었더니 옆 반에서 나의 소리를 듣고 다음 달 전반을 해 왔다. 더 이상 신입생을 받을 수 없을 정도로 학생들이 들어찼다.

신입생이 들어올 때마다 밤을 새서 새롭게 자체교재를 제작해야 했다. 당시 업체에 맡기는 방법을 몰랐기에 직접 제본기를 이용해 출력한 종이에 구멍을 뚫고 표지를 만들어 스프링에 끼우는 작업을 했다. 500

권을 주문제작한 연습장도 금방 동이 나서 1000권을 새롭게 주문해야 했다. 하지만 피곤하지도 않았고 돈이 들어가는 것도 아깝지 않았다.

학생수가 늘수록 숙제 검사하는 시간은 늘어났다. 모든 학생들의 연습장을 수거하여 검사를 하고 첨삭을 했기 때문이다. 학생이 80명이 넘었을 때는 숙제검사를 하는데 3시간이 넘게 소요되었다. 하지만 전혀 피곤하지 않았다. 오히려 신났다!

더욱 나의 성공에 믿음과 확신이 생겼다. 학원 강사 성공 시스템의 완성을 피부로 느끼고 있었다. 그 어떤 것도 어려움이라 느껴지지 않았고 시련이라 생각되지 않았다. 이미 모든 상황을 즐기고 있었기 때문이다.

자. 이제 당신의 강의실을 들여다보자. 무엇이 보이는가? 준비된 시스템으로 자신감 넘치고, 열정이 솟는 목소리로 강의하고 있는 강사가 보여야 한다. 지겹고 우울한 표정의 학생이 아닌 즐거워하고 강사를 초롱초롱한 눈빛으로 바라보고 있는 학생이 보여야 한다. 이건 강의력의 문제도 아니고 성격의 문제가 아니다. 시스템이다.

그리고 갖춘 시스템을 온 마음으로 쏟아 부어야 한다. 나도 가능했기에 누구나 가능할 수 있음을 확신한다. 단 하루도 강의 경험이 없던 나도 몇 개월 만에 너무 많은 것을 이루었다. 당신이 나보다 부족할 것이 하나도 없다. 당신의 열정을, 자신감을, 꿈을 믿고 달리자. 그 길을 항상 응원한다.

제4장

• • • • •

성공한
학원 강사들의
비밀

hagwon instructor
salary of 100 million won
success class

착한 강사보다 이기적인 강사가 되어라

서울에 사는 G강사는 성실하고 기질이 착했다. 본인 스스로 성실하다고 말할 정도로 밤을 새어가며 수업 준비를 하고도 아침 일찍 일어나 2시간이상 빨리 출근했다. 너무 착해서 학원에서 진행하는 모든 잡무를 G강사 혼자서 처리했다. 다른 반 테스트를 만드는 작업까지 했다. 그러나 일이 늘어남으로 수입이 늘어난 것도 아니고 오히려 자신의 수업 준비를 할 여력이 딸려 힘들어했다. 학원에서는 G강사의 성실성과 착한 기질을 인정하기보다 악용하려 했다.

물론 G강사가 그런 상황을 스스로 만족하고 즐거워한다면 상관이 없다. 그러나 학원에서 오히려 G강사를 만만하고 바보같이 본다는 것을 알고 나서부터는 학원을 위해 일할 이유를 잃어버렸다. 게다가 이미 넘치는 잡무로 인하여 수업준비도 제대로 이뤄지지 않고 있었다. 결국 자신이 책임져야할 것들보다 남들 눈치 보기를 위한 일에 공을 들였던 셈이다.

절대 학원에 착한 강사가 되어서는 안 된다. 그렇다고 학원의 시스템을 무시하거나 불만을 표현하며 싸울 필요는 없다. 그냥 자신이 맡은 부분에 있어서 최선을 다하면 된다. 강사로서 실력을 키우고, 학생과 학부모와 소통을 잘 하면 되는 것이다. 오히려 학원이 가장 선호하는 강사는 착한 강사가 아니라 프로를 원한다.

프로강사는 자신의 일에 있어서 스스로 책임을 진다. 자신의 강의에 대해 자신감이 넘치고 긍정마인드로 가득 차 있다. 주변에서는 '이기적이다'라는 말을 들을 수 있어도 철저히 자신의 강의에 책임을 지면 충분하고 인정을 받는다.

강사는 학생을 중심으로 생각하면 된다. 어떻게 하면 수업을 재미있게 할 것인지, 알차게 강의를 할 것인지, 상담은 어떻게 진행할지, 어떻게 학생 개개인의 성적을 올려주고 동기부여를 해 줄지를 고민하면 된다.

노력하지 않는 동료와는 친해질 필요도 없다. 다시 말하지만 강사는 그 자체로 1인 기업가이고 나름대로의 상품성을 지니고 있어야 한다. 즉, 학생들이 당신의 수업을 들어야 하는 이유를 갖고 있어야 한다는 말이다. 학생들이 내 수업을 들어야 하는 이유 중 자료에 대한 이야기를 해 보겠다.

수업관련 자료 뿐 아니라 수학에 관한 여러 가지 자료를 많이 확보해왔다. 비용이 들어서라도 많은 자료를 구하려고 노력했다. 왜냐하면 학교별로 학생별로 어떤 자료가 필요할지 모르기 때문이다. 한 번은 학생이 학교에서 나눠준 프린트를 가지고 왔는데 답은 없고 어려운 문제만 가득했다. 그것을 다 푸느냐고 며칠을 밤을 샜다. 그나마 도저히 풀지 못할 문제를 인터넷을 통해 찾느냐고 몇 시간이 걸렸고, 찾지 못한 문제들은 확보하고 있는 문제집과 자료를 훑어봤다.

이 후 가능하면 수학 관련 자료가 눈에 띄면 어떻게 해서든 확보를 하는 버릇이 생겼다. 그 결과 이제는 학생이 학교 프린트를 가지고 오면 딱 어떤 자료인지 파악이 되었고 금세 해설을 만들어 줄 수 있게 되었다. 그리고 해당 학교 선생님이 어디에서 자료를 구하는지도 알 수 있었고, 거기에 대응해서 내신대비를 하는데도 도움이 되었다.

이처럼 치열하게 자료를 모았다. 그런데 어느 학원을 가던 자료를 '그냥' 달라는 식으로 요구하는 강사들이 많았다. 내가 복사를 하고 있으면 쓰윽 와서 보고는 자신도 한 부만 복사해 달라거나, 무슨 자료 있냐고 물어보고는 있다고 하면 아무렇지도 않게 달라고 하는 식이었다.

처음에는 강사들과 친해질 요량으로 얼마든지 힘들게 구한 자료를 나눠줬다. 그러나 거기까지였다. 한 번 자료를 달라고 한 강사는 매번 자료를 요구했다. 비용을 주거나 밥을 사주는 강사도 없었다. 솔직히 비용을 얼마를 달라고 하기도 애매한 상황이 많았다. 왜냐하면 그 자료를 구하기 위해 찾아 헤맨 나의 시간과 노력을 얼마로 환산하면 될까?

자료를 구하는 것이 얼마나 어려운지를 조금이라도 아는 강사라면 절대 그냥 자료를 달라고 하지 못한다. 본인은 그런 노력을 해본 적도 없고, 그냥 인터넷에 흔히 구할 수 있는 자료로만 수업준비를 해 왔으니 모든 자료가 쉽게 구할 수 있는 거라 생각하는 경우도 있다. 이런 마인드의 강사와는 친해질 필요가 없다. 오히려 게으른 강사, 수업 준비를 부실하게 하는 경력 많은 강사와는 가까이 하지도 말아야 한다. 부정적인 에너지는 쉽게 오염된다.

재미있는 생각이 들 수도 있겠다. 그럼 동료강사가 무슨 자료 있냐고 물어보면 있어도 없다고 해야 하냐는 것이냐? 자료를 요청하는 강사에 따라 답은 달라질 것이다. 충분히 노력하는 강사이고, 자료에 대한 중요성을 인식하는 강사라면 자료를 나눠주자. 차후 얼마든지 당신에게 도움이 될 자료 등을 구해줄 수 있는 씨앗이기 때문이다. 하지만 매사 게으르고 불성실한 강사에게는 자료를 주지 말라. 그는 아무 대가없이 계속 요구만 할 것이고 그 자료의 소중함도 모르기에 제대로 활용을 안 할 것이기 때문이다.

필요에 따라서는 학생들에게도 이기적인 강사가 될 필요가 있다. 너무 착한 이미지가 인식되면 항상 기어오르는 학생들이 있기 마련이다. 결석을 해도 그냥 넘어가거나, 숙제를 안 해도 처벌과 대책 없이 지나간다면 나중에는 더욱 지도하기 힘들어진다.

짚고 넘어갈 것이 하나 있다. 혹시 학생을 혼내거나 하면 학생이 당신을 떠난다거나 학원을 퇴원할 거라 생각하는가? 학생이 당신을 싫어할까봐서 착하게만 대하는 것인가? 그럼 당신은 최고가 될 강사가 아니다. 그건 너무 무책임한 행동이기 때문이다. 오히려 반대로 학생은 자신의 잘못을 고치고자 노력하고 혼내주는 강사를 결국 따르게 된다. 학생도 그것이 자신을 위한 행동임을 알기 때문이다.

분당의 한 영어학원은 숙제도 엄청 많고 숙제검사가 너무 철저해서 안 하면 원장이 한 시간이 넘도록 세워놓고 혼낸다. 그럼에도 그 학원은 항상 학생이 넘쳐 몇 달을 대기해야 입학할 수 있을 정도였다. 물론 강사의 실력도 좋고 여러 가지 이유가 있겠지만, 그 학원을 다니는 학생들의 이야기를 들어보면 그 혼내는 게 싫어서 공부를 하게 되더라는 것이었다.

"혼나기 싫으면 그 학원을 안 다니면 되잖아?"

라고 내가 물은 적이 있는데 학생은

"그래도 그렇게 혼내는 학원에 다녀야 공부를 하죠."

라고 대답했다.

학생도 안다. 자신이 스스로 공부하지 못하는 것을 알기에 그렇게 컨트롤해주고 관리해주는 학원을 힘들어도 다니는 것이다. 물론 대단한 학습 의지가 있어야 한다. 여기서 중요한 것은 마냥 착하게만 학생을 대할 필요가 없다는 것이고 그렇게 해서도 안 된다는 것이다.

숙제를 안 한 이유를 들어줄 필요도 없다. 학생의 가장 큰 우선순위는 숙제이고 공부이기 때문이다. 그 무엇도 공부보다 더 한 우선순위는 없다. 그럼에도 학생은 어떤 핑계를 대는가? 수행평가가 많다던가, 친구 생일이 있었다던가, 몸이 아팠다는 등 천 가지 이상의 이유를 댄다. 그 무엇도 이유가 될 수 없다. 결석도 마찬가지이다.

혼을 내야 할 때는 혼을 내야하고 상담을 해야 하고 설득을 해야 하고 대책을 세워줘야 한다. 그 속에서 진짜 학생의 성적을 잡을 수 있게 되는 것이고, 학생이 공부를 할 수 있게 되는 것이다. 물론 학생에 따라 그 강도는 달리 할 수 있을지언정 잘못을 그냥 넘어가서는 안 된다. 대책의 정도에 차이를 주면 되는 것이다. 이런 단호함이 강사의 가치를 더 높게 올려준다.

지금까지 학원에 대해, 동료 강사에 대해, 학생들에 대해 나름의 이기적인 강사로서의 목적을 이야기했다. 자신에게만 부끄러움이 없고 성실하다면 주변에서 그 누가 욕하더라도 신경 쓸 필요가 없다. 오히려 그런 욕을 먹는다면 당신이 잘하고 있다는 반증이므로 즐거워 해야 한다. 학생들도 당신이 노력하는 것을, 당신의 진정성을 느낀다면 그것으로 충분하다. 무조건 학생 중심으로 생각해야 한다. 학생 중심의 이기적인 강사! 이것이 가장 중요한 프로 강사의 모습이다.

02 맞춤식 수업으로 성적을 잡아라

2016년 여름. 고등학교 3학년 20여명을 데리고 판서수업을 진행하고 있었다. 그날따라 몇 명 학생들의 눈빛이 힘들어하는 것이 느껴졌다. 이제 슬슬 수업내용이 다소 어려운 문제풀이가 추가되는 상황이었는데 이해를 못하거나 잘 따라오지 못하는 학생들이었다. 그렇다고 그들에게 맞춰서만 수업하기에는 중상위권 학생들에게는 너무 쉬운 내용일 수 있었다. 그러나 학생이 수능시험에 레벨을 맞춰야 하기에 반드시 풀고 넘어가야 하는 문제였다.

여러 가지 방법을 생각해봤다. 처음으로 진행한 방법은 대학생 조교를 활용하는 것이었다. 결석을 하거나 별도 질문이 필요한 학생들의 보충을 위해 이미 나는 3명의 대학생 조교를 학원과 비용을 분담하여 데리고 있었다. 수업 내용을 잘 따라오지 못하는 학생을 따로 시간을 내어 대학생 조교와 첨삭보충을 듣도록 했다. 그러나 생각처럼 좋은 결과가 나오지는 않았다.

대학생 조교가 지도하는 방법이 나와 상이했기 때문이다. 예를 들어 내가 수업 중에 A라는 방법으로 개념설명을 해 주고 A라는 해법으로 문제풀이를 설명해줬는데, 대학생 조교는 B라는 해법으로 문제풀이를 해주는 상황이 많았다. 그로인해 가뜩이나 이해를 못해서 보충수업을 듣는 학생 입장에서는 더욱 머리가 복잡해지는 결과가 되었다.

대부분의 강사들이 활용하던 동영상 강의도 생각해봤다. 강의하는 내용을 그대로 녹화해서 이해가 안 되는 학생들이 반복해서 볼 수 있도록 시스템을 만드는 것이었다. 하지만 이 방법도 썩 좋아보이지는 않았다. 그 수업 자체를 이해를 못하는 것인데 반복해서 본다고 크게 달라질 것도 없어보였고, 동영상 강의를 반복해서 볼 정도로 열정 넘치는 학생들은 아니었다. 게다가 동영상 강의를 촬영하고 편집하고 인터넷에 올리는 작업도 생각처럼 단순하지는 않고 시간이 많이 걸리는 일이다.

결국 내가 직접 지도하는 방법이 최선이었다. 나는 수업을 잘 따라오지 못하는 학생들과 판서수업만으로는 이해를 못하는 학생들을 뽑아 별도의 첨삭 수업 시간을 개설했다. 정규 판서수업이 일주일에 이틀이면 하루를 더 와서 나와 첨삭수업을 진행하는 내용이었다.

공부를 못해서 보충을 받는다는 느낌을 없애기 위해 강좌이름을 멋있게 지었다. 이름하야 '어벤져스 특별반' 이었다. 당시 허리우드 영화 중 마블의 영웅들이 모여 악과 싸운다는 영화 '어벤져스' 시리즈가 유명세를 탈 때였다. 학생들에게 이 부분을 강조했다.

"우리는 어벤져스 특별반이다. 지금은 비록 자신의 가치를 느끼지 못하고 있지만 이 수업을 통해 자신의 가치를 깨닫고 실력을 쌓아올려 자신의 꿈을 이루는 거야. 그래서 이 수업을 듣다가 모의고사 2등급 이상을 달성하면 자동으로 명예로운 퇴원을 하는 거지!"

학생들은 어이없어 했지만 그래도 내심 나쁘지는 않았던 모양이다. 처음 개설된 '어벤져스 특별반'은 5명이 시작했다. 첨삭식 수업의 효율을 올리기 위해 총 인원을 5명으로 제한했다. 나는 각 개인에 맞는 프린트 자료를 만들어 주었고 2시간의 수업시간동안 그 자료를 완벽하게 풀 수 있도록 하나하나 개념설명과 문제풀이를 첨삭으로 진행했다.

처음 한 달은 무료로 수업을 진행했다. 그러나 한 달이 지나고 나서는 정규수업보다는 저렴한 수강료를 받아서 진행했다. 수강료를 냄으로써 학생 스스로도 수업에 참석하는 책임감을 더 키우고 강사 입장에서도 시간을 투자하는 만큼 어느 정도의 성취감이 필요하기 때문이다. 그리고 더욱 큰 이유는 너도나도 이 첨삭수업을 들으려는 학생들이 급격하게 증가했다.

'어벤져스 특별반'의 만족도는 매우 컸다. 듣고 싶어 하는 학생들이 너무 늘어 하나의 반으로는 운영이 힘들었다. 처음 개설하면서 학생들과 약속한 것이 최대인원을 5명으로 제한한다는 것이었는데 차음 한 명씩 늘었다. 그래서 반을 2개 더 개설했다. 사실 이런 첨삭식 수업을 개설하는 것 자체는 강사와 학원입장에서 옳은 방향만은 아니다. 왜냐하면 인원이 소수정예로 한정되다보니 수입이 제한되기 때문이다.

당시 내가 수업하는 반은 대부분 15명에서 30명 정도의 학생들을 앉혀놓고 수업을 진행했다. 30여명을 데리고 수업할 수 있는 시간에 5명만을 데리고 수업을 하는 셈이니 수지타산이 맞지 않는 내용이었다. 그럼에도 불구하고 계속 첨삭식 수업을 진행했다. 왜냐하면 학생들의 성과가 가장 빠르게 나타났다.

수학 문제에 전혀 손을 데지 못하던 학생이 문제를 풀 수 있게 되었고, 딱 자신이 필요한 것만 질문하고 배움을 얻을 수 있으니 만족도가 굉장했다. 오죽하면 판서수업은 듣지 않고 첨삭식 수업만 3일을 듣고 싶다는 학생들도 늘어났다. 개별적으로 자료를 만들었기에 수업 준비를 할 게 더욱 많아졌다. 하지만 변화되는 학생들을 보면 저절로 행복해졌다.

몇 달에 걸친 '어벤져스 특별반' 운영으로 많은 학생들이 자신감을 얻었고 성적이 급상승했다. 물론 정규 판서수업을 통해서도 중상위권 친구들의 실력도 좋아지고 있었지만, 특별반을 통해 소위 바닥권이던 학생들이 점수 같은 점수를 얻게 됨을 보았다. 정말 큰 변화였고 나름의 기적이었다.

비록 학생의 인원수만큼 월급이 책정되는 상황에서 20명을 데리고 수업할 수 있는 시간에 5명만 데리고 수업한다는 것은 겉으로 보면 바보 같은 행위일 수 있다. 당장 월급이 큰 차이를 보였기 때문이다. 그러나 나로서는 학생들을 위한 방법, 학생들의 성적을 잡을 수 있는 방법으로써 첨삭식 수업이 최선이었다. 다양한 방법이 있을 수도 있지만 10여년의 경험을 통해 결국 학생별 맞춤식 수업이 최선임을 깨달았다.

이렇게 첨삭수업의 효과를 제대로 느낀 이듬해에 학원에 고용된 강사를 떠나 나의 학원을 오픈한다. 그리고 모든 강좌를 첨삭식, 맞춤식으로 진행하는 수업으로 개설한다. 한 번 학원에 오면 학생들이 충분한 개념설명과 문제풀이를 할 수 있도록 수업시간을 4시간으로 늘렸다. 진도와 숙제를 한 방에 해결하는 시스템이다. 학원에 오는 요일과 횟수도 학생들이 원하는 만큼 선택하게 했다. 물론 소수정예는 당연하다.

많은 학생들이 학원을 다니고 있고 학원수업을 필요로 한다. 그러나 그들이 필요로 하는 만큼을 제대로 주는 학원은 찾기 힘들다. 정형화된 판서수업만으로는 개개인의 니즈를 충족시키기 힘들다는 것을 강사나 학원장은 알고 있다. 그렇다고 모든 수업을 소수정예만으로 진행하기에는 수입구조에 어려움이 있음을 토로한다.

잠시 집고 넘어갈 것이 있다면, 학생 입장에서 첨삭식 수업이 최선이라면 개인 교습 및 과외가 최고이지 않느냐고 생각할 것이다. 정답이다. 자신이 실력이 부족하고 판서수업을 따라갈 이해력이 없다면 개인과외가 제일 좋다. 그러나 비용적인 측면이나 좋은 강사를 구해야한다는 점에서 무조건 안전한 방법은 아니다.

그렇다면 어떻게 맞춤식 수업을 개설하고 학생은 이를 활용할 수 있는가? 강사나 학원입장에서는 메인수업을 판서수업으로 진행한다. 그리고 나의 경우처럼 첨삭식 수업이 필요한 학생들에 한해서 별도 시간을 마련하여 맞춤식 수업을 해주는 것이다. 무료가 아니라 그 만큼의 비용을 더 받아야 한다. 소비자를 위한 특별한 강좌를 개설해주는 것이므로 학생과 학부모에게 필요성을 확인시켜주고 그 만큼의 비용을 받아야 한다.

학생입장에서도 판서수업만으로 이해하기 힘들다는 사실을 학원과 강사에게 밝혀야 한다. 그냥저냥 멍 때린 상태로 수업을 따라가는 건 자신의 귀한 시간을 허비하는 것 뿐 아니라, 중요한 공부 타이밍을 잃고 있는 것이다. 자신을 캐어할 수 있는 방안을 강사에게 요청하는 것이 필요하고 그에 반응하는 것은 강사의 몫이다.

병에 걸린 환자에게 처음 처방한 약이 듣지 않는다면 다른 방향으로 약 처방을 해줘야 하는 것이 당연하지 않은가? 약이 병을 치료하지 못하고 있음을 알면서고 계속 같은 약을 처방하는 것은 실수를 떠나 큰 죄를 짓고 있는 셈이다. 특히나 성적으로 인생이 좌우되는 대한민국의 현실에서 당신의 강의와 지도로 학생의 성적이 개선되지 않고 있고 개선될 기미가 보이지 않는다면 하루빨리 변화를 강구해야 한다.

학생이 노력하지 않는다면 노력할 수 있도록 동기부여를 줘야하고, 숙제를 잘 하지 않는다면 숙제를 잘 하도록 자극을 줘야한다. 학생이 성적이 오르지 않는 것을 언제까지 학생의 탓만 하고 있을 것인가! 모든 결과의 책임은 강사의 몫이다. 지금 당장 지도하는 학생들을 분석해보자. 맞춤식 수업이 필요한 학생이 있다면 하루라도 빨리 일주일 중 단 한 타임이라도 그들을 위한 첨삭수업을 만들자. 진정 학생들이 필요로 하는 강의를 해주자.

03 성공을 성과로 확인하라

　자신이 학원 강사로서 잘 하고 있는지, 성공의 길에 들어섰는지를 무엇으로 판단할 수 있는지 질문을 받았다. 그 기준은 여러 가지가 있겠지만 가장 명확하고 수치화할 수 있는 방법은 현재 지도하고 있는 학생의 인원수와 수입의 정도로 판단하면 된다.

　2016년은 나에게 있어 엄청난 성과가 있었던 해였다. 당시 고등학교 3학년 60여명, 고등학교 1학년 30여명 정도를 지도했다. 근무하던 학원에서 가장 많은 학생을 데리고 있었다. 당연히 비율제로받던 월급제였기에 월급도 가장 많았다. 고등학교 3학년의 경우 재미있는 경쟁이 붙었다. 물론 나는 신경도 쓰지 않았지만.

　고등학교 3학년을 60명 정도 지도하는 L강사도 있었다. 내가 지도하는 학생들은 대부분 중학교 3학년부터 함께한 학생들도 많았고 짧게는 6개월에서 1년 이상 된 학생들이 많았다. 반면 L강사가 지도하는 고등학교 3학년은 학원의 일방적인 지시로 다른 강사의 2학년 학생들을 L강사에게 넘긴 식이었다. 그래도 L강사는 고려대학교 수학과를 나오고 나름 학원 내에서 직책도 맡고 있는 실력자였다.

그렇게 1월과 2월이 지나고 3월이 되었다. 나와 함께한 고등학교 3학년은 퇴원이 한 명도 없었다. 그러나 L강사가 새로 맡아 1월부터 시작한 학생들은 3월이 되자 20여명 정도가 퇴원을 했다. 뭐 이 정도는 이해할 수 있는 수준이다. 학생들 입장에서 일방적으로 강사가 변경이 되면 저절로 퇴원하는 경우가 많기 때문이다. 그럴 것을 알면서도 학원에서 L강사에게 학생을 몰아주게 된 배경은 뒤에서 설명하도록 하겠다. 중요한 것은 이로부터 다시 3개월이 지나고 나서였다.

6월 고등학교 3학년 평가원 모의고사가 진행되고 여름방학이 시작될 때 쯤, L강사와 함께 엘리베이터를 타게 되었다. 서먹서먹한 공기 한 가운데를 뚫고 L강사는 나에게 넌지시 질문을 던졌다.

"김홍석 선생, 지금 고등학교 3학년이 몇 명이지?"

"아 네, 60명 정도 있는데요."

"60명?! 희한하게 애들이 잘 안 빠지네. 학생들이 잘 못해서 그런가?"

라는 대화가 오고갔다. 일단 어이없는 대화였음을 밝힌다. 내가 데리고 있는 고등학교 3학년이 퇴원을 안 하고 그대로 있는 것이 학생들이 공부를 못해서라고 생각하는 것 자체고 어이가 없었다. 나의 학생들 실력은 1등급에서 5등급까지 골고루 있었다. 결론부터 이야기하면 그 학생들이 서울대, 연세대, 고려대 등 인서울 상위권대학은 물론 나름의 성과를 만들어낸다.

그렇다면 L학생이 지도하던 학생들은? 물론 상위권 학생들이 많았다. 그리고 처음 60명에서 시작한 학생 수는 단 6개월 만에 10여 명을 줄어있었다. 아무리 강사가 수학실력이 좋고 직책을 갖고 있으면 뭐하는가? 퇴원이 많은 강사는 결국 실패다. L강사 나름으로는 학생들이 잘하다보니 수능시험이 다가올수록 혼자서 정리를 하려고 퇴원이 많은 것이라고 생각했다. 하지만 명심하길. L강사를 떠난 상위권 학생들이 바로 옆 학원에 다니고 있음을 누구나 알고 있었다.

강조하건데 학원 강사로서 성공하고 있음을 판단하고 싶다면 자신이 가르치는 학생의 수를 파악해보자. 처음에 20명이었고, 몇 달 만에 인원이 50명 이상이 되었다면 너무 잘 하고 있는 것이다. 퇴원생은 어디서든 발생할 수 있다. 학생이 시험을 잘 보면 잘난 맛에 퇴원을 하고, 시험을 못 보면 학원 핑계를 대고 퇴원한다. 그냥 학원을 옮겨보고 싶어서 퇴원하기도 하고 다른 분위기에서 공부하고 싶어 퇴원하기도 한다. 아무리 잡아도 퇴원할 학생은 퇴원을 한다. 그럼에도 불구하고 퇴원하는 비율이 가장 적고, 반면 신입생이 배우고 싶어 하는 강사가 있다. 그런 강사가 당신이면 된다.

수원의 H강사는 대기업을 퇴사하고 학원 강사가 된 지 3개월 만에 나의 첫 개인저서인 《나는 삼성맨에서 억대 연봉 수학 강사가 되었다》를 읽었다. 그리고 바로 전화를 걸어 일대일컨설팅을 신청했고 며칠 만에 함께하는 시간을 갖는다.

그리고 3개월 뒤 멋진 일이 H강사에게 펼쳐진다. 내가 알려준 조언대로 시스템을 차곡차곡 진행했다. 진행사항을 바로 SNS에 올리거나 나에게 문자로 연락을 주다보니 실시간으로 성과가 나타남을 느낄 수 있었다. 20여명이던 학생수는 점차 늘어 40명을 돌파했다. H강사 팬클럽 같은 학생들도 늘었다. 그런 학생들이 저절로 친구들에게 소문을 냈고 친구들이 학원에서 찾아왔다.

H강사는 학원 강사가 되고 6개월 만에 학생수가 50여명을 향했으며 연봉협상도 다시 할 수 있었다. 어처구니없는 비율을 조정하여 자신이 원하는 조건으로 월급을 상향 조정했다. 중요한 것은 학원에서의 입지가 굳건해졌으며 일타강사가 되었다. 이 정도면 일단 성공의 길에 들어섰다고 증명이 되는 것이 아닌가! 너무나도 명확하다.

이렇게 본인의 성공 여부를 판단할 기준이 있음에도 누군가로부터 평가를 받고 싶어 할 필요가 없다. 오히려 그것은 부작용만 나을 뿐이다.

역시 일대일컨설팅 이후 새로운 마음으로 이직에 성공한 K강사는 이직 후 한 달 뒤 나에게 연락을 했다. 한 달 동안 퇴원이 한 명도 없었고 분위기가 나쁘지 않은데 자신이 잘 하고 있는 것인지 잘 모르겠다는 것이었다. 아니 새로 들어간 학원에서 퇴원이 없다는 것은 엄청난 성과이다. 그런데 원장이나 팀장이 잘 하고 있다는 말을 안 하니 계속 불안하다는 말을 이었다. 제발! 이제 한 달이 지났을 뿐이다.

물론 한 달 안에도 엄청난 성과를 만들어 내는 강사도 있을 수 있다. 하지만 최소한 3개월은 기다리고 자신의 시스템을 공고히 하는 것이 좋다. 자신의 팬을 획보하고 즐기운 강의를 선보이고 갖가지 시스템으로 입소문이 서서히 일어나도록 한다. 그러다보면 분명 때가 온다. 원장이 따로 불러 느닷없이 월급을 인상해주기도 하고 무언가 피드백이 온다. 설사 그런 경우가 없어도 자신의 성공여부를 판단할 기준을 앞에서 이야기하지 않았던가! 자신이 지도하는 학생 수의 변화 추이를 확인해보라.

여기서 잠시 주의할 것이 있다. 몇 개월 만에 학생 수가 크게 늘고 퇴원생이 없다고 해서 바로 원장실에 찾아가 월급을 올려달라고 하지는 말자. 아니면 원장이나 팀장에게 가서 자신이 지금 잘 하고 있는 것인지 물어보지 말자. 이미 그들은 당신을 예의주시하고 있고 평가하고 있다. 물어본다는 것만으로도 스스로 자신감이 없음을 들어내는 것이다. 암묵적으로 월급을 올려달라고 협박하는 것이다. 이렇게 생각하자. 그들이 침묵하고 가만히 있다면 일단 당신은 매우 잘 하고 있다는 것이다.

6개월이다. 6개월 동안 자신의 성과를 제대로 만들어내자. 매월 매일 자신의 목표 학생 수를 정하고 달성해보자. 그 과정 속에서 학원에서 아무런 피드백이 없고 6개월이 되었다면 이제는 가서 당당히 자신의 조건을 말하자. 원장에게 평가를 받는 시간이 아니라 이제는 월급을 상향할 때가 되었음을 업무조건을 조정할 때가 되었음을 말할 때가 된 것이다. 원장도 당신의 가치를 인정하지 않을 수가 없다. 학생 수가 그것을 명확히 보여줄 것이고 원장도 알고 있을 것이다.

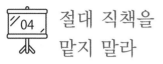

절대 직책을
맡지 말라

학원 강사로서 학원의 직책에 대해 욕심을 가질 필요가 없다. 오히려 그런 자리에 앉지 앉지 않는 것이 강사로서 빠르게 성공하는데 도움이 된다. 물론 자리가 사람을 만든다는 말이 있듯이 뭔가 직책을 맡으면 그 자리에서 배우고 느끼는 것이 있는 것도 사실이다. 그러나 그 배움이 굳이 학원 강사로 나아가는데 있어 크게 효용성은 없다.

나는 첫 학원에서 3개월 만에 학생수가 70명을 돌파하고 6개월 뒤에는 수학과 팀장의 자리에 앉게 된다. 당시로서도 굉장히 파격적인 인사였다. 그도 그럴 것이 당시 나는 여전히 완전 초보 강사였기 때문이다. 이전에 아무런 경력도 없는 상황이었고 강의를 시작한지도 몇 개월 되지 않았었다.

그럼에도 팀장이 되었던 이유는 명확하다. 학생수가 꾸준히 늘었고, 컴플레인이 거의 없었다. 퇴원생도 거의 없었던 점은 말할 것도 없다. 그러나 가장 중요한 요소는 돌이켜보면 내가 학원의 시스템에 가장 적극적으로 따랐으며 정말 치열하게 배우고자 했기 때문이었다. 그런 부분을 학원 관리부 직원들도 파악하고 있었고 당연히 원장도 알고 있었다.

초보 강사임에도 나름대로 강의력이 부족하지 않고, 학원의 모든 정책에 대해 가장 적극적으로 실행하는 강사라는 것만으로도 충분히 팀장을 할 수 있었던 것이다.

그렇다면 팀장이 되어서 어떠했을까? 물론 팀장 수당으로 30만 원이 월급에 추가가 되었고, 학생들에게 한 가지 더 어필할 수 있는 내용이 생기긴 했다. 그러나 오래 지나지 않아 팀장을 맡지 않았어야 했음을 깨닫게 된다.

팀장이 되고 나서 여러 가지 일이 추가되었다. 나도 초보 강사인데 새로 입사한 강사의 교육을 진행해야 했고, 나도 판서가 엉망인데 판서 교육을 해야 했다. 강의계획서 작성법, 효과적인 판서 작성법, 재미있는 강의법 등 나름대로 매뉴얼을 만들어 교육을 진행했다. 물론 교육 자체가 힘들거나 귀찮지는 않았다. 교육을 통해 나도 한 층 더 성장할 수 있었기 때문이다. 그러나 역시 내 시간이 줄어든 것은 맞다. 나의 수업 준비를 할 시간이 줄어든 것도 맞다.

게다가 그 날 업무를 다 마치고 결재를 받아야 퇴근할 수 있었는데, 팀장이었던 나는 모든 강사들이 결재를 마무리한 이후 끝으로 결재를 받아야 했다. 그래서 늘 새벽 1시가 다 되어야 퇴근을 할 수 있었다.

자, 이런 내용들이 추가가 되고 퇴근을 늦게 한다고 팀장을 한 것을 후회했다면 속물일 것이다. 중요한 것은 지금부터이다. 팀장이 되면 일단 주목을 받게 된다. 한두 명 강사의 주목이 아닌 모든 강사와 관리부 직원들의 주목을 받게 된다. 그로 인해 하나의 말실수라든지 작은 행동도 조심해야 했다. 사소한 내용이 어떻게 부메랑이 되어 나에게 피해를 줄지 상상도 하지 못했다.

동료 강사들과의 회식자리가 자주 있었고, 그 자리에서만큼은 서로 편하게 이야기를 했다. 강사들과의 회식은 주로 대화 내용이 원장을 원망한다던지, 학원에서 지시한 정책들에 대해 불평하는 내용이 많았다. 나도 사람인지라 모든 학원의 정책에 100% 동의하거나 만족스럽지는 않았지만 팀장이므로 나름대로 열심히 실행하고자 노력했다. 그런데 이런 내용이 원장의 귀에 들어간 모양이었다. 즉, 강사들 중 그런 이야기를 위에다 전하는 누군가가 있었다는 것이다.

결국 이런 이야기들이 모여 팀장으로서의 나의 모든 것들을 원장이 의심하기 시작했다. 결과는 예상하는 바와 같다. 결국 이로 인해 첫 학원을 퇴사하게 되는 사태까지 이르게 된다. 그런데 만약 내가 팀장을 맡지 않았다면 계속 근무를 했을 것이다. 나의 시스템을 보다 면밀하게 만들어 빠르게 성장할 수 있었을 것이다. 더불어 학생들도 성과를 이뤄 원하는 성적, 원하는 대학에 진학하는 데 있어 큰 도움이 되었을 것이다.

이처럼 직책을 맡는 다는 것은 더 큰 어려움을 책임져야 하는 상황을 만들게 되고, 주변 강사들의 주목을 받게 된다. 10년의 학원 강사 경험상 강사들의 주목이 긍정적인 결과보다 부정적인 결과를 만들어 내는 것을 더욱 많이 봐왔다.

소위 학원의 직책을 맡게 되면 이미지가 많이 달라져 보인다. 동료 강사들 사이에서도 약간 학원의 입장을 대변하게 되는 상황이 생겨 멀어지게 되기도 한다. 학원 입장에서는 직책을 맡고 있는 강사가 가능하면 강사의 입장에서보다 학원 입장에서 생각하고 결정해주기를 바란다.

최근에 근무했던 학원에서는 교무실장을 맡고 있던 경력 많은 L강사가 있었다. 처음 함께 근무할 당시에는 교무실장이 아니었는데 몇 개월 후 직책을 맡게 된다. 그런데 얼마 지나지 않아 L강사의 언행이나 행동에 변화가 감지되었다. 교무회의를 진행하면서도 기존 강사의 입장에서 생각하기 보다는 어떻게 해서든 학원이 지시하는 내용을 합리화시키도록 강사들을 설득했다.

예를 들어 출퇴근 시간에 관한 회의가 안건으로 올라왔다. 고등부 수학학원인지라 대부분 수업이 5시 넘어서 시작하는데 출근 시간이 현재 3시인데 2시로 앞당기는 것에 대한 내용이었다. 며칠 전 한 강사가 수업에 지각을 해서 문제가 된 일이 발생했기 때문이었다. 대부분의 강사 및 L강사도 이 일로 인해 출근 시간을 당기는 것을 반대했는데, 교무실장이 된 L강사가 오히려 출근 시간 변경을 찬성하고 나왔다. 교무실장 L강사가 안건을 밀어붙여 결국 출근시간을 앞당긴다.

뭐 그럴 수 있다. 학원의 직책을 맡았으니 학원이 원하는 바대로 정책이 이뤄질 수 있게끔 강사를 설득하는 것은 당연하다. 그러나 이해는 되도 저절로 강사들로부터 등을 지게 되고 적이 생기게 된다. 더 이상은 강사 회식 때 교무실장을 부르지 않았다.

그리고 초보강사들이 절대 속지 말아야 할 내용이 있다. 지방에 있는 소규모 학원에서 근무하는 2년 경력의 강사가 문자가 왔다. 원장이 그곳 말고도 몇 개의 학원을 운영하는데 자신에게 현재 근무하는 학원을 키우면 부원장 자리를 맡게 할 테니, 학생수를 50명으로 늘리라는 것이었다. 그러나 그 말만 던져두고는 학원 홍보라든지 출근이라든지 다른 강사 관리를 전혀 하지 않았다. 이미 그 강사는 부원장의 일을 하고 있던 셈이다.

그렇다고 현재 월급이 많은 것도 아니었다. 원장이 현재는 이 정도의 월급만 주지만 부원장이 되면 월급을 많이 올려줄 테니 조금만 참고 열심히 일해 달라고 했다고 했다. 하지만 제발 그 말을 그대로 믿어서는 안 된다. 물론 학생수를 50명을 만들면 부원장 직책을 달게 해 줄 수는 있을 것이다. 하지만 당신이 생각하는 만큼의 월급 인상은 되지 않을 것이다. 그리고 막말로 이런 상황이라면 그냥 당신이 학원을 차리는 것과 다를 바가 없다.

같이 근무하던 학원에서도 한 관리부직원에게 원장이 학원이 조금 더 커지면 새로 오픈할 학원의 원장으로 해 주겠다고 한다. 그러나 3년을 근무해도 그 일은 일어나지 않았고, 3년 동안 적은 월급으로 온갖 일을 해야 했다. 이런 일은 학원 강사에게도 많이 일어난다.

원장이 '나중에 학원이 잘되면 월급을 인상해 줄게'라는 말은 누구나 할 수 있다. 그러나 학원이 잘 되는 거와 강사가 잘 되는 것의 우선순위가 바뀌어서는 안 된다. 내가 알려주는 시스템은 학원이 잘되면 저절로 강사가 성공하는 것이 아니다. 어느 정도의 기본이 갖춰져 있는 학원에서 강사의 시스템을 통해 강사가 성공을 하면 그 뒤에 학원의 성공이 따라오는 것이다. 무슨 직책을 맡는다고 성공의 길에 들어서는 것은 아니다. 앞에서도 계속 말했지만 오히려 위험한 차선에 오르는 경우가 많다.

어딘가에 의존하겠다는 수동적인 마인드는 버리자. 직책에 욕심을 내지 말자. 학원이 잘 되기만을 집에서 기도하지 말자. 스스로가 먼저 움직여야 한다. 능동적이고 적극적으로 자신만의 성공 시스템을 구축하는 것이 가장 중요하다. 그 어떤 변화에도 흔들림이 없는 시스템을 만들고 그 길로 꾸준히 나아간다면 그 길 끝에 당신이 앉을 성공의 의자, 성공의 직책이 기다리고 있다.

05 방심하는 순간 모든 것이 끝난다

부산에서 분당까지 컨설팅을 받으러 온 N강사는 경력 5년차 수학 강사였다. 대학교를 졸업하고 바로 학원 강사가 되었고 수학 실력에 대한 자부심이 커서 첫 학원에서 학생들의 인기를 한 몸에 받았다고 한다. 몇 년은 강의가 잘 돌아갔다. 그러나 5년이 흐른 지금 뭔가 잘 못 돌아가고 있다는 느낌이 들어 컨설팅을 신청했다.

N강사의 학생수는 40명 수준에서 크게 늘지가 않았다. 당연히 수입도 크게 늘지 않고 그 정도 선에서 유지가 되었다. 뭔가 변화가 필요하다고 생각은 드는데 어디서부터 무엇을 해야 할지 막막하다 고 했다. 그러는 차에 강의에 대한 매너리즘이 생기고 점차 학생수 도 줄기 시작했다.

그런데 재미있는 사실은 N강사 스스로도 무엇을 해야 하는지 알고 있었다. N강사는 강사가 된 이후 수업준비라는 것을 단 한 번도 한 적이 없었다. 워낙 수학을 좋아하고 잘했기에 따로 문제를 풀어볼 필요도 없었다고 했다. 실력으로 말한다면 수능문제 최고난도 30번 문제도 미리 풀어보지 않아도 수업 중에 풀어도 거의 막힘이 없을 정도였다. 게다가 숙제 검사도 한 적이 없었다. 물론 숙제는 내주었지만 숙제를 안 했다고 해서 혼내거나 조치를 취한 적은 없었다. 이런 시스템으로 몇 년 동안 40여명의 학생이 있었다는 것이 신기할 정도였다.

이렇게 강의하는 과목에 대한 실력이 뛰어나거나, 해당 과목을 전공한 강사들이 방심하는 부분이 바로 이것이다. 수업준비를 부실하게 한다는 것이다. 물론 자신의 실력이 너무 좋아 막히는 문제가 없을 수 있다. 그러나 강의는 강사 실력을 뽐내는 장기자랑 시간이 아니다.

똑같은 개념이라도 어떻게 학생들이 이해하기 쉬울지를 연구하고 적당한 문제를 설정해야 한다. 문제를 풀어주더라도 학생의 눈빛을 보면서 학생에게 맞춰서 수업을 해야 한다. 그래서 고난도 문제일수록 다양한 해법과 동일 유형의 쉬운 문제 등을 생각해서 들어가야 한다.

절대 자신의 실력을 맹신해서는 안 된다. 사람은 누구나 예상치 못한 곳에서 실수하기 마련이다. 갑작스럽게 문제가 막힐 수 있고,

생각지 못한 질문을 받을 수 있기 때문이다. 그래서 수업준비만큼은 아무리 경력이 차더라도 철저히 해야 한다. 몇 번 문제 풀이가 막히고 실수를 하면 학생들에게 안 좋은 인식은 몇 배 더 크게 쌓이기 때문이다.

숙제검사는 더더욱 그러하다. 특히 경력이 많은 강사들일수록 숙제검사를 등한시하는 경우가 많다. 왜? 공부는 학생이 알아서 해야 한다는 것이다. 알아서 안 하는 걸 가지고 강사가 왈가왈부할 것 까지는 없다는 주의다. 정말 웃기는 생각이다. 알아서 잘 할 수 있는 학생들이라면 비싼 비용을 내면서 학원을 다니지 않는다. 이상한 핑계대지 말고 강사로서의 책임을 학생에게 돌리면 안 된다.

초보강사일수록 자신의 강의력이 부족하다 느끼면 관리력으로 승부해야 한다. 관리력은 쉽게 적용할 수 있는 것이 많음을 앞에서 설명했다. 그런데 힘들게 만들어놓은 자신의 성공 시스템을 잘 관리하지 않으면 금세 모든 것이 사라질 수 있다. 강의도 재미없어지고 학생수도 줄어들게 될 것이다.

3년 경력의 K수학강사는 판서에 너무 자신이 없다고 했다. 나름 손 글씨는 잘 쓰는 편인데 판서 실력은 늘지 않는다는 것이었다. 3년 동안 칠판으로 진행하는 수업보다는 첨삭 위주로 수업을 하는 학원에서 근무하기도 했고 판서에 자신이 없다보니 점점 칠판사용을 하지 않았다. 점점 판서수업에 대한 자신감도 떨어져서 판서로 수업하는 강좌를 개설할 생각도 하지 못했다.

그런데 어느 정도 손 글씨가 가지런한 강사들을 보면 칠판 글씨도 심하게 나쁘지 않다. 글씨라는 것이 크게 다르지 않다. 펜으로 종이에 적던 분필로 칠판에 쓰던 차분히 적어가면 나쁘지는 않다. 그래서 K강사에게 칠판으로 문제를 하나 푸는 것을 동영상으로 찍어 보내달라고 했다. 확인하고 싶었다. 결과는 역시였다.

K강사의 판서는 나쁘지 않았다. 아니 깔끔하고 좋았다. 굳이 판서스킬이 뛰어난 인강 강사의 수업과 비교하면서 자신의 판서가 나쁘다고 판단할 필요는 없다. 판서는 학생들이 알아볼 수 있으면 되고 어느 정도 깔끔하고 룰을 지키면 적당하다. 게다가 늘 첨삭수업만 하는 학원만 찾아다닐 수는 없는 노릇이 아닌가?

자신이 약점이라고 생각하는 부분을 보완하지 않고 가리려하면 오히려 부작용만 커지게 된다. 게다가 스스로 약점이라 생각하는 대부분이 자기 스스로의 자격지심이나 편견일 경우가 많다. 극복하기 위해 작게라도 실천해야 한다.

K강사에게 첨삭 수업이더라도 가끔씩 중요한 개념이나 문제는 칠판에 풀어보라고 권했다. 판서도 쓰면 실력이 커진다. 더불어 자신감도 생기게 된다. 차분한 목소리를 가진 K강사는 늘 자신감도 없었고, 여자강사라는 이미지 때문에 학생들이 자신을 만만하게 본다고 여겼다. 모두 편견이고 선입견이다. 스스로 그렇게 생각하니 학

생들의 말과 눈빛이 그렇게 보이는 것일 뿐이다. 자신부터 바꿔야 한다.

그 시작을 판서로부터 갖도록 했다. 추가로 등한시했던 숙제검사도 철저히 하도록 했고, 진도에 지나치게 연연하는 수업보다 학생들과 소통을 하며 수업을 하도록 조언했다. 이 후 K강사의 일상이 크게 변했다. 몇 개월 뒤 자신의 실력발휘를 잘 할 수 있는 학원으로의 이직도 성공을 한다.

학원 강사라는 직업이 매 년 경력이 쌓인다고 해서 무조건 다 좋아지는 것은 아니다. 아무런 연구 없이 강의력과 수업 스킬이 성장하지 않는다. 요령만 피워서는 철저한 내신대비는 없다. 학생에 대한 진정성이 없어서는 책임감 있는 관리와 상담이 이뤄질 수가 없다. 그냥 되는 것은 없다. 그렇기에 방심해서는 안 되는 것이다.

15년 경력의 영어강사인 P강사가 일대일컨설팅을 통해 얻으려고 한 것은 바로 진심이었다. 스스로 방심해서는 안 된다는 각오와 결심으로 나와 컨설팅을 진행했다. 오히려 나보다 학원 강사 경력도 많았고 학원운영도 8년이나 해왔다. 게다가 150만 원의 비용을 지불하고 내가 운영하는 '학원 강사 성공 4주 과정' 강좌도 신청했다. 왜! 도대체 무엇이 부족해서?

아니다. 부족한 것이 아니라 열정을 다시 채우고 싶어서였다. 단한치도 방심하지 않겠다는 스스로의 결심이 있는 것이다. 오히려 경력이 많을수록 매너리즘에 빠지기 쉽고 요령만 늘어나는 경우가 많다. 도대체 어디서부터 잘못된 것인지? 왜 학생이 늘지 않는지에 대한 걱정만 늘어날 뿐이다. 모든 문제의 시작은 바로 자기 스스로에게 있음을 깨달아야 한다.

학원 교무실에 앉아서 주변을 한 번 보자. 수업준비는커녕 앉아서 핸드폰 게임만 하는 강사, 낮잠을 자는 강사, 노트북으로 유럽 챔피언스 리그 재방송을 보는 강사만 보이는가? 수업에 들어가는 강사들의 모습에서 열정과 자신감이 보이는가? 아니며 매너리즘에 빠져 슬리퍼 질질 끌고 짜증을 내며 걸어가는 강사만 가득하지는 않은가? 그리고 당신은 어떠한가?

절대 단 한 번의 강의에서도 소홀히 해서는 안 된다. 철저히 수업 준비가 이뤄져야 하고 꼼꼼하게 숙제검사를 진행해야 한다. 그것이 성공으로 가는 길이다. 딱 현실에 안주하고 방심하는 순간 자신이 쌓아놓은 시스템은 쉽게 무너질 수 있음에 긴장해야 한다. 자신과 약속을 하고 스스로에게 다짐을 하길 바란다. 그 길에 당신이 원하는 성공이 있음을 확신한다.

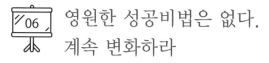

영원한 성공비법은 없다.
계속 변화하라

"저는 수학에 자신이 있습니다. 그래서 강의준비를 전혀 하지 않습니다. 상담도 불편해서 거의 진행하지 않습니다."

부산에서 일대일컨설팅을 온 강사는 이렇게 말했다. 솔직한 건 좋은데 본인이 어느 부분이 문제인지를 스스로 너무 잘 알고 있는 셈이다. 근무하고 있는 학원에서 나름 잘 나가고 있지만 학생수도 크게 늘지 않고 정체된 기분이 들어 그것을 극복하고자 컨설팅을 신청했던 바였다. 해결책은 너무나도 간단하다.

나는 컨설팅을 진행하기에 앞서 강사에게서 자기소개서를 받는다. 그것을 통해 강사의 스토리와 성향을 파악하고 거기에 맞춰 컨설팅을 진행하는 것이 효율적이기 때문이다. 그런데 재미있는 것은 가끔 이미 너무 잘 나가고 있고 성공의 길에 있음에도 컨설팅을 신청하는 강사들이 많았다. 학력도 너무 좋고, 다양한 자격증에, 이미 수입도 월 몇 천을 받는 강사들도 있었다. 내가 더 기가 죽을 정도의 강사도 있었다.

그런데 도대체 왜 컨설팅을 신청하고 그 먼 길을 달려오는가! 이유는 여러 가지였지만 공통적인 것은 자신의 가치를 스스로 깨닫지 못하는 강사들이 많았다. 변화를 해야 한다고 생각은 들지만 어디서부터 시작해야 할지 모르거나, 방법은 아는데 누군가로부터 확실한 조언으로 확답을 듣고 싶어 했다. 결국 이미 그들은 방법을 알고 있었다.

처음에 언급한 강사도 방법이 확실하다. 수학에 자신이 있어도 수업 준비에 소홀함이 있어서는 안 된다. 불편하다고 상담은 하지 않으면 안 되는 것이다. 변화에 있어 기본을 지키는 것도 중요하다.

변화와 개선은 가장 중요한 기본을 지키는 것에서부터 시작된다. 방심해서는 안 되고 안주해서도 안 되는 것이다.

같이 근무하던 학원에서도 수업 준비를 전혀 하지 않는 서울대 수학과 출신의 L강사가 있었다. 내가 처음 그 학원에 갔을 때는 L강사가 나름 일타강사로 유명세를 날리고 있었다. 그러나 그로부터 2년 뒤부터 역전이 된다. L강사 수업을 듣는 학생들의 불만이 터져 나왔다. 수업 중 문제를 풀다가 막히거나, 숙제 검사를 전혀 하지 않고, 상담도 진행하지 않았다. 하지만 L강사는 그런 상황에 둔감했다.

기본에 충실하지 못하고 변화의 타이밍을 놓치면 좋지 못한 일은 한 순간에 터진다. L강사의 경우 더 이상 학원의 일타강사도 아니었고, 신입생이 들어와도 그 반에는 가고 싶어 하지 않았다. 학생수는 계속 줄었고 급기야 학원을 떠나게 된다.

이러한 상황은 특별한 것이 아니라 학원가에서 흔하게 일어나는 일이다. 나름의 노력으로 성과를 이루고 학생수가 늘어 월급이 늘어나면 더 열심히 하기는커녕 느긋해지는 것이다. 왜! 이제는 자신이 잘 나간다고 생각하기 때문이다. 그 힘든 노력과 열정을 쏟아 만든 탑을 본인이 깨부수게 되는 셈이다.

나는 지속적으로 새로운 것을 추구했다. 같은 것만 계속 하는 것은 지루했기 때문이다. 강의계획서의 포맷도 바꿔보고, 직접 만드는 연습장의 디자인도 주기적으로 변경했다. 자체교재의 내용도 해마다 수정했고, 다양한 이벤트를 진행했다. 학생을 위해서라면 무엇을 해야 할지를 항상 생각했다.

숙제를 스스로 못하는 학생, 수업을 잘 따라오지 못하는 학생을 위해 밤 10시 이후 카페나 햄버거 가게에 데리고 가서 보충을 진행했다. 이후에는 아예 첨삭 보충시간을 주말에 수업으로 개설했다. 나중에는 평일에도 그런 수업을 열었다.

강의에도 계속 변화를 주었다. 동일한 문제를 작년과는 다르게 설명했다. 웃긴 것이 학생들 입장에서는 작년에 어떻게 설명했는지 모를 텐데도 다르게 하려고 노력했다. 내가 지루해서이기도 하고, 학생들이 배우는 것은 다름이 없지만 배우는 학생들이 달라졌기 때문이다. 예를 들어 90년대 노래 '보라빛 향기'를 지금의 분위기로 리메이크하는 것과 같은 느낌이다. 같은 노래라도 듣는 관객에 맞춰 개선해야 하는 것이다.

그렇기 때문에 수업준비는 항상 철저히 진행해야 한다. 수업이란 단순히 책에 있는 개념만을 설명해주고 문제 쬑 풀어주고 마는 것이 아니다. 현 시대에 학원을 다니는 학생을 파악하고 대상에 맞춰 개념설명에 양념을 달리하고, 문제 풀이의 스타일에 변화를 줘야 한다. 노래도 유행에 따라 달라지듯, 공부도 유행을 탄다. 시험에 자주 출제되는 문제도 달라지고, 수능시험에 무조건 출제가 되는 문제도 변화한다. 상황 파악 제대로 해야 한다.

18세기 유럽의 한 회사는 마차의 말채찍을 개량하여 성공한다. 그리고 19세기까지 회사는 크게 부흥을 하고 새로운 말채찍을 디자인해서 가격을 올려 상품을 내놓는다. 그러나 19세기 말부터 판매를 시작한 포드자동차가 시대를 크게 변화시킨다. 더 이상 사람들이 마차를 타지 않게 된 것이다. 결국 20세기를 맞이하자마자 말채찍을 만들던 회사는 문을 닫게 된다.

다소 극단적인 사례일 수 있지만, 이렇듯 세상은 변화하고 학습 대상도 달라지는데 강사만 그대로여서는 성공을 하기도 유지할 수도 없다. 학생과 학부모의 니즈를 지속적으로 파악해야 한다. 꾸준히 상담과 소통을 해야 한다. 오죽하면 나는 별도 설문조사도 진행을 한다.

"김홍석 강사의 수업에서 보완했으면 하는 내용이 있나요?"

"김홍석 강사가 추가로 해 주었으면 하는 부분이 있나요?"

"학원에 요구하고 싶은 것이 있나요?"

등의 내용으로 주기적으로 간단히 설문조사를 하면 다양한 피드백을 들을 수 있었다.

"수업 중 어려운 문제를 더 풀어줬으면 합니다"

"첨삭수업 시간을 늘려주세요"

"문화상품권 시상 항목을 늘려서 저도 선물 받을 수 있게 해주세요"

"교실에 수능 학사 일정 및 수도권 대학교 위치를 붙여주세요"

이렇게 다양한 피드백을 통해 나의 시스템에 적용할 수 있는 부분은 빠르게 적용했다. 결국 학원 강사도 서비스업이고 고객의 니즈에 응답을 해야 한다. 그러기 위해 고객의 니즈와 요구를 파악하는 것이 당연히 진행되어야 하지 않은가.

진짜 성공은 완성에서 오는 것이 아니라 지속적인 변화 속에서 이뤄지는 과정의 형태이다. 세상의 많은 억만장자와 성공자들이 하루도 쉬지 않고 일을 하는 이유가 그것이다. 물론 그 일의 성질이 다소 다르긴 하지만 그들은 매일 변화하려고 노력하고 새로운 것을 추구한다. 지속적으로 고객의 니즈를 파악하려고 비싼 비용을 들여서라도 분석을 한다. 그 결과를 토대로 더 가치 있는 수입을 올릴 수 있음을 알기 때문이다.

안주하는 순간부터 성공의 상승곡선은 꺾인다. 학원 강사의 성공도 딱 어디라는 기준은 없다. 분명한 것은 현재 월 천만 원의 월급을 받는다고 안주하는 순간부터 월급이 줄어들 것이라는 것이다. 지속적으로 더 큰 꿈을 꾸고 변화에 몸을 적셔야 한다. 변화를 즐기고 흐름에 맞춰 자신의 성공 시스템을 보완하고 수정해야 한다. 바로 이러한 과정이 진정한 성공의 길이고 성공자의 모습이다.

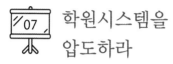

학원시스템을 압도하라

성공의 길을 달리고 있는 강사는 더 이상 학원의 시스템에 구속되지 않는다. 왜냐하면 이미 더욱 공고한 자신만의 시스템으로 강력한 성공의 성을 구축했기 때문이다. 강사의 성공 시스템에 대해 주변 강사들과 학원의 간부들이 인정을 한다. 오히려 그런 강사에게는 학원의 시스템이 방해가 된다.

서울에서 5년 동안 강사생활을 통해 치열하게 구축한 나의 시스템을 가지고 분당으로 왔을 때를 돌이켜보면 강력한 시스템이 얼마나 큰 힘을 발휘하는지 체험했다. 매 월 매 주차별 강의계획서를 지나칠 정도로 꼼꼼하게 만들었다. 자체교재도 스프링 제본으로 멋지게 제작했다. 더불어 나의 '밍키수학' 캐릭터와 동기부여 문구가 적힌 연습장도 500권을 주문 제작해 놓은 상황이었다. 이제 학생들을 맞이하면 되는 것이었다.

분당에서의 첫 수업! 교실에 고등학교 1학년 선행을 준비하고 있는 중학교 3학년 3명이 또랑또랑한 눈빛으로 앉아있었다. 나는 문을 열고 들어서면서부터 마치 어제도 같이 수업을 한 것처럼 큰 소리로 '굿 모닝'이라는 인사를 던지고 수업을 시작했다.

우선 일일테스트 시험지를 나눠주었다. 학원에는 일일테스트 시스템이 없었지만 나의 시스템에는 있었다. 하지만 첫 시간부터 시험을 보겠는가? 앞 페이지는 속임수를 위한 어려운 수학문제 5문제가 있었시만 뒤 페이지에는 다양한 설문조사 내용이 적혀있었다. 이를 통해 첫 만남이라는 어색함을 허물고 학생과 소통하는 기회의 장을 만든다. 학생들도 뭔가 우리 선생님은 첫 인상부터 '다르다', '특별하다'라는 생각을 들게 할 수 있다.

설문조사 결과가 끝난 일일테스트 시험지를 수거한 후 바로 강의계획서를 나눠준다. 앞으로 펼쳐질 최고의 수업 내용과 각 수업별로 진행될 숙제가 아주 꼼꼼하게 기록되어 있는 강의계획서. 이것만큼은 반드시 칼라 프린트로 출력해서 화려하게 보이게 했다. 엄청 치밀하게 기록되어 있는 강의계획서를 본 순간 학생들은 우리 선생님은 '대박 꼼꼼하다', '대충이 아니라 계획된 수업을 하시는구나.'라고 대번에 파악한다.

학생들이 놀라움을 내색하지 않고 속으로만 느끼고 있는 그 때!

연습장 2권과 자체교재를 나눠준다. 다 무료이다. 그리고 앞으로도 모든 것들이 무료로 학생들에게 지급된다. 연습장은 무한리필이 된다. 게다가 3권을 다 쓰면 문상을 지급한다. 자체교재도 엄청난 내공과 치밀함으로 제작되어 있음을 학생들이 느낀다. 수업도 시작하기 이전에 학생들은 나를 최고의 강사로 인식하기 시작한다.

아직도 끝이 아니다. 앞으로 공부를 하면서 문상을 받을 수 있는 방법들이 적혀있는 '밍키 상여 기준'을 나눠주고, 이것만큼은 지켜가며 공부를 하자는 규율이 적힌 '밍키 헌법'도 나눠준다. 규율도 재미있게 적혀있어 크게 부정적인 인식을 학생들은 느끼지 않는다. 게다가 수십 개의 항목으로 정리된 상여 기준에 이미 혼이 나갔다.

이렇게 첫 수업 2시간 중 30여 분을 가볍지만 스펙터클한 오리엔테이션을 진행한다. 마지막으로 한 방! 정말 최고의 강의를 선보인다. 학생들이 초등학교 때부터 다양한 학원을 다니고, 수많은 강사를 만나봤겠지만 그 누구와도 다르고 특별한 강사를 만나게 된다. 너무 재미있어서 웃음이 넘치고 설명도 단순 명료해서 이해가 바로 된다. 크고 경쾌한 목소리로 집중도 잘 되고 2시간의 시간이 하나도 힘들지 않다.

그럼 끝난 것이다. 나는 나의 시스템을 보여줄 뿐이다. 그것도 하루에 하나씩이 아니라 첫 시간에 모든 것을 한 방에 선보인다. 그래야 충격과 효과가 크다. 이 후 2개월 뒤 학생 수가 11명에서 80명까지 늦었음은 당연한 것이었다. 한 방으로 압도해야 한다.

물론 학원에도 다양한 시스템이 있었다. 그리고 당신이 근무하는, 근무할 학원에도 나름의 시스템이 있다. 그것을 배제할 필요는 없다. 처음에는 최대한 학원의 시스템이 맞추도록 해야 한다. 그러나 내가 근무하는 학원은 오히려 내가 실행하는 시스템보다 가벼웠다. 즉, 이미 나의 시스템이 충분히 빡세고 힘들었기에 학원에서 지시하는 것들이나 실시해야 하는 시스템들이 너무 쉬웠다.

예를 들어 나는 어느 학원을 가든 일일테스트, 월말테스트를 진행했다. 그러나 이를 철저히 관리하는 학원은 드물었다. 간혹 주간테스트 정도를 보는 정도였다. 나야 매일 일일테스트를 만들고 시험을 봐왔으니 주간테스트 정도 진행하는 것은 일도 아니었다. 하지만 해당 학원에 몇 년을 근무한 강사들은 그 주간테스트마저 귀찮아서 안하는 경우도 많았다.

상담도 마찬가지였다. 나는 내 나름대로의 주기를 정해놓고 상담을 진행해왔고 기록했다. 하지만 상담을 전혀 진행하지 않는 강사도 많았고, 이를 관리하지 않는 학원도 많다. 오히려 쓸데없는 곳에 에너지를 소비하는 학원시스템이 많았다.

수업은 저녁 6시부터 하는데 출근을 오후 2시나 3시부터인 학원이 많다. 초등학생을 지도하는 학원이라면 이해가 된다. 하지만 고등학생을 지도하는 학원인데 왜 이렇게 일찍 출근하게 하는가? 물론 다양한 학원 측의 이유도 알고는 있지만 어쨌든 필요 없다.

큰 이유 중 하나가 강사라 수업준비를 부실하게 하거나 수업시간에 지각을 한다는 사유에서이다. 그럼 미리 수업준비를 전 날 하는 강사나, 지각을 하지 않는다면 출근을 수업시간에 맞춰 하는 것이 현명하지 않을까? 강의 준비가 부실하거나 지각하는 강사만 벌칙으로 일찍 출근하게 하면 되지 알아서 잘하는 강사까지 굳이 일찍 출근할 필요는 없다는 의미이다.

여름방학 시즌이 도래했다. 방학만 되면 1교시 수업을 오전 9시에 진행해야 했다. 나는 오전 수업이 너무 싫었지만 학원 방침이 그렇다 보니 따랐다. 그리고 오전 9시에 수업을 하는 강사는 별도 회의를 진행하지 않았다. 대신 수업 시간에만 늦지 않도록 주의를 요구했다.

그러던 어느 날 갑자기 오전 8시에 회의를 진행한다는 통보를 받는다. 그런데 재미있는 것은 회의라고 갔더니 관리부 실장이 단 3분 정도 인사정도를 하고 강사들의 출근여부만 파악하고 끝나는 것이었다. 즉, 이건 회의가 아니라 강사 출결 체크를 위한 시간이었다. 알고 보니 한 강사가 9시 수업인데 10분을 늦은 사건이 있었다. 그리고 학원은 이를 방지하기 위해 30여명 강사의 출근시간을 1시간이나 단축시킨 것이다. 지금 무슨 군대 단체기합인가!

8시 회의, 8시까지 출근시스템을 감독하는 관리부 실장이 다행히 부지런하지 않아 금세 사라졌다. 그래도 8시 반까지라는 출근시간이 정해졌다.

이런 출근시간까지 학원과 싸우는 것은 괜한 에너지낭비이다. 하지만 이외의 것은 얼마든지 자신의 시스템대로 운영할 수 있다. 학원 입장에서 더 열심히 하고 제대로 나아가는 강사를 막을 이유는 없기 때문이다. 즉, 강사의 시스템이 학원의 시스템을 압도하는 순간 저절로 성공이 따라오게 된다.

학원에서 상담을 2달에 한 번은 해달라고 했지만 나는 이미 한 달에 한 번을 진행하고 있었다. 학원에서 주간 테스트가 힘들면 제발 한 달에 한 번이라도 시험을 반 별로 보라고 했으나 나는 이미 일일 테스트와 월말테스트를 진행하고 있었다. 학원에서 진행하는 것보다 더욱 알차고 많은 이벤트와 문상 시상을 우리 반은 늘 진행하고 있었다.

오히려 학원 시스템이 나의 시스템을 따라오지를 못했다. 오히려 학원이 지원해주지 못하는 상황도 있었다. 고등학교 3학년을 주로 지도하던 나는 매 주 주말에 학생들을 별도로 불러 모의 수능을 치르고자 했다. 그러려면 학생을 수용할 강의실이 필요했고 시험을 감독하고 채점할 조교가 필요했다. 그러나 학원은 강의실이 부족하니 자습실에서 시험을 치렀으면 했고 조교도 자습실에 있는 조교가 같이 봐주면 안 되겠냐고 했다. 자습실에는 이미 많은 학생들이 자기 공부를 위해 와있고, 조교도 그들의 질문 응대를 하면서 시험감독까지 하기엔 시험이 제대로 진행이 안 될 것이 뻔했다.

　결국 학원을 설득하여 복도 끝 빈 강의실 하나를 구했지만, 시험을 감독할 조교는 내 사비로 고용할 수밖에 없었다. 내 돈이 들어가는 것은 괜찮다. 중요한 것은 이처럼 학원이 대응해주길 힘들 정도의 시스템을 계속해서 개발하고 구축해나가야 한다. 점차 시간이 지나면 학원이 알아서 강사를 무조건 인정하고 신뢰하게 된다. 그 신뢰 속에서 강사는 더욱 자신만의 성공의 성을 쌓아가며 학생들을 지도할 수 있고 학생들도 최적의 학습지도를 얻을 수 있게 된다.

　학원의 시스템을 귀찮다고 생각하지 말라. 그것보다 더 귀찮고 치열하게 자신의 시스템을 만들어가야 한다. 누구나 방법을 알지만 실천하지 않는 바로 그 당연한 것들을 자신만은 실천해나가야 성과가 돌아온다. 그럼 더 이상 학원의 시스템이 성가시게 느껴지지 않는다. 이미 나의 시스템이 그것을 압도하고 있고 나의 몸에 딱 맞는 옷처럼 갖춰져 있기 때문이다.

08 월수입을 2배 더 올리는 방법

엄청난 스펙을 가진 L강사로부터 일대일 컨설팅 요청을 받았다. 서울대학교 공대를 입학 한 후 다른 미래를 위해 법대로 전과하고 졸업을 한다. 그리고 사법고시를 10년을 준비하면서 용돈 벌이로 수학 학원 강사를 시작했다. 그러나 계속 고시에 낙방을 하면서 어느새 학원 강사가 주 생활이 되었다. 즉, 서울대 출신에 학원 강사 경력이 10년 이상이 된 셈이다.

그러나 L강사의 수입은 크지 않았다. 오히려 경력과 실력대비 턱없이 적은 편이었다. 반면 지인이 원장으로 있는 학원에서 근무하고 있었는데 일이 너무 많았다. 학원에서 지시하는 잔업이 많은 것이 아니라 강사 자체가 정말 성실했다.

문제집의 문제를 외울 정도로 수업 준비도 완벽했고, 평소에도 학생별로 오답 노트를 일일이 다 체크해주었다. 내신대비도 학생별로 따로따로 만들어주었고, 잘 따라오지 못하는 학생을 위해 주말 휴무도 반납하고 무료로 첨삭지도를 진행했다. 정말 성실하고 학생을 책임지겠다는 마인드는 최고의 강사 수준이었다. 그럼에도 평소 자기만의 시간이 거의 없었고 월급은 적었다. 오죽하면 학원이 어려워 몇 개월 동안 월급을 적게 받기도 했다.

당시 L강사의 부인은 강남에서 초등학생을 대상으로 하는 영어학원의 원장이었다. 꽤나 성공하고 있는 학원이었다. 어느 날, L강사의 부인이 나의 첫 개인 저서《나는 삼성맨에서 억대 연봉 수학 강사가 되었다》를 권하며 아래와 같이 말했다고 한다.

"우리가 이런 격이 다른 열정과 능력과 전략을 가진 분을 만날 수 있다면 축복일 거야"

덧붙이면 L강사의 부인은 L강사가 그렇게 성실하고 노력함에도 그 만큼의 인정과 보수를 받지 못하는 부분에 있어 답답해했다. 그래서 뭔가 이런 상황을 타개할 무언가가 필요했는데 그것이 바로 나의 첫 개인 저서였다. 다행히 L강사도 수긍하고 책을 정독한 후 바로 나에게 연락이 왔다.

여기서 잠깐 이야기하면 가능하면 지인이 운영하는 학원에서 같이 하지 않는 것이 좋다. 동업도 안 된다. 특히 친인척관계라면 더더욱 안하길 권한다. 학원이라는 사업이 100퍼센트 사람들로 이뤄지는 것이다 보니 작은 일이라도 분명히 발생하기 마련이다. 안타깝게도 L강사는 대학생 때 만났던 지도교수가 오픈한 학원에서 근무를 하고 있었다. 그러나보니 학원이 어려워 월급이 줄어도, 다른 학원 대비 월급이 적어도 말하기가 힘들었다.

그리고 L강사의 지나친 성실성과 학생에 대한 책임감이 그 만큼의 인정과 수입을 받는데 어려움이 있었다. 물론 성실함과 책임감은 중요하다. 하지만 효율적으로 활용해야 성과를 올릴 수 있다.

당시 L강사는 주말이면 무료로 첨삭 보충을 진행하고 있었다. 사실 그럴 이유가 없다. 오히려 무료로 보충을 해주면 부작용이 더욱 발생한다. 정규수업의 가치를 훼손할 수도 있고 강사 스스로의 가치를 떨어뜨리기도 한다. 생각을 해보라. 10여명을 데리고 수업하는 강사가 한두 명을 데리고 무료로 수업을 한다면? 물론 특별한 경우라면 모를까, 주말마다 진행되는 무료 보충은 안 된다.

L강사에게 알려준 조언대로 주말 보충이 필요한 학생을 선별하여 첫 달에는 무료로 진행하고 다음 달부터는 비용을 받도록 했다. 정규수업 이외의 별도 보충이 필요한 학생, 숙제를 혼자서 소화 못하는 학생들을 골라 학부모와 상담을 진행한다. 보충이 필요성을 강조하고 강사와 학생이 강의에 책임성과 가치를 알도록 비용을 내도록 한다. 대부분의 학부모가 수긍한다.

만약 보충을 하는데 비용이 들어 안하겠다고 하면 거기까지이다.

강사는 학생의 실력 향상과 필요한 부분을 설명했고 학부모는 돈이 든다는 이유로 거절한 셈이다. 강사가 돈을 더 벌겠다고 보충을 별도로 진행하는 것은 아니다. 필요한 학생이 있기 때문에 하는 것이다. 이로 인해 저절로 수입이 늘어나는 것이지 수입을 늘리기 위해 보충을 하는 것이 아니다. 이런 서비스 수업이 활성화되고 학생의 만족도가 커진다면 정규수업에 학생수가 늘어나게 된다. 이것이 핵심이다.

컨설팅 이후 L강사는 나에게 감사의 문자를 보냈다.

"책을 여러 번 읽은 후 어떤 멘토의 조언보다, 스타 강사 인강보다, 수차례 참석해 온 학관노 유료 컨설팅 강연보다 더욱 훌륭하다고 느꼈다."

컨설팅을 진행함에 앞서 나는 강사의 자기소개서를 이메일로 미리 받아본다. 사전에 강사에 대한 사전 배경을 파악해야 맞춤식으로 대책과 조언을 할 수 있기 때문이다. 그 중 한 명의 강사가 보낸 자기소개서에 이런 내용이 있었다.

"돈을 많이 벌겠다는 마음보다 제가 강의에 만족하고 일에 대한 성취감을 높이고 싶어 컨설팅을 진행합니다."

물론 이런 내용이 사실일 수 있지만, 대부분 거짓말이다. 실제로 며칠 뒤 컨설팅을 앞두고 다시 보낸 이메일에는 "사실은 돈을 많이 벌고 싶다"는 말로 변경되어 있었다. 그렇다. 학원 강사도 수입을 목적으로 움직이는 사람이다. 단순히 학생의 꿈과 미래만을 위해 적은 월급을 받으며 강사 생활을 하겠다는 강사는 나를 찾아올 필요도 없고. 이 책은 이만 덮어도 좋다.

나는 철저히 학원 강사로서 성공하는 방법을 알려주는 것이 임무이고 책임이다. 성공의 시작은 일단 수입을 늘리는 것이다. 그렇다고 돈에 혈안이 되어 움직이면 안 된다. 돈은 쫓을수록 도망가기 때문이다. 물론 배척해서도 안 된다. 돈은 자신을 아끼고 사랑해주는 사람에게 가려는 성질도 있기 때문이다. 그렇다면 어떻게! 강사로서 최고가 되면 되는 것이다. 그리고 시스템을 제대로 갖추면 되는 것이다.

가장 단 기간에 수입을 늘릴 수 있는 방법은 방학기간을 제대로 활용하는 것이다. 방학에는 학생들이 기본 정규수업과 더불어 한두 과목 이상의 선행과정을 듣게 된다. 수학에만 국한되는 것이 아니다. 그렇다면 한 명의 학생이 두 세 과목을 듣게 되는 셈이다. 자신의 학생이 자신의 수업을 두 세 과목 듣도록 하면 수입이 두 배, 세 배 늘어나게 된다.

우선 방학기간에 돌입하기 이전, 정확히 말하면 기말고사 이전부터 방학 특강관련해서 계획과 준비를 세워야 한다. 첫 번째로 학생들과 상담이 필수다. 학생별로 선행이 어디까지 되어 있는지, 실력이 어떻지를 파악한다. 그로부터 이번 방학기간에는 학생들이 어떤 과목을 추가로 들을지를 선별하고 가장 많은 인원이 필요로 하는 특강을 개설한다. 시간이 한정되어 있기 때문에 모든 과목을 할 수 없으므로 인원이 많을 것으로 예상되는 강의 위주로 개설한다.

기말고사 기간이 되면 정해진 시간표를 가지고 학생들과 상담을 한다. 아예 시간표를 짜 주는 것이 좋다. 예를 들어 월수금 오후 5시는 A과목을, 화목토 5시는 B과목을 듣도록 상담한다. 가능하면 자신의 수업을 듣도록 제안하고 레벨과 시간이 맞지 않다고 판단되면 학생에게 맞는 다른 강사의 수업을 추천해주도록 하자. 중요한 것은 학생이 공부하는 것이 우선이기 때문이다. 학생 레벨도 안 맞고 B과목을 들을 필요도 없는데 자기 수입을 늘리겠다는 속셈으로 억지로 권하는 강사가 너무 많다. 정말 나쁜 강사이다.

이 모든 과정이 기말고사 시험이 끝나기 전에 이뤄져야 한다. 기말고사 기간에 돌입하면 학생과 상담하기도 힘들고 학원에 오지 않는 학생도 생기기 때문이다. 시험이 끝난 후에 하면 시험을 못 본 학생들을 끌어당기기 힘든 상황이 벌어질 수도 있다. 그리고 이미 다른 생각을 하고 있는 학부모도 있을 수 있으므로 사전에 방학에 대한 계획을 세워 주는 것이다.

이렇게 해서 나는 방학기간이면 평소의 월급보다 두 배 이상을 받을 수 있었다. 방학 동안 선행을 시키고 수입을 늘리는 나쁜 학원의 상술로 보이는가? 물론 나도 첫 학원에서는 그렇게 생각하기도 했다. 돈이 없어 특강을 듣기 힘든 학생들도 어떻게 해서든 설득해서 특강을 듣도록 학원에서 강제했기 때문이다. 하지만 그렇게 생각할 필요가 없음을 깨달았다.

일단 필요로 하는 고객이 있기에 시장에서 물건이 팔리는 것이다. 아직 대한민국의 입시제도하에서 학원 교육을 통한 선행학습을 필요로 하는 학생이 많다. 선행에 대한 욕을 학원에 하기 이전에 대한민국의 낡아빠진 입시제도에게 해야 한다. 이런 상황을 학원과 강사가 악용하는 것이 아니라 활용하는 것이다. 필요로 하기에 학원에서 제공하는 것이다.

너무 상업적인가? 그럼 이런 것은 어떠한가? 나는 학생에게 필요한 선행수업을 권한다. 물론 나의 특강을 추천한다. 왜냐하면 내가 그 동안 가르치던 학생들을 제일 잘 알기 때문에 그들에 맞게 수업을 진행할 수 있고, 학생들을 책임지겠다는 마음이 투철하기 때문이다. 그 중 돈이 부담스럽거나 정말 가정이 힘든 학생의 경우 나는 무료로 특강을 듣도록 배려했다. 이 또한 나의 학생과 가정상황을 어느 정도 파악하고 있기에 가능한 것이다.

이처럼 시스템을 통해 수입을 극대화 시키는 방법은 많다. 방학기간을 이용해 특강을 듣도록 해서 2배 이상의 수입을 올릴 수 있다. 강사 스스로의 정규수업의 가치를 낮추는 무료특강을 유료로 돌려 부수입을 올리는 반면 보충을 통한 학생의 성과를 만들어 정규수업에 학생이 많이 오도록 할 수 있다. 하지만 제일 중요한 것은 학생을 끝까지 책임지겠다는 마음과 부족함이 없는 수업을 하겠다는 의지가 필요하다. 이런 부분이 성과를 만들고 그 성과는 모두 강사의 수입을 늘리는 촉매제로 작용하게 된다.

제5장

학원 강사 성공을
꿈꾸는 모든
이들에게

hagwon instructor
salary of 100 million won
success class

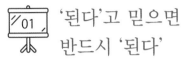

'된다'고 믿으면 반드시 '된다'

느닷없이 누군가가 나에게 지금의 성공의 길에 있어 가장 큰 힘이 된 것이 무엇이냐고 묻는다면 단 한 순간도 고민 없이 '긍정적인 마음과 나를 믿는 믿음'이라고 말할 수 있다. 앞에서도 강조했지만 긍정적인 마음을 갖는 것은 성공의 시작에 있어 가장 중요하다. 절대 부정적인 것들이 끼어들 여지를 주면 안 된다. 그리고 긍정적인 마음으로 자기 스스로를 믿는 것. 자신을 믿어야 한다. 그 믿음은 반드시 '된다'라는 확신에서 비롯된다.

삼성전자에 신입사원 지원서를 인터넷을 통해 제출할 때 내가 합격할 것이라는 생각을 원하지는 않았다. 더불어 내가 불합격할 것이라는 생각은 더더욱 하지 않았다. 차분하게 잘 될 것이라는 생각만 하고 기다렸을 뿐이었다.

1차 서류합격, 2차 삼성직무능력평가, 3차 면접, 4차 신체검사를 거칠 때마다 인터넷을 통해 합격여부를 파악했다. 나의 수험번호를 입력하고 엔터키만 누르면 합격과 불합격이 뜨는데 합격이 뜰 때마다 뛰었던 심장소리를 아직도 기억한다. 그런데 재미있는 것은 불합격이 뜰 거라는 생각을 한 적이 없었다.

그렇다고 합격만 생각해서 합격했다고 말하고자 하는 것이 아니다. 가능하면 자신이 원하는 것만을 생각하고 믿어보자는 말이다. 어차피 생각에는 돈이 드는 것도 아닌데 굳이 나쁜 생각을 할 필요는 없지 않은가! 그리고 실제 우주의 법칙은 스스로 생각하는 것을 끌어당기는 것이 기본 원칙이다.

이와 비슷한 끌어당김의 법칙을 고등학교 시절에도 경험했다. 나름 방황의 시기가 길었던 터라 학업 성적이 그리 좋지 않았다. 하지만 나는 대학교에 가고 싶었다. 그래서 '늦었지만' 고등학교 3학년에 들어서면서 열심히 공부했고 다행히 원하는 결과를 얻을 수 있었다. 여기서 재미있는 것은 당시 나는 '늦었다'라는 부정적인 생각을 하기보다 '꼭 대학을 갈 수 있다'라는 긍정적인 생각만을 했다. 그리고 이것은 실천을 할 수 있는 힘이 되었고 목표를 달성하게 해주는 원동력이 되었다.

2017년 1월 나의 학원을 오픈하고 나서도 기적 같은 경험을 했다. 여기서 밝힐 것이 있는데 당시 나는 돈을 많이 모아놓지 못했다.

수입은 많았지만 지출도 많았다. 비록 돈을 모아놓지 못했지만 적은 초기비용으로 학원을 시작했다.

처음부터 학생들이 넘친 것은 아니었다. 그런데 신기한 일은 매주 진행이 되었다. 예를 들어 다음주에 100만원의 지출이 필요하면 딱 필요한 시기에 신입생 3명이 들어왔다. 200만원이 필요하면 신입생 6명이 들어왔다. 이렇게 3개월이 되니 어느새 학원의 정원이 찼다. 교실이 작았던 터라 더 이상 신입생을 받을 수가 없는 상태가 된 것이다. 그래서 학원 오픈 6개월 만에 학원 확장 이전을 감행한다.

이후에도 비슷한 일이 계속되었다. 그러나 안절부절 대거나 걱정을 하지 않았다. 다음주에 500만원이 필요하다면 어떻게 해서든 수입이 들어왔다. 신입생으로만 충당되는 것이 아니라, 강사 컨설팅이 들어오거나 강연회 요청이 왔다. 나는 그냥 다음 주에 필요한 금액을 생각만 했고, 그것이 충분히 내 손에 들어올 것을 차분히 믿고 기다렸다. 그럼 여지없이 수입이 들어왔다.

여기서 잠깐, 짚고 넘어갈 것이 있는데 그렇다고 아무것도 하지 않는데 돈이 들어오지는 않는다. 평소에 씨앗을 심는 것이 중요하다. 바로 등록을 하지 않는다 하더라도 신입 상담이 들어오면 적극적으로 설명해줬다. 블로그와 소셜 네트워크를 통해 지속적으로 나와 학원을 알렸다. 책을 계속 집필했고 강사관련 네이버 카페도 열심히 운영했다. 이런 활동들이 바로 큰 수입을 만드는 것은 아니지만 여기저기 나의 영향력의 씨앗을 뿌리는 셈이 된다. 그로인해 예상치 못한 수입이 되어 나에게 돌아오게 되는 것이다. 즉 '된다'라는 믿음과 더불어 '되도록'하는 치열한 행동들이 있어야 한다는 것이다.

자신의 시스템으로 부단히 진행을 하고 성공하리라는 믿음을 갖고 나아간다면 반드시 원하는 대로 이뤄진다. 안절부절 대거나 불안해 할 필요도 없고, 그래서는 안 된다. 불안감과 두려움만큼 세상에 부정적인 마음이 없다. 그것은 당신의 성공을 가로막는 가장 큰 벽이다.

H강사는 나와 컨설팅을 진행한 이후 거의 매 주 문자연락을 보내왔다. 주로 근무하는 학원에서 받는 스트레스, 상담이 힘들다는 이야기, 퇴원이 왜 이렇게 많은지 모르겠다는 등의 내용이었다. 물론 각 고민에 대한 해법을 알려드리긴 했지만, 문제는 그렇게 해서는 근본적인 문제가 해결되지 않는다. 본인 스스로의 마음가짐이 이미 지나칠 정도로 부정적이기에 부분적인 문제 해결은 결국 임시방편일 뿐이다.

각각의 상황에 있어 좋지 않게만 생각하고 부정적으로만 여긴다면 그 무엇도 해결되지 않고 반드시 더 큰 문제로 확장이 된다. 학원에서 받는 스트레스라고 생각하지 말고 좋은 쪽으로 생각하도록 해야 한다. 상담은 누구나 힘들다. 힘들다는 생각이 들지 않게끔 학생에 대해 더욱 분석을 하고 이야기할 내용을 준비하고 상담하면 좋은 결과를 만들 수 있다. 퇴원생에 대한 문제도 지금이 기회이다. 퇴원생을 분석함으로써 자신의 부족한 부분을 보완할 기회가 되고 더욱 강력한 시스템으로 개선할 수 있는 타이밍이다.

세상의 모든 문제는 문제에 있는 것이 아니라 문제를 바라보고 판단하는 자신에게 달려있음을 깨달아야 한다. 제주도 여행을 갔는데 비가 온다고 생각해보자. 누구는 '에이 기껏 여행을 왔는데 비가 오고 난리야'라고 말하는 반면, 누군가는 조용한 음악이 들리는 카페에 앉아 비 오는 하늘과 제주도의 바다를 보며 '우와 비 내리는 제주도 정말 운치가 있네.'라고 생각한다. 당신은 어느 쪽인가?

그 어떤 상황도 부정적이지 않게 생각할 힘이 당신은 있다. 반대로 모든 상황을 긍정적으로만 생각할 수 있는 힘도 있다. 그 힘으로 우리는 모든 것을 원하는 데로 만들 수 있다.

항상 부정적인 내용의 문자만 보내던 H강사와 몇 달을 연락을 했다. 긍정과 성공 마인드를 장착할 수 있는 다양한 책을 추천해서 읽도록 했고, 통화할 때마다 놀라울 정도로 긍정적인 말만 해 주었다. 그리고 H강사도 제발 부정적으로 생각하지 말고 될 것이라는 믿음을 가지라고 강조했다.

H강사는 나의 조언을 통해 몇 개월 뒤 스트레스만 주던 학원을 떠나 본인이 선택한 학원으로 이직을 한다. 그리고 구축해 놓은 시

스템을 마음 놓고 진행을 했고 단 2개월 만에 성과를 이룬다. 학생 수는 꾸준히 들었고, 원장의 신뢰도 쌓아갔다. 나에게 보내는 문자의 내용도 크게 달라졌다. 오히려 부담스러울 정도로 하트와 긍정의 이미지가 가득한 응원의 내용을 보냈다.

성공은 누가 가져다주는 것이 아니다. 100% 자신이 만들어야 한다. 그렇기에 자신이 자신을 믿어야 한다. '된다'라고 믿어라. 자신은 반드시 성공할 수 있음을, 자신은 최고의 강사임을 본인 스스로 먼저 믿어야 한다. 그러기 위해 매 순간을 긍정하고 감사하고 자신감으로 똘똘 뭉쳐 있어야 한다. 부정적인 생각이 조금이라도 들라치면 고개를 반대로 돌려 긍정적인 생각을 하도록 해야 한다. 그 누구도 당신의 성공을 훔쳐갈 수 없도록! 당신이 원하는 모든 것을 이룰 수 있도록! 자신을 믿어야 한다. 그럼 된다!

목표의 차이가 곧 성공의 차이다

오랜만에 분당에서 근무했던 학원 동료 C강사를 만났다. 30대 초반의 C강사는 학원 강사 경력 7년차였고 내가 근무했던 분당의 그 학원에서 2년째 강의를 하고 있었다. C강사가 신입강사로 왔을 때 이미 나는 학원에서 일타강사로 학생 100명을 가르치고 있었고 월급은 1000만 원을 넘고 있었다. 가끔 C강사의 고민을 들어주고 방법을 알려주기도 해서 오랜만의 만남이 그리 낯설지는 않았다.

우리는 가볍게 인사를 나누고 대화를 이어갔다. 나는 궁금했다. 퇴사한 학원의 분위기며 2년을 근무한 C강사의 월급이 궁금했다.

"이전처럼 몇 명의 강사에게 많은 학생을 주지 않는 분위기예요. 저는 현재 40명 정도 가르치고 있죠. 그래도 나름 고등학교 2학년 학생들이 제일 많아 일타강사예요. 이 정도면 충분하죠."

40명? 그럼 월급이 350만 원 정도 될 터였다. 그런데 C강사는 그것이 충분하다고 만족스럽다고 이야기하고 있었다. 뭐 개인차가 있겠지만 나로서는 이해할 수 없는 부분이었다. 왜냐하면 같은 곳에 근무하면서 나는 월 1000만 원을 넘게 받았던 곳에서 왜 그 정도의 월급에 만족한다는 말인가?

C강사는 그래도 고등학교 2학년 학생들을 가장 많이 데리고 있는 일타강사라고 했다. 그렇다면 다른 강사는 40명보다도 적은 학생을 가르치고 있다는 말이고 결국 월급도 300만 원 내외인 셈이다. 학원 강사 경력이 7년이 넘어가고 충분히 실력도 좋으면서 왜 그 정도의 월급에 만족한다는 말인가?

결국 스스로의 삶에 목표를 크게 가지느냐 현실에 안주하느냐에 따라 현실이 그대로 나타난다. 그리고 이건 열정과 성공에의 의지의 문제이기도 하다. 즉, 현실의 차이는 목표의 차이인 셈이다.

이 책을 읽고 있는 강사라면 단순히 월 300만 원 정도에 만족하는 목표를 가지고 있으리라 생각하지 않는다. 최소한 억대 연봉을 달성하기 위해서는 월 700만 원 이상의 수입을 받아야 한다. 이 정도의 목표를 세워야 한다. 아직 이 정도가 아니라면 모든 열정을 바쳐 달려들어야 한다.

내가 분당의 학원에 왔을 때의 이야기를 앞에서도 많이 다루었다. 3개월 만에 학생수 80명을 넘고 월 1500만 원 이상의 월급을 받을 수 있었던 가장 큰 포인트는 목표였고 목표를 달성하고자 하는 열정과 의지였다. 그리고 반드시 할 수 있다는 생각만 하려고 노력했다.

물론 학원 입장에서 한 명의 강사에게 너무 많은 학생들이 몰리는 현상을 좋아하지는 않는다. 혹 그 강사가 퇴사하거나 옆으로 옮겨가 학원을 설립하면 학생들도 퇴원을 하는 경우가 많이 발생하기 때문이다. 그럼에도 불구하고 학생들이 우리 반으로 넘치게 계속 들어왔다.

학원에서는 신입생을 더 이상 내 반에 넣으려하지 않았다. 인원이 '너무 많다'라는 것이었다. 그래도 괜찮았다. 이미 나와 공부하고 있는 학생들이 친구들을 데려왔고, 다른 반에 있던 학생들이 억지로라도 우리 반에 오려고 했다. 도저히 관리가 안 되고, 퇴원할 것 같은 학생들을 결국에는 학원에서 우리 반으로 넣을 수밖에 없었다. 나에게 오면 퇴원을 하지 않는다는 것을 알기 때문이었다.

학원은 원치 않았지만 내가 가르치는 학생수가 계속 늘었다. 나는 더욱 큰 목표를 설정하고 지속적으로 달리고 달렸다. 현실에 안주하는 순간부터 성공에서 멀어지는 하락의 길을 가게 됨을 알고 있었다.

그렇다면 그 학원에서 지도하는 학생수가 100명이 되는 강사가 나뿐이었을까? 아니다. 두 명의 강사가 더 있었다. 학원에서 가능하면 한 명의 강사가 최대 50여명의 학생만 가르치도록 인원 조정을 해도 도저히 조정이 안 되는 것이었다. 나를 포함해 그 두 명의 강사도 정말 치열하게 살았다.

두 명의 강사 중 G강사는 그야말로 강의의 스킬과 수업 내용으로 학생들을 사로잡았다. 물론 잘 나가는 인강 강사의 수업을 베끼는 경우도 많았지만 그것을 자신만의 스타일로 멋진 판서로 표현했다. 상위권 학생은 물론 하위권 학생들까지도 섭렵할 수 있는 최고의 강의력으로 자신의 목표를 달성했다.

그리고 내가 일타 강사일 때 신입으로 들어온 J강사도 금세 학생수 100명을 돌파한다. J강사는 철저한 관리와 성실함으로 목표를 달성한다. 학생 개개인별로 오답노트를 만들어서 책으로 만들어줬다. 강의력도 나쁘지 않았다.

이미 나를 포함해 G강사와 J강사는 학생수가 넘쳐 학원 입장에서는 가능하면 신입생을 넣으려 하지 않았다. 하지만 위에서 말한 것처럼 학생이 친구를 데려오고, 신입생도 원하는 강사를 지목하고 들어오니 학원에서 학생수가 증가하는 것을 막기가 힘들었다.

즉, 학원에서 아무리 정책적으로 학생수를 컨트롤 하더라도 강사가 뛰어나면 막을 수가 없는 것이다. 완전 신입생이 아니더라도 학생수가 늘어나는 방법은 얼마든지 있기 때문이다. 그러니 가장 처음에 말했던 학생수 40명에 만족해하던 C강사의 목표가 더욱 궁금해진다. 정말 목표가 그 정도인 것인지, 아니면 그냥 현실에 안주하고 자신에게 말도 안 되는 한계를 지은 것이 아닐까?

큰 목표를 설정하고 열정적으로 의식한다면 반드시 방법은 있다. 우선 절대 자신에게 한계를 짓지 말자. 그냥 원하는 것을 생각하고 간절히 열망하자. 제발 학원 강사로 성공하고 싶다면서 월급 200만 원에 만족하지 말자. 안정적이라고 믿지도 말자. 본인이 생각하는 성공의 기준을 마련해보고, 월 1000만 원 이상의 목표를 설정해보자.

경기도 화성에서 독서토론 논술 학원을 운영하는 G원장과 일대일컨설팅을 진행했다. 5년을 넘게 운영하고 있는데 학생수가 70명 정도인데 수강료가 워낙 저렴하다보니 월 순이익이 300만 원 남짓이었다. 안타까운 현실이었다.

그래서 컨설팅 전에 자소서와 질문내용은 물론 본인의 목표 설정을 해보고 이메일로 보내도록 했다. 역시 목표는 분명했다. 학생수 100명을 돌파하고 순이익을 올리는 것! 일단 목표를 설정했다면 방법은 찾으면 된다. G원장의 경우 나를 만난 것도 좋은 방법인 셈이다. 왜냐하면 나는 G원장이 원하는 그 이상의 비법을 알려줬기 때문이다.

컨설팅 이후 두 달이 지났고 연락이 왔다. 학생수가 90명이 되었고, 내가 알려준 방법으로 수강료를 조정하고 시스템을 구성하니 월 수입이 크게 늘고 있다는 감사 문자였다. 본인의 기쁨이야 말도 못 하겠지만 이런 문자를 받으면 코칭을 해 준 나의 마음이 더욱 기쁘고 흥분이 된다.

하지만 G원장의 성공에 있어 이런 생각도 한다. 비록 내가 알려준 방법을 통해 빨리 성공의 길로 들어서긴 했지만 그는 충분히 성공할 수 있는 목표의식이 분명했다. 컨설팅을 진행하거나 학원에서 일을 할 때면 반드시 성공할 강사들의 눈빛과 열정이 보인다. 그들은 남들보다 더 뛰고, 남들보다 더 늦게 퇴근하고, 항상 긍정하고 웃으며 행동한다. 삶의 목표가 분명하고 반드시 이뤄진다는 믿음이 가슴속에 가득하기 때문이다.

나의 조언만을 통해 성공하는 것은 아니다. 단지 그들이 당연히 이룰 수밖에 없는 성공의 길에 촉매제 역할을 할 뿐이다. 자신의 숨어있는 가치를 깨닫게 해줄 뿐이다. 그 가치가 그들의 목표를 충분히 이룰 수 있다는 믿음을 심어줄 뿐이다.

성공을 꿈꾸는, 학원 강사로서 성공을 원하는 강사라면 누구나 성공할 수 있다. 자신의 능력을 한계에 가두지 말고 마구 사용하기 바란다. 성공을 담을 수 있는 그릇의 차이는 없다. 자신이 원하는 만큼의 그릇을 만들 수 있다. 그러니 부디 큰 목표를 설정하기 바란다. 큰 의식과 마인드로 자신의 성공을 믿기 바란다. 반드시 자신이 목

표한 만큼만 성공한다. 그 이상은 없다. 그러니 불가능이라는 단어
도, 부정적인 생각도 버리고 자신이 원하는 만큼의 목표를 설정하고
달려가자. 반드시 이뤄진다.

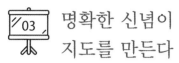

명확한 신념이
지도를 만든다

부산에서 컨설팅을 받으러 온 20대 젊은 수학 강사가 마지막 질문을 던졌다

"어떻게 지치지 않고 목표를 꾸준히 유지하며 생활할 수 있죠?"

사람은 누구나 지칠 수 있고, 여러 상황에 부닥쳐 정작 자신의 목표와 방향을 잃어버리기 쉽다. 모든 일이 그러하듯 학원 강사 생활도 생각하는 것 이상으로 많은 어려움과 힘든 일이 생기게 마련이다.

그럼에도 불구하고 항상 긍정하고 매 순간 치열하게 자신의 목표를 향해 달려갈 수 있는 방법은 분명히 존재한다. 어떻게 보면 간단하지만 그 간단한 것조차 실천하지 않는다면 목표를 결코 이룰 수 없다.

나는 삼성에서 퇴사를 마음먹고 사직서를 제출하기까지 몇 년의 시간이 걸렸다. 목표는 사직서를 제출하고 학원 강사로 달려가는 것인데, 일상에 치이다보니 마지막 실천이 잘 안되었다. 그래서 마지막으로 선택한 방법이 목표를 종이에 적는 것이었다. 매일 아침 출근 직전에 나의 목표를 메모지에 적었다.

"나는 할 수 있다. 세계 최고의 수학이론명사, 대한민국 최고의 수학 강사, 세계 최고의 수학이론서 저서, 연봉 1조원의 사나이"

약간 우습기도 하고 무리한 목표일 수 있었지만 내 꿈과 목표의 기준이야 내가 정하면 그만 아닌가? 라는 생각으로 큰 목표를 적었다. 그리고 적은 메모지를 찢어서 주머니에 넣고 출근했다. 출근해서는 수시로 주머니에서 종이를 꺼내 읽었다

그리고 3개월 뒤 사직서를 제출했다. 아니 제출할 수 있었다. 3개월 동안 목표를 종이에 적고 읽으면서 마음속 의지에 지속적으로 불을 지폈다. 그리고 점점 불이 타오르도록 명령했으며 이제는 진짜 내 꿈을 찾아 떠날 준비가 되었음을 확신할 수 있었다.

중요한 것은 처음의 목표를 잊지 않고 의식적으로 숙지해야 한다. 종이에 적어도 좋고, 핸드폰 바탕화면에 띄어도 좋고, 눈에 잘 띄는 책상에 붙여 놓아도 좋다. 즉, 초심을 잃지 않는 것! 초심을 꾸준히 유지할 수 있는 작은 실천이 필요하다는 것이다.

처음 학원 강사가 되기로 마음먹은 때를 생각해보자. 얼마든지

자신은 다른 강사보다 재미있게 수업할 자신이 있고, 학생들과 소통하며 제대로 관리를 할 수 있다는 믿음이 있던 처음을 생각해보자. 그리고 반드시 학원 강사로 성공하겠다는 뜨거운 열정과 의지를 되새겨보자. 엄청나게 큰 포부와 목표가 있었을 것이다. 없다면 지금 당장 만들어야 하고, 있었다면 다시금 마음에 새겨야 한다. 다시 종이에 적고 선언해야 한다.

물론 종이에 적는다고 다 이뤄지는 것은 아니다. 초심을 매일 다지면서 갖춰야 할 의식이 있는데 그것은 바로 믿음이다. 반드시 자신이 원하는 바를 이룰 수 있다는 믿음이 있어야 한다. 조금의 불안과 부정적인 요소를 생각해서는 안 된다. 그러기 위해 항상 긍정적인 생각만 하도록 노력해야 한다.

안타깝게도 세상에는 온갖 부정적인 것들로 가득하다. 학원 생활을 하다가도 수많은 부정적인 상황들에 둘러싸이게 될 것이다. 생각처럼 신입생이 안 들어오고, 학생들이 숙제도 안 해오고 결석도 잦고, 학부모들의 별의별 컴플레인이 넘칠 것이다. 동료 강사들과의 경쟁을 피할 수 없고, 퇴원생이 생길 때마다 원장 눈치 보기 바쁘고 주름살과 흰 머리가 늘어날 것이다.

그럼에도 성공을 위해서, 목표를 이루기 위해서는 이러한 상황을 긍정적으로 바라봐야 한다. 왜냐하면 위에서 말한 부정적인 상황에 빠지게 되면 혼란만 야기하고 자신의 목표와 성공의 길에서 탈락하게 된다. 오히려 원하지 않은 방향으로 자신의 실패의 미래를 구축해 나가는 것이다. 그러므로 모든 상황을 긍정적으로 소화할 수 있는 능력을 키워야 한다.

이를 위해 마인드와 의식을 강화하기 위한 독서를 해야 한다. 그리고 안 좋은 일이 벌어졌을 때 그것을 통해 어떤 긍정적인 효과가 있을지 생각하려고 노력해야 한다. 학생들이 숙제를 안 해온다면 이제 자신의 시스템을 점검하고 새로운 아이디어를 실행해 볼 타이밍이라고 생각한다. 컴플레인도 받아들이고 숙지해서 강의력을 개선하는 요소로 활용한다. 퇴원생도 마찬가지이다. 모든 상황은 생각하는 대로 인지되어질 수 있기 때문이다.

마지막으로 자신이 원하는 꿈과 목표를 시각화하는 작업이 들어가면 효과적이다. 예를 들어 드림보드를 만드는 것이다. 자신이 원하는 꿈, 가고 싶은 곳, 이루고 싶은 것 등의 사진을 구해서 하얀 보드위에 붙여 방에 놓는 것이다. 너무 유치하다고 생각하는가?

나는 작가가 되기로 마음먹은 해에 드림보드를 처음으로 만들어 보았다. 많은 사진을 붙였다. 나의 책이 베스트셀러로 선정되는 사진, 멋진 강연가가 되어 강연을 하는 사진, 해외 크루즈 여행을 가는 사진, 제주도에 별장을 짓는 사진, 월 수 천만 원을 벌기 위해 5000만 원짜리 수표도 붙여 놓았다. 그리고 매일 아침마다, 잠들기 전에 드림보드를 보고 가슴이 벅찬 마음을 가졌다.

나의 드림보드 중 많은 것들이 현실이 되었음을 말로 형언하기도 힘들 정도이다. 출간되는 책들마다 베스트셀러로 선정되었고, 벤츠 오너가 되었고, 멋진 서재가 있는 판교의 아파트로 이사를 할 수 있었다. 물론 드림보드가 모든 것을 이루게 해 준 것은 아니지만 나의 꿈과 목표를 이루는데 있어 큰 역할을 했음을 인정하지 않을 수 없다. 드림보드를 보며 매일 매 순간 목표를 각인했고 이루어질 수 있음을 강하게 믿을 수 있었다.

더불어 목표를 종이에 적는 대신, 핸드폰 바탕화면 메모장에 적어놓고 수시로 들여다보고 읽었다. 단순히 '본다'와 '읽는다'에 국한되는 것이 아니라 무조건 이루어 질 수 있음을 믿고 마음과 의지에 각인시켰다. 이런 작은 실천은 지금도 계속되고 있다. 왜냐하면 아직도 이루어야할 꿈과 목표가 너무나도 많기 때문이다.

자신의 꿈과 목표를 생각하면 절로 신이 나고 얼굴에 미소가 퍼진다면 제대로 된 순간을 살고 있는 것이다. 이런 순간을 수시로 만들어가는 것이 중요하다. 주변을 의식할 필요가 없다. 현실에 국한되어 목표를 설정할 필요도 없다. 동료와 가족들의 기준에서 기준을 정할 필요도 없다. 오로지 당신이 원하는 것이 무엇인지만 생각하면 된다.

그 어떤 부정적인 것들이 들이닥치더라도 흔들림이 없는 마음자세를 지녀야 한다. 나도 처음 작가가 된다고 했을 때 동료강사들이 말도 안 되는 소리 말라고 했다. 삼성을 그만둘 때도 동료와 가족들의 부정적인 이야기만 넘쳤다. 학원을 오픈하려고 할 때도 만류하는 친구들이 넘쳤다. 하지만 돌이켜보면 나의 선택은 모두 옳았다. 설사 잘못된 선택이었다 할지라도 내 삶에 있어 모든 것은 값진 가치를 지닌 경험이었을 것이다.

오히려 내가 원하는 대로 선택했기에 더욱 책임감 있게 치열하게 임할 수 있었다. 삼성을 떠나 학원 강사로 성공한 것도, 잘 나가는 강사와 더불어 작가의 꿈을 이룬 것도, 나만의 학원을 설립함에 있어 모두 성공으로 만들 수 있었던 것은 내가 선택한 길이었고, 충분히 책임질 각오가 있었기 때문이다.

단 한 순간도 내가 가는 길에 실패가 있을 것이라는 부정적인 생각을 하지 않았다. 물론 남이 보면 힘든 순간과 어려운 순간이 있었을 수 있다. 하지만 나는 그렇게 느낀 순간이 없었다. 왜냐하면 모든 순간이 내가 성공으로 나아가는 당연한 과정이라 생각했기 때문이다. 이런 긍정적인 생각만이 넘치게 해야 한다. 그리고 단 한 순간도 목표를 잊어서는 안 된다. 초심도 잊어서는 안 된다.

의식적으로 매 순간을 자기가 의도하는 생각으로 가득하도록 노력했다. 종이에 적고, 핸드폰 바탕화면에 적고, 드림보드를 만들었다. 불현 듯 부정적인 생각이 들라치면 한시라도 빨리 좋은 방향으로 긍정적인 생각을 하려고 했다. 그럼 충분하다. 모든 것이 생각하는 바대로 이뤄진다. 어려워 보이는가? 그 안 될 생각을 먼저 하는 가? 그딴 생각 집어치우고 할 수 있다는 생각만 하도록 해보자. 그 럼 반드시 이뤄진다.

04 딱 6개월만 시련을 즐겨라

지금부터 하는 이야기는 실화이다. 사람이 어떻게 저렇게 할 수 있단 말인가라고 생각이 들 수도 있지만 이것은 실화이다. 그 실화의 주인공은 누구나 될 수 있다. 그리고 이 정도의 노력을 못할 의지라면 성공은 생각하지 말자. 성공이란 누구나 할 수 있지만 아무나 할 수는 없다. 성공은 쉽게 얻을 수 있지만 그 과정은 쉽지 않음을 알아야 한다.

첫 학원 첫 수업이 이제는 정확히 기억나지는 않지만 정말 엉망이었음은 분명히 생각난다. 개념설명도 엉망이었고 문제풀이도 제대로 되지 않아 등에는 식은땀이 계속 흘러내렸다. 뜬금없이 학생들이 어려운 문제를 질문할 때는 숨조차 쉴 수가 없었다. 칠판 앞에 서 있다는 것이 그렇게 두려울 수가 없었다. 아마 이 두려움이 시작이었던 것 같다.

그 두려움을 다시는 겪고 싶지 않았다. 그래서 두려움이 사라질 때까지 밤을 새서 수업준비를 했다. 많은 인터넷 강사의 수업을 반복해서 들으며 필요한 개념설명을 받아 적고 나에게 맞도록 연습했다. 또 개념 설명 이후 진행할 필수 문제를 정하고 어떻게 설명해줄지를 반복해서 풀고 풀었다. 또 숙제 중에서 어떤 것을 물어볼지 모르는 심정에 몇 백 문제에 달하는 문제를 풀었다.

이렇게 수업 준비를 하고 나면 밤을 새기 일쑤였다. 하지만 그게 끝이 아니다. 해가 뜨는 것을 보며 그날 필요한 학생들 시험지를 만들었다. 자료도 만들었다. 수업에 대한 두려움은 나를 잠들지 못하게 했다. 모든 것을 완벽하게 준비해놔야 잠이 들 수 있었다. 결국 밤을 새고 아침 9시가 되어야 침대에 누울 수 있었다.

9시에 자서 12시에는 일어나야 했다. 1시까지 출근이었기 때문이다. 딱 3시간 정도의 취침시간을 갖고 출근하면 1시부터 전체 강사 회의에 참석했다. 회의는 짧으면 한 시간, 길면 두 시간이 걸리기도 했다. 말이 회의지 내용을 보면 원장이 강사 마인드 교육을 하는 시간이었다.

나는 이 회의시간이 너무 좋았다. 왜냐하면 원장이 자신의 수년 간의 강사 노하우를 무료로 알려주는 시간이었기 때문이다. 그래서 하나라도 놓칠세라 받아 적었다. 그렇게 받아 적는 강사는 나 밖에 없었다. 대부분의 강사들이 짜증 섞인 얼굴로 한 시간을 앉아 있었다. 그러나 나에게는 어디서 배울 수 없는 노하우를 배우는 시간이었다. 강의를 구성하는 방법, 상담주기와 각 상담 시 대처하는 방법, 학생 관리 방법 등 초보강사였던 나에게는 최고의 강의였다.

이렇게 긴 배움이 넘치는 회의시간이 끝나고 강의실로 온다. 그럼 바로 상담을 진행했다. 하루에 최소 5명의 학부모와 상담을 해야 하는 것이 학원 정책이었다. 초보강사에게는 상담도 매우 어려웠다. 상담 시간이 지나치게 오래 걸리기도 했다. 특히 저학년 학부모는 자식자랑이며 등등 강사에게 할 말이 왜 그리도 많은지. 초보강사 입장에서는 중간에 끊기도 힘든 상황의 연속이었다.

그리고 오후 3시 반부터 강의가 시작되었다. 초등학교 6학년 2명을 데리고 수업을 한다. 첫 학원에서 내가 맡은 학년은 주로 중학생부터 고등학교 1학년까지였는데, 무조건 초등학생 한 반을 맡아야 했다. 3시 반에 시작한 수업은 5시 반에 끝나고 30분의 저녁시간, 저녁 6시부터 10시까지 수업을 한다. 중간에 한 번 10분의 쉬는 시간이 주어지는데 초보강사에게는 없는 것이나 마찬가지였다. 숨 돌릴 틈도 없이 쉬는 시간은 지나갔기 때문이다.

밤 10시에 수업이 끝나면 잔업이 시작된다. 오후에 못한 상담을 마저 해야 했다. 5명의 상담을 해야 하기 때문이다. 상담이 마무리되면 그날 수업한 내용과 출결석에 관한 업무일지를 작성한다. 그리고 결재를 받고 퇴근을 할 때쯤이면 이미 밤 12시를 넘는다. 그렇게 퇴근해 집에 오면 새벽 1시. 이제부터 내일 수업 준비를 위해 밤을 새는 시간이 이어진다.

솔직히 이런 생활을 3개월을 넘게 진행했다. 왜냐하면 정말 초보 강사였기 때문이다. 빠르게 습득할 수 있는 방법을 알려주는 곳도 없었다. 완전히 맨 땅에 헤딩하듯 하루하루를 버티고 버텼다. 그래도 나름 제대로 초점을 맞춘 모양이었다. 점차 학생수는 급격히 늘었다. 나를 만나고 퇴원하는 학생은 거의 없었다. 그리고 3개월 뒤 학생수가 70명을 돌파한다. 6개월 뒤에는 수학과 팀장까지 달게 된다.

자. 한 번 돌아보자. 위에서 말한 생활을 할 수 있는가! 할 수 있다고 각오해야 한다. 물론 당신에게 저렇게 생활하라고 말하지는 않을 것이다. 저렇게 맨 땅에 헤딩을 하지 말라고 이렇게 책을 쓰고 있는 거니까! 하지만 의지와 열정만큼은 가지라고 말하고 싶다. 그래야 제대로 빨리 성공할 수 있기 때문이다.

가만히 앉아서는 학원 강사로 성공할 수 없다. 단순히 이 책 한 권 읽었다고 성공하는 것이 아니다. 나는 효율적인 방법을 알려주는 것이다. 내가 3년이 걸린 억대 연봉 방법을 당신은 1년 안에 이룰 수 있도록 알려주는 것이다. 내가 6개월 동안 맨 몸으로 부딪히며 경험한 것들을 통해 당신은 3개월만 노력하면 이룰 수 있도록 하려는 것이다. 그러려면 그 기간 동안 일어나는 모든 시련을 즐겁게 맞이해야 한다.

딱 6개월이다. 이 기간만 버티고 이겨내고 승리하면 엄청난 결과가 기다리고 있다. 제발 그것을 믿고 달리기를 바란다. 내가 분당으로 이직했을 때 학생이 10여명이었지만 딱 3개월 뒤 80명이 된 것도 믿음 때문이었다. 시련을 견디고 이겨낸 경험 때문이었다. 나는 안다. 시련이 클수록 더 큰 성공이 올 것을 안다. 나는 100% 믿고 있다.

학원 강사의 이직률은 굉장히 높은 편이다. 그 기간도 굉장히 짧은 편이다. 단 몇 개월 근무하고 떠나는 무책임한 강사들이 많다. 물론 학원 측에 원인이 있는 경우도 있겠지만 그런 상황을 사전에 강사가 준비해놔야 한다. 내가 말하고 싶은 강사는 무책임한 강사, 작은 시련도 견디기를 거부하는 강사이다.

그들은 처음 학생수가 적어 월급이 100만원도 되지 않는다고 걱정하고, 다음 달에도 학생수가 늘지 않는다고 그냥 학원에 퇴사를 통보하고 떠난다. 단 한 번이라도 수업을 한 학생들에 대한 책임은 져버리고 그냥 떠난다. 물론 강사 입장에서 수입도 중요하다. 아니 제일 중요하다. 강사는 봉사단체 직원이 아니기 때문이다. 그러나 반대로 생각도 해봐야 한다. 왜 한 달이 지난 뒤에도 학생수가 그대로거나 줄었는가? 왜 학원에서 신입생을 넣어주지 않는가? 학원을 탓하기 전에 본인을 스스로 분석하고 냉정히 평가해야 한다.

얼마나 치열했는가!

얼마나 노력했는가!

학생들이 자신을 좋아할 부분이 무엇이 있는가!

자신만의 시스템은 제대로 갖추고 있는가!

강의에 있어 단 한치도 부끄러움이 없이 수업준비를 했는가!

학생, 학부모와의 상담은 원활히 진행했는가!

이 모든 사항에 대해 긍정적이지 않는다면 학원을 탓하는 것은 무의미하다. 즉, 자신이 먼저 제대로 준비를 해야 한다. 자신이 바뀌어야 모든 상황을 쉽게 바꿀 수 있다.

내가 한 창 일타강사로 잘나가고 있던 시기에 두 명의 신입 강사가 입사했다. 둘 다 젊고 잘 생기고 열정이 넘쳐 보였다. 사실 별로 신경을 쓰지 않았다. 왜냐하면 나 나름대로의 시스템을 완벽히 구축한 상태였고 그 누구나 나와 경쟁상대가 없었기 때문이다. 그런데 3개월 뒤 재미있는 일이 일어났다.

두 명의 강사 중 A강사는 단 3개월 만에 퇴사를 하고 다른 B강사는 금세 학생수 70명을 돌파한다. B강사는 정말 치열하게 근무했다. 당시 퇴근을 가장 늦게 하는 강사는 바로 나였다. 숙제검사와 시험지를 만들고 새벽 1시쯤이 되어야 퇴근을 했는데 B강사는 더 늦게까지 남아서 자료를 준비했다. 그가 준비하는 자료가 엄청났다. 각 학생별로 오답노트와 시험대비 자료를 만들어주었는데 나로서는 엄두도 나지 않을 만큼 손이 많이 가는 시스템이었다. 그리고 수업도 꼼꼼하고 재미있게 진행했다. 한 인터넷 강사의 수업을 그대로 모방했는데 학생들에게 잘 먹혔다.

반면 금방 퇴사한 A강사는 강의 실력만큼은 나쁘지 않았다고 판단된다. 하지만 지금은 강사의 강의력만 가지고는 인정받기가 힘들다. 자신만의 차별화된 전략이 필요하다. 안타깝게도 A강사는 10시면 칼퇴근을 했고 다른 강사들과 회식을 자주 했다. 물론 초보강사로서 기존의 강사들과 친하게 지내겠다는 마음은 나쁘지 않지만, 더 중요한 것을 놓치고 있는 것이 아닌가! 바로 자신의 학생이다.

새로 학원을 왔다면 B강사처럼 일일이 학생과 상담을 진행하고 분석해야 한다. 그리고 차별화된 전략으로 학생들의 마음을 사로잡고 학원의 인정을 받아야 한다. 그러나 A강사는 그런 모습이 없었다. 숙제검사도 하지 않았고, 별도 자료를 만들어 준다거나 상담을 하는 모습을 전혀 보지 못했다. 당연히 한 달 만에 퇴원생이 생겼고, 학원 입장에서도 신뢰를 잃은 강사에게 신입생을 넣어주기가 힘들었을 것이다.

결과적으로 더 이상 신입생이 들어오지 않고 퇴원생만 늘다보니 A강사는 퇴사를 결정하게 된다. 퇴사의 과정도 좋지 않았다. 일방적으로 원장에게 문자만 보내놓고는 출근을 하지 않았다. 단 하나의 인수인계 과정도 하지 않은 채 이렇게 무책임하게 떠나버렸다. 하나를 보면 열을 안다고 그럴 거라 예상된 행동만 보였다.

이 와중에도 열정 넘치던 B강사는 정말 목숨을 걸로 강의에 임했다. 그리고 6개월 만에 나와 쌍벽을 이루는 강사로 자리매김한다. 나에게는 다행이게도 주력으로 맡고 있던 대상 학년이 달랐다. 그리고 상호 시스템의 특성이 완전히 달랐다. B강사는 자료에 집중했고, 나는 소통과 관리에 집중하는 강사였다. 학원 입장에서는 이렇게 특성이 다른 강사를 여러 명 보유하고 있음에 감사할 일이다. 상호 보완이 되기 때문이고 다른 강사에 모범이 되기 때문이다.

이처럼 시스템만 제대로 갖추고 치열하게 달린다면 얼마든지 새로운 학원에서, 첫 학원에서 최고의 성공을 이룰 수 있다. 길어야 6개월이다. 딱 6개월만 견디고 열정으로 하루하루를 산다면 엄청난 성공의 미래를 안을 수가 있다. 그럼에도 도망갈 생각만 할 것인가? 조금만 힘들고 월급이 적다고 학원을 계속 옮길 것인가? 스스로 변하지 않는 한 절대 당신에게 맞는 학원을 구할 수 없을 것이다. 시련을 감내하겠다고 결심하고 성공을 믿고 달리자. 그 시련의 끝에 있을 참 성공의 꿈을 맛볼 수 있을 것이다.

당신은 이미 최고의 학원 강사이다

인천에서 컨설팅을 받으러 온 L강사는 이미 몇 개월 전에 나의 첫 개인저서《나는 삼성맨에서 억대 연봉 수학 강사가 되었다》을 읽은 상황이었다. 책을 읽고 많은 변화가 있었다. 전혀 하지 않던 상담의 필요성도 알게 되었고, 강의력을 높이는 방법에 대한 노하우를 배웠다고 했다. 1등 강사의 품격을 갖기 위해 구두도 사고 명품 시계도 샀다. 다는 아니지만 나름 책에 있는 내용 중에서 활용할 수 있을 만한 것들을 실천하고 나니 금세 결과가 나타났다.

L강사가 가르치던 학생 인원이 크게 늘어 50여명에 육박했다. 강사의 팬도 늘었고 학생들이 친구들을 소개해서 데리고 오는 경우도 늘었다. 이런 분위기를 학원에서도 인식했는지 회의를 할 때마다 L강사는 칭찬하기 바빴다. L강사가 학원 강사가 된 지 5개월 만에 모

든 것이 이뤄졌다.

그러나 문제가 하나 발생한다. L강사는 당당하게 원장실을 찾아가서 월급 상향을 이야기한다. 그 동안 고정 월급제로 받던 것을 학생 인원에 따른 비율제로 조정해 주기를 요청했다. 결과는 좋지 않았다. L강사가 열심히 잘 한 것은 인정하지만 지금의 상황이 L강사만의 이유가 아니라 학원에서 밀어준 영향도 있다는 것이 원장의 말이었다. 그래서 월급 인상은 조금 더 결과를 보고 정하자는 거였다. 결국 L강사는 학원을 퇴사하고 다른 학원으로 이직을 한다.

내가 말하고 싶은 문제는 월급 인상이 거절되었다거나, 퇴사를 하게 되었다는 것이 아니다. 이런 상황은 얼마든지 발생할 수 있다. 물론 어떻게 말을 하고 방법을 찾느냐에 따라 원하는 결과를 만들 수 있었겠지만, 진짜 문제는 이직한 학원에 있었다.

L강사는 퇴사 후 나의 첫 개인저서에 쓰여 있는 것처럼 아직 1년의 경험도 없는 상황이었기에 대형 학원으로 이직을 결정한다. 그런데 문제는 보조강사로 들어가게 되었다는 점이다. 결과부터 말하겠다. 절대 보조강사나 첨삭강사로 학원에 들어가면 안 된다.

보조강사는 보조강사일 뿐이다. 학원 입장에서는 실력이 검증되지 않은 강사를 바로 메인강사로 채용하기에 부담이 될 수 있다. 그래서 적당한 기간 보조강사로 근무를 시키면서 여러 가지로 상황을 파악한다. 월급도 줄여서 줄 수 있다. 어떻게 보면 강사 입장에서도 부담이 줄어든다고 생각이 들 수 있다. 하지만 오히려 반대이다.

강사의 평가를 학원이 하도록 하면 안 된다. 일단 가르치는 학생들에게 제대로 평가를 받는 것이 중요하고 이것이 우선이다. 학생에게 긍정적으로 평가를 얻는다면 나머지 평가는 필요 없다. 알아서 긍정적인 평가를 받게 되기 때문이다. 그런데 보조강사는 학생에게 긍정적인 평가를 받을 기회를 무참히 박탈당한다.

보조강사라는 이유로 강의의 기회가 줄고, 시간표 배분에서도 불리하게 적용받는다. 그리고 더욱 중요한 것은 학생들도 보조강사로 시작하는 것을 알게 된다는 것이다. 처음에 박힌 이미지는 쉽게 바뀌지 않는다. 학생들 입장에서는 항상 최고에게 배우고 싶어 한다. 누가 보조에게 배우고 싶어 하겠는가!

분당에서 근무하게 된 학원은 보조강사가 3명 정도 있었다. 두 명은 보조강사로서 도저히 정규반에 배정받지 못하는 실력이 부족한 학생들만 배정받았다. 그러다보니 한 반의 인원이 1명이거나 3명 정도였다.

다른 한 명의 보조강사는 한 메인강사 밑에서 그야말로 보조역할을 하는 강사였다. 학생이 결석하면 보조강사가 보충을 해줬고, 질문이 많은 학생이 있으면 일정을 잡아 일대일로 첨삭을 해주는 식이었다. 자신이 강의하는 수업은 없었다.

이 세 명의 보조강사 중 2명은 몇 개월 안에 퇴사했고 한 명은 1

년을 채우고 나서 정규강사가 되었다. 그러나 한 번 박힌 이미지는 사라지지 않았다. 강사들 사이에서도 보조강사에서 정규강사가 된 그 강사를 제대로 메인강사로 생각하지 않았다. 그것은 학생들도 마찬가지였다. 그 강사에게 반을 배정하려면

"그 선생님은 보조하시던 분 아니세요?"

라고 말하며 학생이 먼저 거부했다. 시간표가 안 맞거나 수준별로 반 배정을 받더라도 그 반은 가고 싶어 하지 않았다. 다행히 3년이 흐른 뒤에는 나름 보조강사 이미지가 벗어나긴 했지만 3년이 걸렸다.

자. 다시 보조강사로 이직을 한 L강사로 돌아가자. L강사는 보조강사를 하면서 자신의 실력을 더 쌓고자 했다. 하지만 생각해보자. 그는 이미 단 몇 개월 만에 학생수 50명을 돌파하고 나름 첫 학원에서 일타강사의 자리까지 했었다. 물론 자신의 수학 실력이 부족하다고 느낄 수 있고 내공이 더 필요하다고 생각할 수 있다. 그러나 굳이 보조강사로 하면서 부족한 것을 채울 필요가 없다. 사실 원하는 것을 채우기 위해서는 보조강사가 아니라 정규강사로 진행해야 제대로 채울 수 있고 기회가 생긴다.

즉, 자신의 강의를 해야 한다. 자신을 믿고 따르는 학생을 늘려야 한다. 주도적으로 학생과 학부모와 상담을 하며 끝가지 책임지는 마인드를 다져야 한다. 일하는 만큼 제대로 된 수입이 들어와야 하는

일에 보람이 생기고 성취를 얻게 된다. 그리고 이미 첫 학원에서 이런 성공의 모습이 보조강사가 아닌 정규강사로 시작해서 경험해보지 않았는가!

지금도 많은 학원에서 보조강사 시스템을 운영하고 있다. 어떤 대형학원의 경우 보조강사를 1년을 하면 반드시 성공강사로 만들어 준다는 곳도 있다. 단 1년을 버텨야 한다. 1년 동안 혹독한 교육의 과정이 있고 과목별 실력을 향상시키도록 시험이 치러진다. 보조강사의 월급을 받으면서 과정을 견디고 버티면 1년 뒤 '딱'하니 메인 강사자리를 준다는 것이다.

혹시 이런 시스템이 멋진 시스템이라고 생각하는가? 물론 그렇게 생각하는 사람들도 적지는 않은 것 같다. 해마다 10여명이 넘는 강사들이 해당 학원에 보조강사로 들어가기는 한다.

교육이라는 것은 중요하다. 무슨 일을 시작하기에 앞서 해당 직무에 필요한 마인드를 다지고 실력을 키우는 것은 필요하다. 또 그러한 교육을 자신이 혼자 고생해서 찾아가는 것이 아니라 자신이 근무할 학원에서 시켜준다니 고맙게 생각이 들 수도 있다. 하지만, 다시 강조하지만 군이 그렇게 고생할 필요 없다. 얼마든지 제대로 된 수익을 올리면서 제대로 강사로서 배울 수 있는 방법이 있다. 바로 보조강사가 아닌 정규강사로 시작하는 것이다.

강사라는 직업이야말로 개념으로 학습되는 것이 아니라 직접 강의를 많이 해야 체득이 된다. 강의준비, 실전강의, 상담, 시험대비, 방학특강 등 온전히 정식강사로서 모든 것을 체험해야 제대로 배우고 느낄 수 있다. 보조강사로서의 경험은 무조건 한계가 있다. 보조강사로 1년을 교육을 한다하더라도 메인강사가 되면 다시 시작이고 다시 배워야한다. 완전히 다르다는 것이다.

강사가 되기로 마음을 먹고 제대로 시작할 마인드와 시스템만 준비해놓는다면 최고의 강사가 될 준비가 다 된 것이다. 이제 강의실로 들어가면 된다. 자신의 열정과 스토리를 쏟아내면 되는 것이다. 많은 초보강사들이 그래도 보조강사가 아닌 메인강사로 시작을 한다. 그리고 그 속에서 더 큰 성공하는 강사들이 나오고 있다.

뭘 얼마나 철저히 준비하려고 보조강사가 되는지 모르겠지만, 강사로 제대로 빠르게 성공하고 싶다면 보조강사로 시작하지 마라. 학원 측에서 보조강사로 시작하기를 원한다면 다른 학원을 가면 된다. 대한민국에는 당신을 필요로 하는 학원이 너무나도 많다. 당신이 메인강사로 제대로 시작하고 빠르게 성과를 올릴 수 있는 학원이 너무 많다. 오히려 그것이 학원 입장에서도 좋다. 열정 넘치는 강사가 보조강사의 턱에 걸려있지 않고 학생들과 정면으로 소통하며 일타강사로 나아간다면 저절로 학원도 수입이 크게 늘 것이기 때문이다.

스스로 결심하고 믿어야 한다. 당신은 이미 충분히 최고의 실력을 갖추고 있는 최고의 강사이다. 최고이기에 최고의 모습으로 시작해야 한다. 첫 학원 첫 수업 강의실에 들어가는 순간부터 '이미 나는 최고이다'라고 속으로 크게 외치고 들어가길 바란다. 모든 강사는 최고의 강사가 될 자격이 있고 능력이 있다.

06 자신을 위해 아낌없이 투자하라

일대일 컨설팅을 진행하다보면 자신의 학력이 부족하다고 느끼고 대학원을 준비하는 강사들을 볼 수 있었다. 그러나 실제 학원 생활을 하다보면 학력은 학원 강사의 성공에 있어 큰 요소를 차지하지 않았다. 학력 콤플렉스는 그야말로 자신만의 콤플렉스일 뿐이다. 남들이 자신을 바라보는 평가 기준에 집중할 필요가 없다. 차라리 학력을 올리는 것보다 그 시간과 비용을 진짜 자신의 가치를 올리는 데 투자하는 것이 어떨까?

이왕 학력에 대한 이야기가 나왔으니 마저 해보자. 근무했던 학원마다 소위 스카이 대학을 나오거나 수학교육을 전공한 강사들은 항상 있었다. 하지만 그들이 일타강사를 하거나 인기가 좋은 경우는 거의 보지 못했다. 그보다 강사의 강의 스킬이라든지 여러 가지 학생 관리 시스템으로 학생들의 인기를 얻는 강사들이 일타강사를 달렸다. 당연히 일타강사의 수입이 더 많은 것은 물론이거니와 학원 강사로서 성공의 길을 걷고 있었다.

첫 학원에서도 고려대학교를 나온 수학강사가 자신의 학력이 부족하다며 서울대 수학교육학과 대학원을 신청해서 주 2일을 수업을 듣고 왔다. 그리고 2년 뒤 대학원을 수료했지만 그다지 학원 강사로서의 입지는 커지지 않았다. 오히려 학생들이 그 강사의 수업이 너무 어렵고 지루하다고 퇴원만 늘었다. 숙제 검사를 단 한 번도 한 적이 없다. 그런 모습을 바라볼 때면 도대체 뭐가 중요한지 모르는 철부지 같아 보였다. 대학원에 가서 학력을 높이는 것은 결국 자기만족에 불과해 보였다.

학원 강사로 성공하기 위한 방법은 학력을 높이는 것이 아니라 기본을 지키며 자신만의 시스템을 강화하고 구축에 나가야 한다. 이것이 우선시되면 학력을 높일 필요가 없음을 스스로 깨닫게 될 것이다.

그러므로 학력으로 포장하는 투자보다 진정 자신의 꿈을 위한 투자가 필요하다. 이는 학원 강사를 넘어 자신의 삶의 성공에 있어 가장 필요한 부분이다. 가만히 생각해보자. 지금까지 살면서 자신의 꿈을 위해, 자신의 가치를 올리기 위해 투자했던 적이 얼마나 있었는가?

단순히 자격증 몇 개를 따고 학력을 위해 대학원을 가는 등 자신을 포장하는데 급급한 투자는 진정한 삶을 위한 투자가 아니다. 돈을 많이 벌고 싶다면 돈에 대한 공부를 해야 하고, 학원 강사로 성공하고 싶다면 학원 강사 성공 노하우를 공부해야 한다. 쓸데없는 데 시간과 비용을 소비할 필요 없이 딱 자신에게 필요한 부분에 집중해서 투자해야 한다.

나는 1년 전부터 학원 강사의 성공을 위한 컨설팅과 '학원 강사 성공 4주 과정'이라는 강좌를 운영 중이다. 비용도 싸지 않다. 4주과정의 경우 150만 원이라는 비용을 받고 있다. 그럼에도 불구하고 많은 강사들이 수업을 신청하고 진행하고 있다.

왜! 이 비싼 금액을 지출하면서까지 성공 수업을 신청하겠는가? 그들의 목표가 학원 강사로서 최단기간에 성공하고 싶기 때문이다. 목표를 달성하기 위해 시간과 비용을 단축하기 위해 4주 과정 수업을 신청하는 것이다. 누구는 몇 년에 걸쳐 경험을 통해 배울 수 있는 노하우와 비법을 단 4주안에 배울 수 있기 때문이다. 성공에 있어 중요한 것은 시간이다. 시간의 가치, 배움의 가치를 안다면 150만 원의 비용이 비싸지 않은 것이다.

나도 한 때 학원 강사를 시작하고 3년 쯤 지났을 때, 좀 더 빠른 성공의 방법을 배우고 싶었다. 여기저기 찾아본 결과 여러 가지 교육강좌를 신청해서 들었다. 비용이 얼마 하지도 않았다. 3만원에 2시간, 5만원에 3시간 하는 강좌들을 찾을 수 있었다. 그러나 수업을 들으면 전혀 만족스럽지 않았고, 오히려 시간도 아까웠다. 비싸지 않은 몇 만원의 수강료도 아깝게 느껴질 정도였다.

당시 나는 비용이 중요하지 않았다. 비싸도 상관없으니 제발 제대로 된 성공 방법 등을 배우고 싶었다. 하지만 그런 곳은 없었다. 대한민국에 40만 명에 가까운 학원 강사가 있고 수 많은 사람들이 학원 강사를 준비하고 있음에도 아주 기본적인 강사관련 교육과정이 거의 없었다.

나에게 있어 틈새공략이 되었던 셈이다. 학원 강사 성공 노하우를 실은 책도 없는 시장에 그런 책을 선보였다. 그리고 컨설팅을 통해 많은 강사들에게 도움을 주고 있다. 더 나아가 정식으로 4주 교육과정을 통해 많은 강사들에게 빠른 성공 노하우를 알려주고 있다. 내 나름으로도 누군가에게 가치 있는 조언을 해준다는 삶에 감사하지만, 배움을 얻어가는 강사들에게는 생각 이상의 도움이 되고 있다.

자신의 가치를 올려야겠다는 생각을 가지게 되면 어떤 비용이 들더라도 배우려고 한다. 시간을 단축시킬 수 있음을 알기 때문이고 그것이 얼마나 큰 가치를 지니는지 깨닫게 되기 때문이다. 이것을 알게 된 이후 나도 나의 가치를 올리기 위한 투자를 과감하게 진행해왔고 진행 중이다.

책을 통해 많은 깨달음과 의식을 키울 수 있음을 안 이후 한 번에 수 십 권씩의 책을 구입했다. 금액은 상관이 없다. 그 이상의 가치를 배울 수 있기 때문이다. 더 많은 부의 가치를 올리기 위해 몇 백 만 원에 달하는 부동산 수업, 경매 수업, 주식 수업을 들었다. 지금도 나의 성공과 꿈을 위해서라면 비용이 얼마를 하더라도 지불하고 수업을 듣고 있다. 그들의 노하우를 배워 최단기간에 성공의 길을 구축하기 위함이다.

일산에서 수학을 강의하는 S강사도 컨설팅을 진행하던 중 대학원 진학을 준비하고 있다고 얘기했다. 나는 단 번에 그 생각을 접어두라고 말했다. S강사 수학강사 경력이 5년이 넘고 있었고 충분히 성공할 실력과 내공을 갖추고 있었다. 굳이 학력을 높이기 위해 대학원을 진학할 필요가 없었다. 오히려 그 시간과 비용을 다른 곳에 투자한다면 더 멋진 것이라고 조언했다.

자신의 가치를 깨닫는 순간 S강사는 3개월 뒤 근무하던 학원에서 일타강사로 올라간다. 더 이상 남의 눈치를 보지 않고 자신만의 시스템을 구축하는데 시간을 들여 고민을 하고 자료를 만드는데 투자했기 때문이었다. 그리고 더욱 놀라운 것은 대학원 진학을 위해 모아두었던 금액을 내가 조언한 대로 책을 쓰는데 투자를 한다. S강사의 강사 경험과 깨달음을 담은 책을 집필한다면 많은 강사들에게 도움이 될 것이라는 믿음과 확신이 있었다. 조만간 S강사가 집필한 학원 강사를 위한 비법서가 출간 예정이다.

내 입장에서는 경쟁도서가 생기는 것이 좋다. 학원 강사를 위한 책이 세상에 많이 나와야 한다. 그런 배움을 필요로 하는 강사들이 너무 많기 때문이다. 즉, 가치 있는 배움을 필요로 하는 고객이 많기에 가치 있는 것들이 많아져야 사회에 선순환이 된다.

가치를 아는 자만이 비용을 지불하고 그 이상의 가치를 벌어들일 수 있다. 자신의 꿈보다 더욱 중요한 것이 무엇이 있겠는가? 자신이 원하는 목표보다 중요한 것이 있는가? 남의 시선, 평가 기준 따위는 집어치우자. 나를 위한 투자야말로 진짜 투자인 셈이다. 그리고 비용이 얼마가 들던 대출을 해서라도 배움에 투자하자. 빠른 시간 안에 배움에 대한 투자비용 이상의 가치를 돌려받게 될 것이다.

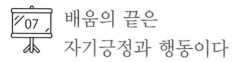

07 배움의 끝은
자기긍정과 행동이다

2시간에 걸친 일대일컨설팅을 진행하면서 느낀 것은 정말 열정적인 강사들이 넘친다는 것이었다. 준비한 질문에 넘쳐 이야기를 하다 보면 2시간이 금세 지나버리기 일쑤였다. 그리고 항상 끝나고 나면 세상 만족스러운 표정과 인사를 하시는 강사를 보면 힘이 절로 났다. 그러나 컨설팅을 받더라도 모두 만족스러운 결과를 만드는 것은 아님을 깨달았다. 누구는 배운대로 실행하여 빠르게 성공의 길로 들어서는 반면 누구는 그러지 못했다.

물론 다양한 이유로 그 결과가 나뉘겠지만 크게 보면 두 가지였다. 첫 번째는 의식과 마인드 자체가 부정적인 나머지 컨설팅을 받더라도 받아들이지 못하는 경우. 두 번째는 실행하지 않음에 있었다. 귀한 시간과 비용을 투자해서 배운 내용을 왜 실행하지 못하는지를 보면 오히려 내가 더욱 안타까울 뿐이었다.

부산에서 분당까지 이른 아침부터 첫 버스를 타고 컨설팅을 달려오신 H강사는 40대를 앞둔 남자강사였다. 수학 교습소를 운영 중이었는데 더 나은 학습 시스템과 학생을 늘릴 수 있는 방법들을 주로 질문했다. 질문에 답을 드렸으나 내가 하는 내용을 거의 적지 않았다. 물론 기억력이 뛰어나서 일수도 있지만 그런 것 같지는 않았다. 이미 많은 편견에 사로잡혀 있었고 마인드 자체가 자신감이 없고 안 될 거라는 부정적인 생각을 많이 하고 있었다.

이렇게 스스로 이미 '포기'한 상태의 마인드와 부정적인 생각이 마음에 들어있으면 긍정적이고 자신감 넘치는 의식이 자리 잡을 공간이 없다. 우리 마음은 부정적인 것과 긍정적인 것을 동시에 지닐 수 없다. 예를 들어 겨울을 좋아하는 마음과 싫어하는 마음이 공존할 수 없는 것과 비슷하다. 그래서 긍정적인 생각을 하려면 부정적인 생각을 억지로라도 밀어내야 한다.

특히 내가 조언하는 내용은 긍정적인 생각과 될 것이라는 자신감을 밑에 깔아놓고 진행해야 하는 시스템이다. 실제 성공하는 시스템이 부정적인 마음가짐에서 구성될 리가 만무하다. 온전히 내가 하는 내용 그대로를 배우고 받아들이려는 자세가 중요하다. 왜! 성공하고 싶어서 그 먼 길을 찾아 온 것이 아닌가? 성공하기 위해 성공한 최고를 찾아온 것이 아닌가? 그렇다면 일단 성공자의 조언을 그대로

받아들이겠다는 결심이 필요하다. 자신이 갖고 있던 부정적인 생각
은 던져버리고 와야 한다.

나는 고등학교 시절 수능시험을 치르고 나서 친구들과 영어회화
학원을 다녔다. 특별히 회화를 해야겠다는 마음보다 심심한 시간에
친구들과 함께 어울리고자 했던 의도가 컸다. 그랬기에 3개월의 학
습을 통해 나의 영어 회화 실력은 전혀 향상되지 않았다. 이미 배움
에 대한 기대도 하지 않았고 받아들이겠다는 의지도 없었기 때문이
다. 그러나 회화공부를 먼저 제안한 친구는 단 3개월 만에 원어민
강사와 원활히 대화를 할 정도로 습득을 했다.

이렇듯 배움에 임하는 자세도 중요하다. 물론 일대일컨설팅을 신
청하고 나를 찾아오신 대부분의 강사들은 기본적으로 나를 통해 성
공하고자 하는 열망이 충분했고, 나의 말을 그대로 받아들이겠다는
의지도 넘쳤다. 그렇다면 이런 마음가짐을 가지신 강사들이 모두 성
공의 길로 들어섰을까? 아니었다.

컨설팅을 받고 돌아가는 길에서만큼은 긍정적인 생각으로 '할 수
있다'라는 의지를 다졌을지 모른다. 그러나 하루 이틀이 지날수록
또다시 컨설팅 이전의 마음 상태로 돌아가는 경우가 많았을 것이다.
컨설팅을 진행하면 강사가 필요로 하는 구체적인 방법과 비법을 알
려준다. 더불어 의식과 마인드에 대한 이야기도 많이 해준다. 앞에
서도 언급했듯이 마음가짐이 긍정적으로 깔려있어야 내가 알려주는

시스템의 효과가 발휘되기 때문이다.

하지만 다시 학원으로 교습소로 돌아간 강사는 또 동일한 현실에 부딪힌다. 생각처럼 금세 학생수가 느는 것 같지 않고, 학원에서 별로 인정받지 못하는 상황이 지속되고, 여러 시스템을 적용해도 학생들 반응이 신통치 않다고 생각한다. 그리고는 컨설팅에 대해 시간낭비였다고 생각하기 시작하면서 다시 과거의 시련이 넘치는 강사로 돌아간다. 도대체 뭐가 문제인지 아직도 모르겠는가?

학원을 1월에 오픈하고 9월말이 될 때쯤 한 가지 생각이 들었다. 11월이면 수능이 다가오는데, 당시 가장 많은 학생이 바로 고등학교 3학년이었다. 즉, 수능이 끝나면 자동 퇴원하는 학생들이 가장 많다는 현실이 기다리고 있었다. 하지만 나는 괜찮았다. 오히려 이상하리만큼 긍정적인 생각을 억지로 했다. '뭐가 문제야? 어차피 신입생이 10명 들어올 건데'라고.

이 생각을 매일 수시로 했다. 그러길 일주일이 지나면서 반응이 오기 시작했다. 운영하는 학원은 전혀 광고와 홍보를 하지 않고 있었다. 학원 간판도 달지 않았다. 그런데 희한하게 신입생 문의가 오기 시작했다. 틈틈이 만들어놓은 네이버 블로그를 보고 문의가 오기도 하고, 재원생 어머님들의 소개로 연락이 오는 경우가 많았다.

그리고 수능이 끝나고 계획되어 있던 고등학교 3학년이 자동 퇴원을 했는데, 9월말부터 수능이 있던 날까지 신규로 들어온 신입생이 놀랍게도 10명이었다. 거짓말 같은 일이라고 생각해도 상관없다. 나는 이런 경우를 너무나도 많이 겪었다. 오히려 10명의 신입생이 온 것을 파악했을 때 속으로 왜 30명이 들어올 거라고 생각하지 않았는지를 한탄했다.

생각을 하면 할수록 증폭되고 생각하는 대로 현실에 투영된다. 긍정적인 생각을 하면 긍정적인 일이 많이 일어나고, 부정적인 생각을 하면 부정적인 일만 잔뜩 일어난다. 이건 분명한 사실이니 한 번 해봐도 좋다. 그런데 이왕 할 거면 긍정적인 생각을 하는 방향으로 테스트해보길 바란다. 모든 문제는 결국 자신이 만들어낸다. 그러므로 모든 문제의 해답은 자신이 알고 있다.

항상 긍정적인 생각을 하고 배운 데로 실행하며 차분히 기다리면 분명 자신이 원하는 결과가 나타난다. 자신의 믿음을 무조건 긍정해야 한다. 그리고 믿음을 토대로 제대로 실행을 해야 한다.

수원의 Y강사는 놀랄 정도로 컨설팅에서 조언한 내용을 그대로 실행했다. 그리고 실천의 현장을 매번 사진을 찍어 보내주었다. 일일테스트를 통해 성적이 향상된 학생의 소식, 연습장 활용을 통해 학생과 소통하는 현장. 갖가지 시상내역을 정해놓고 문상을 나눠주는 사진 등 컨설팅에서 알려드린 내용을 100% 그대로 실행하고 소화했다. 결과는 당연했다. Y강사는 학원 강사를 시작하고 6개월 만에 학생수가 2배 증가했고 학원의 원장과 연봉 재협상을 통해 상상도 못할 재계약을 달성한다.

다시 한 번 말하지만 컨설팅을 받은 모든 강사가 성공하는 것은 아니었다. 하지만 첨언하면 컨설팅을 받은 강사는 모두 성공할 수 있다. 단순히 자기하기 나름이라는 무책임한 이야기가 아니다. 컨설팅을 통해 분명 각 강사들에게 맞는 해답을 알려준다. 절대 틀린 답이 아니다. 오히려 그것을 토대로 자신만의 더욱 놀라운 비법을 만들어 낼 수도 있다. 그렇게 할 수 있도록 의식과 마인드에 대한 컨설팅도 함께 진행하는 것이다.

그렇다. 가장 중요한 것은 자신을 믿고 자신감이 넘치는 사기긍성이다. 컨설팅을 받은 직후의 그 마음을 지속적으로 유지하도록 노력해야 한다. 그 힘은 '할 수 있다'라는 자기긍정에서 비롯된다. 그리고 그 속에서 진행되는 모든 시스템은 빛을 발하고 높게 타오른다.

지금도 성공시스템을 장착하고 성공의 길로 달리고 있는 강사들과 연락을 하고 있다. 그들이 보내주는 감사문자와 선물보다 성공의 길을 달리고 있는 강사들을 보면 더욱 행복하다. 컨설팅과 학원 강사 성공 프로그램을 통해 제대로 배웠다면 자신을 변화시키고 그대로 실천해야 한다. 그 결과는 당신이 원하는바 그대로일 것이다.

08 학원의 노예가 아닌 1인 기업가로서의 강사로 살아라

어느 날 원장은 나에게 한 달 뒤면 고등학교 3학년이 될 고등학교 2학년 60명을 L강사에게 보내기를 제안했다. 그럼 나에게 고등학교 1학년 70명을 주겠다는 것이었다. 그렇게 되면 나는 월급이 크게 늘기는 하겠지만 단번에 거절했다. 고등학교 3학년만 수업하고 싶어 하는 L강사가 싫어서가 아니라 중학교 3학년 때부터 나와 함께 공부했던 학생들을 마지막까지 책임지는 것이 도리라 생각했고, 그것이 진정으로 학생을 위한 일이라고 생각했기 때문이다.

이 후 원장과 L강사가 힘을 모아 나를 공격했지만 나는 흔들리지 않았다. 그리고 제대로 방어했고 고등학교 3학년이 된 나의 제자들 중 많은 학생들이 원하는 대학에 진학했다. 내가 끝까지 방어할 수 있었던 힘은 구축해 놓은 시스템이 완벽했기에 가능했다.

나는 100명이 넘는 학생을 지도하고 있었고, 퇴원비율도 학원에서 가장 낮았다. 숙제검사, 일일테스트, 상담 등 그 어느 것 하나 부족함 없이 처음처럼 그대로 진행해 왔다. 대부분의 학생이 나의 팬이었다. 나를 믿고 수능시험까지 가고자 따르는 학생들이었다. 이런 상황이라면 학원에서는 강사를 막을 수 없다. 왜! 알아서 잘하고 있고 학원 수입에 있어 가장 큰 도움을 주고 있기 때문이다.

물론 초보강사 입장에서 학원에서 지시하는 내용에 반하는 행동을 하기는 어렵다. 결론은 이렇다. 처음 학원에 취업을 하면 자신의 시스템이 구축되기 전까지는 무조건 학원의 시스템에 따르는 것이 옳다. 그렇지 않을 것이라면 그 학원에 가면 안 된다. 학원을 운영하는 원장이 아무 시스템도 만들어놓은 것이 없다면 모를까, 대부분의 중대형 학원은 그들만의 관리시스템과 노하우를 갖고 있다. 일단 무조건 배우고 따라야 한다.

그렇게 학원 시스템에 적응하고 따르다보면 어딘가 불합리하고 비효율적인 부분이 보이게 마련이다. 물론 강사 스스로 치열하게 살았고, 내가 앞에서 말했던 모든 시스템을 적용했다는 전제하에 말이다. 하지만 개선할 부분이 보인다고 해서 원장에게 달려가서 직접 말할 필요는 없다. 아니 절대 그런 말은 하지 말아야 한다. 어차피 원장에게 말해도 달라질 확률은 적다.

원장 입장에서는 이미 수많은 강사들을 경험해본 사람이다. 그리고 강사들이 얼마나 쉽게 학원을 그만두고 떠나는지도 알고 있다. 그렇기에 강사가 제안하는 내용을 적용하려는 경향이 적다. 물론 아이디어가 정말 획기적이고 명확한 결과를 가져올 수 있는 아이템이라면 모르겠지만, 대부분 단기적인 것에 머무르는 것이 많기 때문이다. 게다가 그 강사가 제안해서 적용했더니 그 강사가 퇴사해버리면 애매한 상황이 나타나기도 한다.

일단 근무하는 학원에서 자신의 시스템이 체계를 잡았고, 학원의 시스템이 부당하다고 느껴져도 반대의 행동을 하지 말고 따르길 바란다. 그리고 점차 당신의 시스템을 강화하면서 학원 시스템을 당신에게 맞게 조율하면 된다. 알아서 잘 하고 학원시스템보다 더욱 철저한 강사의 시스템을 운영하는데 거기다 대고 원장이 학원시스템을 강제할 이유가 사라진다.

즉, 학원시스템도 지키면서 자신의 시스템을 강화하라는 것이다. 더욱 자발적으로 적극적으로. 마치 자신이 학원을 운영한다는 마음으로 주인의식을 가지고 시스템을 구축하면 점점 더 많은 기회와 자율이 보장된다.

가장 최근에 근무했던 분당의 S학원에서 100명을 지도하면서 주 6일을 근무하고 있었다. 수요일이 휴무였는데, 월요일도 쉬어야 하는 일정이 생겼다. 그래서 고민 끝에 같은 학년과 레벨이 비슷한 반을 묶어보았다. 그냥 합반을 하는 식이 아니라, 월금반과 화토반의 경우 월요일에 오는 학생을 토요일에 오도록 했다. 그러면 반이 화토반과 금토반이 되고 토요일만 합반 수업이 진행되는 것이다. 토요일 수업을 같이 듣게 하기 위해 화요일과 금요일에 진도를 동일하게 나가야 했지만 그리 어려운 것은 아니었다.

이런 식으로 시간표를 조정했더니 월요일도 쉴 수 있었다. 주 5일제 근무로 변경된 것이다. 학원 관리부나 원장도 별다른 반대의 말이 없었다. 왜냐하면 모든 것을 내가 알아서 컨트롤 할 수 있음을 알고 있었기 때문이다. 강의준비, 숙제검사, 결석보충, 내신대비, 상담 등이 완벽하게 관리되고 있다. 다른 강사들이 왜 진임인데 주 5일제를 하냐고 원장에게 불평을 했지만 신경 쓰지 않았다. 이미 철저히 1인 기업가로서 주인의식을 가지고 학원 업무를 진행하고 있었기 때문이다.

학원 강사 생활을 하다보면 생각처럼 휴가가 많지도 길지도 않다. 학원 대부분 휴가는 겨울방학 직전에 3일 정도 쉬는 것이 전부인 경우가 많다. 요즘은 여름방학이 짧아 별도 휴가를 갖지 않는 학원이 늘어나고 있기 때문이다.

그럼 설날과 추석은? 쉬는 학원과 쉬지 않는 학원이 반반 정도라고 보면 된다. 추석의 경우 오히려 특강을 개설해서 수업을 진행하는 학원도 있을 정도이다. 고등부를 지도하다보면 주말에 수업을 하고 평일에 하루 휴무를 하는 식이다. 도무지 제주도 한 번을, 해외여행을 가기도 힘들 정도이다.

물론 나도 이러했다. 주 6일제 근무로 평일에 하루를 쉬었고 설날과 추석도 이틀에서 삼일정도만 쉬었다. 대체휴일은 쉬지 않는 경우도 많았다. 내신대비 기간에는 평일에 하루 쉬는 휴무마저 반납해야했다.

하지만, 억대 연봉이 되고 나의 시스템이 제대로 구축이 된 이후 많이 달라졌다. 내신대비기간에도 휴무를 가졌다. 쉬어야 자료를 알차게 준비할 수 있기 때문이다. 해외여행도 다닐 수 있었다. 설날과 추석은 무조건 쉬었고 연휴 앞뒤로 하루나 이틀씩을 붙여 더 길게 휴가기간을 가졌다. 물론 그 만큼의 보충을 미리 해놔야 했지만 그 정도는 멋진 해외여행을 위해서라면 즐겁게 할 수 있었다. 학생들도 길게 쉬면 좋아하는 것을 말할 나위 없다. 제대로 쉬어야 제대로 열심히 할 수 있다.

내가 이런 식의 생각지 못한 행동을 할 때마다 주변 강사들이 부러워하면서도 원장에게 따졌다. 왜 김홍석 강사만 저렇게 하도록 하냐는 식이었다. 그럼 원장은 이렇게 말했다.

"당신도 김홍석 강사 하는 것 반만 따라해 보세요. 퇴원율을 0.1%로 유지하고, 학생이 친구를 데려오고, 숙제검사를 밤을 새서 하고, 주기적으로 상담을 해보세요. 저렇게 열심히 알아서 하는데 그 정도 자율을 줄 수 있는 것이 학원의 권한 아닌가요?"

학생도 알아서 공부하면 어머니가 공부하라고 닦달하거나 혼내지 않는다. 당연한 이야기 아닌가? 사회생활도 학원 강사도 마찬가지이다. 자신이 주인의식을 갖고 임하면 모든 것이 능동적이고 적극적이게 된다. 누군가의 관리와 감독이 필요 없다. 특히 학원 강사로서 비율제 강사라면 스스로 1인 기업가라는 마인드로 살아야 한다. 모든 것이 자신이 하기에 따라 결정되기 때문이다. 학생수도 월급도 거기에 맞춰 결정되지 않는가?

26살이던 인천의 영어강사는 5평짜리 교습소를 운영 중이었다. 나와 컨설팅 이후 성공 시스템을 구축하여 금요일부터 일요일까지만 근무함에도 월 1400만 원의 수입을 올리고 있다. 부산에서 올라왔던 28살 수학강사는 4명의 학생을 과외 하는데 월 300만 원 이상의 수입을 벌었다. 이 후 오전에 수업하는 재수 종합 학원에 들어가서 월수입이 1000만 원에 가까웠다. 이런 것이 부러운가?

이런 사례를 말해주는 것이 학원을 떠나 교습소를 오픈하고 과외를 하라는 말이 아니다. 중요한 것은 시스템이다. 그리고 자신의 성공을 스스로 책임질 수 있는 책임감, 성공할 수 있다는 믿음의 마인드가 필요하다.

나도 학원을 운영하는 원장이자 수학을 강의하는 강사이다. 하지만 가능하면 학원을 당신의 이름으로 설립하라고, 교습소를 오픈하라고 말하고 싶지 않다. 오히려 막고 싶다. 지금 당신이 근무하고 있는 학원에서 더욱 많은 성과와 수입을 올릴 수 있기 때문이다. 자신이 근무하는 학원에서 1인 기업가로서의 정신으로 제대로 치열하게 임한다면 충분하다. 굳이 학원을 오픈해서 신경 쓸 일을 늘릴 필요는 없다. 규모가 작은 공부방도 만만치가 않다.

우선 당신이 현재 근무하는 학원에서 지금까지 알려준 노하우와 비법을 이용해서 당신만의 시스템을 구축해보자. 작은 것이라도 실행과 적용을 해보고 실패와 성공을 맛보자. 그 안에서 자신에게 맞는 시스템을 찾아가자. 항상 학생을 우선으로 생각하고 책임감과 진정성 넘치게 생각하자. 성공은 어디서 주어지는 것이 아니라 자신 안에 있는 가치를 깨닫고 그 가치를 온전히 활용할 수 있다면 저절로 따라온다. 즉, 성공은 자신이 자신에게 주는 선물이다. 받을 준비가 되었다면 겸손은 버리고 당당하게 선물을 받길 바란다.

학원강사 억대연봉 성공수업

초판인쇄 2018년 6월 18일
초판발행 2018년 6월 25일

지 은 이 김홍석
발 행 인 조현수
펴 낸 곳 도서출판 더로드
마 케 팅 최관호 최문섭
IT 팀장 신성웅
편   집 Design one
디 자 인 Design one

주   소 경기도 고양시 일산동구 백석2동 1301-2
　　　　　넥스빌오피스텔 704호
전   화 031-925-5366~7
팩   스 031-925-5368
이 메 일 provence70@naver.com
등록번호 제2015-000135호
등   록 2015년 06월 18일
I S B N 979-11-87340-01-0 03810

정가 15,000원
파본은 구입처나 본사에서 교환해드립니다.